桃叶渡

王传敏 主编

海峡出版发行集团
海峡文艺出版社

图书在版编目(CIP)数据

桃叶渡/王传敏主编.--福州:海峡文艺出版社,
2020.11
ISBN 978-7-5550-2168-1

Ⅰ.①桃… Ⅱ.①王… Ⅲ.①中国文学－当
代文学－作品综合集 Ⅳ.①I217.2

中国版本图书馆 CIP 数据核字(2020)第 163865 号

桃叶渡

王传敏 主编

责任编辑	朱墨山	
编辑助理	张 萌	
出版发行	海峡文艺出版社	
经 销	福建新华发行(集团)有限责任公司	
社 址	福州市东水路 76 号 14 层	**邮编** 350001
发 行 部	0591－87536797	
印 刷	三河市嵩川印刷有限公司	**邮编** 065099
厂 址	三河市杨庄镇肖庄子村	
开 本	787 毫米×1092 毫米 1/16	
字 数	268 千字	
印 张	19.75	
版 次	2021 年 1 月第 1 版	
印 次	2024 年 3 月第 2 次印刷	
书 号	ISBN 978-7-5550-2168-1	
定 价	59.00 元	

如发现印装质量问题,请寄承印厂调换

《桃花坞语》寄语

握刀剑而狂歌，捧玫瑰而低吟。救赎灵魂，播种新生，放飞梦想。

——徐良文

徐良文，中国作家协会会员，中国传记文学学会会员。曾任江苏省法制新闻协会秘书长，现为南京钟山文学学会常务副会长。出版《许世友传》《鲁冠球传》《傅小石传》《恽代英传》《黄孝慈传》等近20部作品。其中《许世友传》获全国中共党史人物研究优秀奖，《女子监狱纪实》获司法部金剑奖，独幕剧《将军志》获解放军总政治部创作奖。

春夏秋冬群贤聚，畅叙幽情桃花坞。

——高文

高文，司法部《犯罪与改造研究》主编，研究员。

相约桃花坞，我们蜜语。

——张晶

张晶，研究员，江苏省二级作家。

种桃种李种春风，看云看天看闲书。

——王传敏

王传敏，江苏省司法警官高等职业学校党委副书记、政委，副研究员，江苏省作家协会会员，江苏省第三届"十大青年优秀法学家"。

桃花总是伴春风，桃花坞里可耕田。

——张琳

张琳，青海省监狱工作协会秘书长，青海省作家协会会员。

文学不仅是人学，更是文学人的精神家园。衷心祈愿《桃花坞语》秉承不朽的人文情怀，为同仁们表达文学思绪，拓展一片新土地。

——郭明

郭明，法学博士，教授，浙江警官职业学院图书馆馆长、刑事司法研究中心主任。

一盏橘灯照桃坞，千万心羽飞九州。

——黄勇峰

黄勇峰，湖北省监狱局信息中心主任（预防犯罪研究所所长），中国监狱工作协会监狱建设与保障专委会秘书长。

传承监狱文脉，留住历史记忆。

——马卫国

马卫国，中国监狱工作协会理事，监狱史学专业委员会委员，全国监狱理论研究带头人，司法部全国司法行政业务培训师资库教师，清华大学继续教育学院兼职老师，浙江大学光华法学院实务导师，杭州师范大学沈钧儒法学院兼职教授。

这个世界不是有钱人的世界，也不是无钱人的世界，它是有心人的世界。祝愿《桃花坞语》杂志成为监狱系统文学的有心世界。

——孔晓莉

孔晓莉，安徽作家协会会员，三级警督。出版有长篇小说《让爱穿越高墙》《拯救》。

青春不朽，芳华永驻；梦溪放歌，桥林新翠。

——王维亮

王维亮，南京市拘留所所长（副调研员），江苏省青年书法家协会，省直书法家协会会员。南京市公安局"十大文化达人"。

大爱育才俊，万象树栋梁。

——尹华飞

尹华飞，广东省监狱管理局办公室副主任，广东省监狱学会秘书长，《南粤监狱》杂志副主编，广东司法警官学院客座教授，华南农业大学人文与法学学院兼职导师。

《桃花坞语》——中国监狱题材文学的摇篮。

——孟学事

孟学事，从事监狱工作三十年。广西作家协会会员。在省、市报刊发表小说、散文、诗歌、论文五十余万字。著有论文集《纵横集》，小说集《晒月亮》《囚中四》《十字绣》。

春风能化雨，大爱生万象。

——刘凤英

刘凤英，云南省保山监狱民警，国家二级心理咨询师。

序

《桃叶渡》是文学内刊《桃花坞语》的师生作品合集。

《桃花坞语》由江苏省司法警官高等职业学校于2015年9月创办，一度成为全国监狱系统唯一纯文学内部资料，每年出刊四期，2019年因政策原因停办。《桃花坞语》设有卷首品读、散文、诗词、小说、读行天下、雅赏、创作谈等多个栏目，曾活跃于全国监狱系统文坛。

办刊以来，吸引了全国监狱系统众多文学爱好者，累计收录作品七百余篇。中国作家协会会员、中国传记文学学会会员徐良文、司法部预防犯罪研究所高文副所长等都曾先后为《桃花坞语》题写寄语。《桃花坞语》编辑部于2017年11月、2018年5月接连举办两届监狱文学研讨会，邀请全国监狱系统知名作家和文学爱好者齐聚镇江桃花坞，分享文学创作的心得，探讨监狱文学的发展和未来，为监狱文学创作者们提供了畅所欲言的平台。尽管因政策原因《桃花坞语》停刊了，但它曾经的昙花一现，给监狱文学留下的是永恒的记忆，是创作者曾经的灵魂碰撞，更是无可阻挡永不磨灭的创作热忱。

《桃花坞语》停刊了，《桃叶渡》来了，刹那间的回眸一瞥，是对曾经过往的郑重纪念，是对美好回忆的珍藏留存，更是对监狱文学未来的殷殷期盼——气为文魂，笔为作本。

目录
Contents

杨柳青青

十里荷花

三秋桂子

拥衾听雪

杨柳青青

爱在警校

◎ 李 成

"母校啊，我回来了!"站在熟悉又陌生的门口，我的心在呐喊，汹涌的情感猛烈地撞击着我的胸口，以至于泪水模糊了双眼。

在这个杨柳青青、万物复苏的季节，在周日镇江晚八点山风微凉的时刻，因为警衔晋升，我终于结束了十二年的等待，梦幻般来到了朝思暮想的地方。望着这个城市璀璨的灯火和母校静寂的剪影，那些深藏起来的记忆奔腾而来。依然记得十四年前那个满腔热血、满脸青涩的男孩初次踏进校门的情形，依然记得晚自习时男女同学之间的起哄喧哗，依然记得在那个夏日的黄昏与邻班女孩不经意间的惊鸿一瞥，依然记得曲终人散、大家各奔东西的场景。那些打湿我裤脚的晨露，那些迎着风唱歌的傍晚，那些陪伴过我的星星，那些打动自己的音乐……一切宛如发生在昨天，是如此之近，却又触不可及，让我不由得慨叹时光荏苒，流水匆匆。

已与警校分离得太久，只是分离得越久对它的爱越是深沉。

爱在警校，是因为它给予我太多。两年的求学生涯，让我从懵懂走向成熟，从多愁善感变得坚强，从一味要求和索取学会了付出和担当……爱在警校，还因为我给予它太少。人生如钟，斗转星移，往而复始，我在人生的钟摆中渐渐模糊了它的身影；人生如船，扬帆起航，驶向遥远的地平线，我只顾得弄潮，却忘了远离的岸；人生如梦，梦中酣畅淋漓，梦醒了才惊觉已过了十二年。十二年，原因种种，我一直没能来到您的身边，更没有为您增辉添彩。而您——母校，依旧用博大的胸怀、无声的爱和深邃的目光欢迎我的到来。

桃花坞路上的嘈杂竟是如此遥远，来自长江的风吹乱了我的头发。看着对面的教学楼，我的眼变得迷离，我的心"扑通扑通"跳得厉害。在记忆的驱动下，我情不自禁地用脚步来完成对母校的巡礼。

"9713——"站在五楼那个熟悉的教室，我心中默念，欲语无言。一股浓重的气息包围了我，那是这个城市、这个学校、这个班级 43 名同学的呼吸和心跳。本以为十二年的沉淀足以让记忆成为一张发黄的黑白照片，依稀不可辨，没想到再次面对，却一如夏花般灿烂。视线穿透教室门，我看到了绿色的黑板和挂于墙角的电视。突然，寂静的走廊变得喧嚣热闹起来，同学们都出现在教室里，正在聊天打闹，放肆地笑……举起的手长时间不敢落下，我在怕什么呢？怕门打开后，这一干人等化为乌有，满屋鸦雀无声，只留给我对昔日繁华的慨叹和今日人去楼空的伤感。于是，我没有叩门，我轻轻地下楼。因为我知道——逝去的终究还是逝去了——就如同我无法再回到从前。既然如此，我何不把它当成生命旅途中一段弥足珍贵的风景，永远地珍藏下去？

下了教学楼，绕过行政楼，走几步便是操场。此时夜色渐浓，凉凉的风抚着我的面颊，似与我共鸣。我站在观礼台上，双手展开，仰首闭目，一任心情潮起潮落。历史与现实在这里如此真实地交会，令我恍然如梦，沧桑万千，以至于不敢睁眼，唯恐梦醒了一切都不复存在。

半晌，心情才平静下来。我缓缓走下台阶，一如我一步步走向十二年前青葱岁月的情感深处。在行政楼阑珊灯火的掩映下，我看到操场并没有大的改变，还是那样的台阶，还是那样的形状和大小。只是，以前操场由砖石跑道和草坪组成，现在已变成塑胶跑道了，昔日的青草已深埋于地下，何处去寻？那些在晨跑时被露珠打湿裤脚、在草坪上打擒敌拳、升国旗的记忆与情感何处去寻？我一遍又一遍徘徊在操场，企图镶嵌下我的脚印。我知道，再过十年、二十年，这里又是我可以追忆的地方。

穿过操场，就是以前的宿舍楼，此时距教学楼已有近三米的落差。宿舍楼的变化相当大，以前的宿舍是两幢五层高的开放式小楼，前排为男生宿舍，后排为女生宿舍，男生宿舍的后窗正对着女生宿舍的走廊，隔空相望，呼声相闻。男女生宿舍楼门口处各放一张长桌，每天有男女生值班，不准对方随意进入。因此，经常有不少男生偷偷躲在厕所用望远镜"偷窥"女生宿舍。昔日的小楼如今已被两幢高耸的封闭式大楼取代，并有电梯上下。只是不知能否还像以前那样隔空相望，呼声相闻？是否还会有男生无邪地玩"偷窥"的游戏？

立于宿舍楼之下，凝视着楼上绰绰人影，我在风中浑然忘我。我知道他们不可能经历我所经历的那些事情，因为每个时代的人都有各自的精彩，而我所找寻的正是我这一代人所特有的记忆和情感罢了。

"聚散苦匆匆，此恨无穷。今年花胜去年红。可惜明年花更好，知与谁同？"岁月就是这样的无情，毫不在意你的感受，该来的来，该去的去。也许正因为有了留恋、感慨和遗憾，才会更加珍惜岁月的馈赠，也才让人生变得更加丰富多彩。感谢警校，给了我成长、友谊和感恩，给了我两年难忘的精彩，给了我梦开始的地方。感谢处在警校的这　个小时，让我得以从容梳理我的情感世界，品味和领悟人生。

衣袂飘飞，站在警校熟悉又陌生的门口，我的心恢复平静，轻轻地挥挥手，说声"母校，我走了"，怀着感恩和爱。我走了，走向外面的世界，开始我人生新的长征。

（作者单位：江苏省连云港监狱）

成为更好的你
——《藏獒》读后感

◎ 蔡睿与

当人总想把自己变成狼，变强大的时候，人性是不是需要由别的生物来保管，例如狗等。

《藏獒》讲述了在中华人民共和国成立初期一只獒王如何消除两个草原部落之间的矛盾的故事，宣扬了和平、忠义又不失勇猛的精神。大致内容是这样的：因为人性的自私、贪婪，使得人与人之间、人与自己之间都无法和谐相处，引得藏獒们为了自己的主人、地盘、群狼而战斗后一一惨死。主人公"父亲"的见闻及獒王机智骁勇，酣畅淋漓的战斗，这正体现了藏獒相较于人的优秀品质，亦可成为真正的"人性"。可惜的是，在第三本书中，獒王为了捍卫恩人"父亲"的尊严，中十五枪，悲惨而壮烈地离去。

先来谈一谈一撇一捺组成的"人"。人性既有善，也有恶，只不过大部分的人把自己的黑暗给藏了起来。人性，是忠诚，是正直，是机智勇敢，是奉献理想和道德。我初中时的一位老师说过这样一句话："我宁可教一个智商低的文明人，也不愿意教一个智商高的坏人。"原因很简单，老师有人性。每个人都有人性，只是经过了一些事情，有些人根本不配一撇一捺，有些人只是不愿意做一个真正有人性的人，对于他们而言，对别人好就是对自己的践踏。

再来说说"狗性"，其实我觉得这可能是我们所需要学习的地方。我以前亲眼见到过这样一件事情：

那时候我读四年级，有次去同学家玩，我同学家正好养的是一只藏獒。去的当天刚巧赶上他们家的藏獒要配种，找来的那只母藏獒警戒心很强，一直在她主人的庇护下，十分不喜欢除了她主人之外的人。我同学却突发奇想，居然想去看看那只母狗，他向那只母藏獒走去，令人惊奇的是，那只狗竟然没有跳起来，依旧安详地趴在地上，同学胆子也变大了，开始大步向前走了，可是快走到她跟前时，那只母藏獒"唰"地蹿起来，随之而来的就是一阵怒吼。可能是距离太近的原因，同学被吓到了，连后退都忘记了，眼看着那只母獒就要将他扑倒，只听见"砰"的一声，母獒倒地了！一看，同学面前有一堵竖立起来的墙，原来是他们家的狗替他解围了。

藏獒为了自己的主人，宁愿得罪"另一半"，也不愿让自己的主人受伤，它依赖的是信仰、是坚持、是忠诚、是勇敢。它们珍惜对它们好的人，它们会奉献、会回报。我其实只想说我们也应该有信仰、有坚持、有忠诚、有勇敢，作为一名未来的警察，这正是我们现在应该培养的，我们应该所具备的品质。成长的大路上或多或少有一些背叛，但这些又能算什么呢，我们应该用一颗平常心去对待，因为未来的你会更好。

或许，我们是最高级的生物，但我们也应该学习我们身上缺少的品质，让自己成为更好的人。我们要成为更好的，不做被贬低的。

我看过这样一段对话：

大人：你觉得爱是什么？

小孩：爱是狗舔我。

大人笑了。

小孩又说：即使我一天没理他。

（作者单位：江苏省司法警官高等职业学校）

锅盖面

◎ 朱开瑶

　　"桃花坞路一区十四号"，对全省监狱系统民警而言，应该是记忆最深的地方。不必说时刻萦绕心头，可它会不经意间触动记忆情丝。是否还记得，马路对面卖锅盖面的那位大嫂，平日里看到我们，每次都会微笑着多加些菜肉；是否还记得那位小酒馆的老奶奶，开洋白菜的鲜美仍在舌尖上回味；校门口右侧的三丁大包、豆浆煎饼，还有一位老爷子照看的鸭血粉丝摊……

　　说起"镇江三怪"，还是喜欢那锅盖面！那位大嫂经营的面店只有小小的一间门脸，里面靠窗的部位支着面案、炉灶等物件，一条只能容一人通过的推拉门隔开的"外间"，靠左墙边的案上放置的就是最诱惑我们这些穷学生的雪菜肉丝、卤制好的大排和大肠、荷包鸡蛋、猪肝。记忆中周围还有多家面店，可是我们偏偏愿意到大嫂的这间小店来。是面的劲道，浇头的美味，辣椒的香辣，还是桌上那香醋的鲜美？现在想想，是那并不算美的大嫂最亲切的微笑吸引了我，还是偷偷多加一筷子雪菜肉丝遭到她的责骂，却并不加收面钱的宽容？这些细节让我们体会到家的温暖，那人间无尽的回味！

前段时间听同事讲徐州有"镇江锅盖面"连锁店啦，很是兴奋。前天恰逢结婚纪念日，女儿、老婆惦记着到哪里去撮一顿。经我的再三忽悠，她们同意去吃吃我这记忆中的第一美味。我依然是雪菜肉丝面，她们娘俩自顾自地点了让她们感到稀奇的。环境很好，整洁卫生，标准化的桌椅，甚至连服务员的微笑都成了标准化的统一。只是我的那份面已是十元一份，吃着听着她们娘俩的点评，努力搜寻着记忆中的味道。可是，那味道中似乎还缺少点什么。

究竟是什么呢？原来是大嫂的微笑和那份情感的味道！

（作者单位：江苏省司法警官高等职业学校）

胡杨的种子

◎ 张 晶

近来的日子，天空似乎多了些雨水。尽管，断断续续；尽管，丝丝如毛。

在这雨里，在这雪里，不知咋的，我竟联想起胡杨的种子。

其实，胡杨的伟岸，在于胡杨的种子的"轻如鸿毛"。准确地说，是比"鸿毛"还轻的种子。

过去，我在电视里看过这样的景象：沙漠里一阵狂风袭来，胡杨的种子，就在如丘如冈的沙漠里，加速地奔跑，那速度似乎比风还要快。是啊，我懂得，不快不行啊，她要乘着风，多跑一个地方，就多了一个机会啊。它拼命地跑啊跑，加速去赶往属于它的生命绽放的地方。只要一滴水，只要一粒雪，就可以把种子留下，就可以造就未来三千年的奇迹。

后来，我亲眼看过胡杨的种子。那是在新疆的轮台县。据说，世界的胡杨 80% 在中国，中国胡杨的 80% 在新疆，而新疆 80% 的胡杨所在的地方正是轮台。伟岸而雄起的胡杨，三千年的见证和记忆啊！

那次，我仔细观赏了胡杨的种子。小种子，竟然和蒲公英种子的大小无异。把她轻轻地放在手里，人几乎要屏住呼吸。哪怕一个轻轻的呼吸，都可以把她送出一程。她的丝状的绒刺，就是她奔跑的"风火轮"。她借助风势，随便可以风行到哪里。事实上，她比风到的地方还要远一程：因为风停了，她还会借助风的力量，再往前奔跑几步。在她住脚的地方，只要有一滴水、一粒雪，她就可以扎根、安家，而后成就三千年的非凡。

　　这非凡，竟然来自如同尘埃般的种子。我感叹啊，这大自然给予胡杨的犒赏与造化！我更感叹，胡杨的种子，她没有抱怨，没有期艾，也没有委屈。要知道，在干涸的沙漠，一滴水、一粒雪，该是多么地千载难逢啊。可是，它们只是等待机会：等待起风的机会，找到适合自己的领地；等待雨雪的机会，找到发芽、扎根的理由！有了这些理由，胡杨的种子就找到了结果的理由，繁衍并温暖社会的理由！

　　哦！胡杨的种子，普通的种子。你的普通啊，成就了伟岸的胡杨，非凡的胡杨！

（作者单位：江苏省司法警官高等职业学校）

回刘家边有感

◎ 胡亚洲

苍山老树迎秋风，

青瓦红砖依夕阳。

斗转星移三十年，

青年稀忽鬓已霜。

（作者单位：江苏省司法警官高等职业学校）

感 怀

◎ 解添明

山叠嶂，水声潺。

青蛇盘绕，玉带环旋。

抬眼皆碧树，低眉尽阶田。

朝霞云雾炊烟，虫鸣鸟语山间。

英雄创业刘家边，吾辈门前忆苦甜。

卧薪尝胆，沧海桑田。

昔日豪情干云天，今朝何惧前路艰。

（作者单位：江苏省司法警官高等职业学校）

家

◎ 李千艺

开了灯，眼前的模样，偌大的房，寂寞的窗。生命随年月流去，随白发老去。家里的往事啊，就像是一壶桂花酿，埋在桂花树下，无论桂花树凋零或是开放，这些往事始终没有如烟一样散去，而是芬芳馥郁，久久与唇齿相依。

我出生在洪泽农场，那是一个长着丛丛芦苇荡与高大白杨树的地方。那时候家在一栋灰色的楼房里，小区叫作湖滨四区。模糊的记忆里，家里有着温暖的红色墙纸，门外的煤炉总是跳跃着橘红色的火苗，青烟袅袅。小时候我蛮调皮的，因为父母经常值班，有时候只好让大姨来陪我。一次大姨来家里的时候，把她的手表给我玩。谁知，大姨一个转身的工夫，我去了趟卫生间，转眼就把她的瑞士金表扔进了马桶里，弄得大姨哭笑不得。童年的生活，在简陋却温馨的小房子里度过了；在洪泽农场那高大的白杨树下溜走了；在洪泽湖畔那清水粉荷中流逝了……

五岁的时候，我跟着家人来到了南京。这是一座有着高楼大厦与很多汽车的城市。那时家庭条件好了很多，有独立的厨房，房子是简约的黑白设计。父母把外婆接来，与我们同住。上小学的时候，外婆天天接我上下学，用她那枯瘦的手牵着我过马路，这一牵就是五年。我一直以为那双手可以一直牵着我，直到永远，但是后来外婆得了老年痴呆症。有一天出了门不见了人影，最后在派出所的帮助下才把她找回来。原来外婆一心一意要回洪泽，怎么也不肯承认南京是她的家。父母好不容易说服外婆留下来，外婆却又忘了她一手带大的孩子们。幸亏外婆还认得一个人——我，每次看到我，脸上都会露出笑容。黄昏的时候，她总是站在阳台上，张望着不远的学校，唠叨着，"怎么还不放学呢？"而那时候，我早就学会了一个人过马路，再也不需要她牵着我了。家人吃准了外婆的这一点，每当她再提出要回自己家的时候，就哄她说要是再说回家就看不到囡囡（这是我的小名）了。于是，外婆很快就乖乖安静下来，不再提回洪泽的事情。

有一次，我在学校，父母在家里请客人吃饭。每上一盘菜，外婆都会警觉地向四面窥探，认为没有人注意到她的时候，就赶紧夹上一大筷子菜，悄悄地放在自己的口袋里。父母和客人们都惊讶极了，却又不好说什么，彼此都装着没看见。那天等我回家后，外婆一把抓住我的手，用力拽着我，我莫名其妙，只好跟着她起身。外婆一路把我拉到客厅，警惕地四周张望，然后就在口袋里掏啊掏，笑嘻嘻地把刚才藏在里面的菜捧了出来，往我手里一塞，"囡囡，我特意给你留的，你吃呀，你快吃呀。"那是一堆各种各样、混成一团、被挤压得不成形的菜，有我爱吃的西红柿，还有以前外婆经常逼我吃的牛肉和青菜。我双手捧着它们，好久，才缓缓地抬起头，看见外婆望着我的殷切眼神，眼泪唰的一下流了出来，心里面承载着外婆对自己的满满的爱。家，因为有挚爱的亲人而无比温暖。

2015年，我离开南京，来到镇江上学。这是一个飘着醋香和面香的城市。警校女生公寓楼319宿舍变成了我在镇江的家。来这里大半年了，也有了知心的好友，常常和她一起，在洒满月光的阳台上遥望星空，彼此诉说着往事。那时的时光就像温柔的静水抚过脸颊。有一次晚上熄灯后，我和她都觉得特别饿，于是偷偷地爬起来泡方便面。以前最不屑的食物却在那时候吃得很香，我们俩比赛一样吸溜着面条，却又害怕被查房的发现，只得一边赶紧往嘴里扒拉面条，一边竖着耳朵小心聆听着外面的响动，一碗泡面吃得比坐过山车还刺激。还有一次，窝在宿舍里讲鬼故事，有人开玩笑说外面真的有红影子飘过，事实上那只不过是一件红色的衣服。那时候我被吓得不轻，把头紧紧地埋在被子里，一动也不敢动。但转念一想，我是和舍友们在一起，顿时就觉得有了依靠，不那么害怕了。虽然和室友不是血脉相连，也不是同一个姓氏，但生活在一起就像家人一样。彼此陪伴着，守着这么一个简单的"家"，一起成长。

无论是洪泽、南京，还是镇江，它们都是我的家。过年回到洪泽会回忆南京的繁华，待在南京时又怀念洪泽的荷花塘，而身在镇江却又想念南京家里的饭菜和时时挂念我的外婆。

其实，繁华也罢，寂寥也罢，都是我的家，是我坚强的理由，是我温暖的港湾。每每梦回，那小小的家门口，似乎永远有外婆坐着竹椅子的身影……

（作者单位：江苏省司法警官高等职业学校）

幸福的味道

◎ 刘　毅

自从荣升为母亲，心里总是满满的幸福。工作劳累的时候，生活不顺的时候，压力山大的时候，看到女儿无邪的笑脸，这些疲惫心累都烟消云散了，所以常常感恩，感谢上苍带给我如此的幸福。

当女儿第一次睁开眼睛看世界的时候，护士把她抱到我身边，小家伙睁一只眼闭一只眼，不哭不闹，静静地等待护士阿姨称体重，六斤七两！那时的我在经历二十小时的疼痛后，已经耗费了所有的精力，但幸福的感觉洋溢了全身，使我无法入眠。回到病床的我一刻不离地看着女儿，神奇的小生命，从孕育了十个月的身体里出来了，有些失落，从依赖母亲的胎儿到独立成长的个体，更多的却是期盼，希望她能健健康康成长。

已然忘记了自己刚坐月子，在听说女儿因黄疸住院的日子里，整天以泪洗面；已然忘记了因为涨奶，又缺乏专业知识，忍受了三四个月的肿胀疼痛；已然忘记了日复一日的起夜，深夜长达两三个小时的陪玩；已然忘记了女儿因疫苗引起的发烧，我一直守护着她，难眠的深夜；已然忘记了女儿脚趾骨折，在医院撕心裂肺痛哭时我流下的泪水……一切的一切，在成为母亲后，我开始了新的体验。

做了母亲后，心思更加细腻而又敏感，也常常被感动，在女儿第一次无意识地叫妈妈时，在女儿不自觉地将食物与我分享时，在女儿渴望拥抱的眼神和笑容里，我沉醉了。也常常在自责，因为工作的繁忙，没有太多时间陪伴其左右；因为压力大，也疏于对她的引导；更因为缺乏经验，有时会执着于书本上的科学，却忽略了个体的差异。尽管如此，转眼间的工夫，女儿一岁半了，时间流逝得飞快，让我和女儿都在不知不觉中成长。

沉浸在女儿带来的幸福中的我，即使工作再多再累都没有抱怨过，但在前段时间加班的时候，碰上一件事，让我更加珍惜幸福。因为工作需要，整理原本要出国交流的孩子们的签证资料，其中一个孩子总让我感觉有点奇怪，咨询问题的时候总是爱站得离我很近，让人感觉很不舒服的距离，而且说话也支支吾吾。带着这种第六感，我查看了他的资料，在户籍那一栏显示，他的母亲于去年的暑假过世了，可是在他的所有材料中，他都把母亲的那一份都准备了。怕伤害孩子的自尊心，我婉转地告诉他，只需要准备父亲的那份资料就可以了。可这个孩子在沉默很久后，问了句："老师，能不能就这样准备？"我清楚地明白这句话的意思，他不想让任何人知道母亲过世的消息，或者说他还不能接受母亲过世的事实。我不知怎样去安慰这个极力维护自己自尊的孩子，只是告诉他，他的资料我会保密，单独整理。

这件事，对我的震撼特别大，即使听过这样或那样失去家人的故事，可这是第一次在我的身边真真切切地发生了，一个未成年的少年，在面对没有母亲的世界，纵使有太多财产都是枉然。我不知道他开始是以什么样的心态填写父母的个人信息，那么淡然地说起爸妈，好像什么都没有发生过一样。可他的内心，他为此在办公室徘徊多次后做出的请求，让我心疼。在他的名下有多处房产，可这多处房产，都无法换回自己的母亲，也无法感受幸福。我不敢直视这个孩子湿润的双眼，但是有着更多的冲动，想抱一抱这个男孩，给他母亲般的温暖，更想回到那个有着女儿的幸福家，亲一亲可爱的宝贝，告诉她妈妈会为了她健健康康，看着她长大，看着她成家立业。人们，多了一份理解，更多了一些宽容，他们的努力是为了下一代更多的幸福，为人父母，个中艰辛，却在自己身处其中才能体会。而幸福的味道，就弥漫在这漫长的岁月中，沉浸……

（作者单位：江苏省司法警官高等职业学校）

闲聊茶事

——借茶修己，回到生活里做一个幸福的人！

◎ 路慧倩

　　某日茶艺老师请喝申时茶，聊到唐代诗人卢仝的七言古诗《走笔谢孟谏议寄新茶》中的《七碗茶诗》。大概意思是，一碗润喉，二碗不寂，三碗增神，四碗冒汗，五碗舒骨，六碗入境，七碗欲仙。现场尝试了一下，虽不及诗中所云，但确有汗淋之感，悠然之味，亦稍有茶醉！之后，茶友们便边品尝各色点心，边畅叙茶叶、茶器、茶艺乃至茶道。那日，我便觉得这是最最享受的人生了！

　　小时候，我对茶可一点儿也不"陌生"，妈妈从农田里干完活一到家，喊的第一句就是"丫头，把茶缸端来给我喝！"其实那个搪瓷杯里面就是凉白开，哪里有什么茶叶呢。初中时，放学回家路过镇上的茶馆，总看见有些老人家按时按点捧着个黑黢黢的陶瓷茶杯或茶壶，咂摸着嘴，竖着脑袋，兴致盎然地听人说书呢！大致是三国、水浒、岳飞传之类的。有时没人说书，大家就一起七东八西讲讲经，天南地北说说笑。至于那个茶杯里呢，确实有茶叶，不过是一些最廉价的老茶梗罢了！自然，那时的我也不知道真正的茶汤是啥味……

有人说，一个茶馆里有了紫砂茶壶，再怎么不像样，看上去还是茶馆，一个茶馆里没有紫砂茶壶，再怎么像样，也只是个喝茶的地方。我的感觉是，不论用的什么器皿，也不必什么武夷岩茶、西湖龙井、白毫银针之类的高档茶，我们需要的只是一个想听就听、想说就说的自由空间，一种愿意一直待那儿的淳厚氛围。

要说起来对茶叶的兴趣，则来自女儿小学语文课本中的一篇课文，至今我还记得文中冲泡碧螺春的细节描写，"茶叶如青螺入水，旋转着飞速下沉。这时叶芽伸展，茸毛轻舒，一旗一枪，嫩绿透亮，姿态极其动人。整个白瓷杯中，汤色碧绿清澈，清香扑鼻而来。轻轻抿上一口，清新爽人。茶水入肚，口中仍感到甜津津的，让人回味无穷"。原来茶有那么美！原来喝茶有那么享受！怪不得，有人说，品一杯好茶，如同读一首优美的田园诗！

如今，我知道，茶乃苦荼也！我听说，茶发乎神农氏！我也独悟，达摩的禅茶一味！詹同诗曰，卧云歌德，对雨著"茶经"。对于茶文化，我只能说，源远流长，德道颂扬！

一般茶人都知道，自古"点茶"技高，"斗茶"盛行，人们喜好以茶交友，叙事表情，以茶作笔，诗情画意，以茶养性，修身俭德。当下，茶艺不再是那些文人雅士之举，它已经渗透到了普通人群中，通过选茶、择水、用器到品茗，尤其是冲泡环节，什么悬壶高冲，喜闻幽香；什么韩信点兵，游龙戏水；什么凤凰三点头，碧玉沉清江。给人们简单的生活酝酿出了一种美好意境，也赋予了那片片绿叶所独特的灵性和气息。

人们常说，开门七件事，柴米油盐酱醋茶！简单的人生就是这样，如同一杯泡过两道的白茶汤，清且淡！我想，无论是在繁花似锦的城市，还是在风轻月明的村落，人人都可拥有一盏清茶，唇齿留香，品味过往！

前月，高中同学三十年聚会，其间游览溧阳南山竹海，在曲径通幽处有一块大石头，上面印刻着红色大字"和"。"和"字理念源于音乐，而音乐又源自天地自然之和。此处"和"意为亲近自然，回归自然。其实在我们茶人心中，"和"一直是茶的灵魂，我们无须领悟太多阴阳和合、中庸之道、天地同和，但愿以一颗平常心去和蔼处人、和平处事，以一种胸怀去步谦和博爱之道！

（作者单位：江苏省司法警官高等职业学校）

中年如茶

◎ 马臣文

　　窗外，雨丝盈盈。夜色，在点点灯火衬托下更显深邃。坐于屋内，静静地叹气，微笑地沉默，内心中煎熬着属于中年的繁杂之事和无奈之事。举杯啜茶，不禁感慨："唉，中年如茶……"

　　中年如茶，早已没了水的清纯宁静，氤氲中浸入的是生活的味道和人生的色彩。细细品味，成熟的滋味厚重了很多，却带着丝丝淡淡的苦味。再也不能如过去豪饮那清澈的净水。中年的茶须慢慢入口，细细消化，在曲折婉转中消解心中的渴和梦中的痛。茶是有味道的，容不得我们将它如水般吞下，滑过喉头的那些或涩或香的痕迹，永远教我们认识着生活的真谛和人生的苦难。

　　中年如茶，不待入口，我们永不知道杯中的是陈茶还是新茶，是龙井还是毛尖。若是有幸遇上香味扑面的铁观音，倒可以品咂许久。若是面对芬芳的绿茶，不仅可品其香味之淡雅，更可观其色彩之怡人。其实，即使是端起一杯苦丁，或是夹杂着涩味的山茶，也大可不必一吞而入。从容地让这似苦还涩的际遇浸入心田，用责任与梦想消融其中的异味，用淡定与冷静沉淀其中的喧嚣。那样，收获的也许不仅是经历，更是心的强大与路的悠长。

中年如茶，已无法看清杯中的微粒与尘埃，有的只是映出杯外的斑斓影像。人到中年，微尘已不再飘在眼前，而是积在心底了。掸去心中的杂物，拭去胸中的积物，说来容易，怎能做到？毕竟，中年的茶还冒着生命的热气，容不得我们待其冷却后再行饮入。有时，明知腹中难耐，明知茶味过浓，却也不得不端杯入口。中年的茶，到底还是一杯无法选择的饮品，不得不饮，不得不喝……

中年如茶，也是该面对前方道路的时候了。没有了爱情的甜蜜，没有了事业的憧憬，不能承受的重与轻，一齐落入生命的杯中。不用选择，也无须犹豫，饮下它，抬起头，前方有的是光明和希望……

（作者单位：江苏省司法警官高等职业学校）

白发苏州

◎ 缪志涛

　　无论是从前还是现在，古城依旧安静地躺在那儿。不同的是，如今的它被冠上了商业化的罪名。许多人说，时下的古城古镇，已失去了古味，不值得一游。可苏州，偏偏是用那城墙瓦砖里散发出的浓厚古味，证明了它永远值得人们去欣赏、去感受、去体会。依河成街，桥街相连，老苏州的每个古镇上都会向外人流露出它最小巧精致的一面，也是倾尽心力养育一代又一代的苏州人。

　　苏州女人像水：柔，净，素，惠——典型的南方窈窕女子。诸如柳如是、苏小小、周玉凤、赵飞燕、沈九娘……同样窈窕似水的是苏州的吴侬软语，许多人打趣说道："苏州人的骂街，外人听来，是可以当作歌唱艺术来欣赏的。"虽然略带夸张的言辞形容，但不难看出，苏州的魅力，是人们没理由不接受的。

　　余秋雨老先生的《文化苦旅》一书中写道："海内美景多的是，唯苏州，能给我真正的休憩。"没错，柔婉的言语，姣好的面容，精雅的园林，幽深的街道，每一处都给人以感官上的宁静与慰藉。苏州的美可以用双眼看，更可以用心去体会，去感受这方寸间散发着的古味。现代的生活太过浮躁，人们需要这一份清雅的慰藉去清洗一下陷进尘世的灵魂。

多元的文化汇成苏州的古韵。安静悠远的美与唐寅那俏皮的才气是尤显相得益彰的。桃花坞里桃花堰，桃花堰下桃花仙。六如居士用文笔将才气留下，将放荡不羁、玩世不恭一览无余，任世人评判。这个苏州人也是为苏州乃至整个中国文化留下了他特有的俏皮、洒脱和活气的浓厚一笔。

2500 年的长寿，免不了经受战乱的侵袭。2000 多年前，苏州一代的吴国与浙江一带的越国打得难分难解。吴越的乱战，最为受苦的是苏州的百姓。而后一直到明代，苏州变得坚挺起来。

对于遥远京城的腐败统治，竟然是苏州人反抗得最为厉害。根据史料记载，先是苏州织工大暴动，再是东林党人反对魏忠贤，朝廷特务在苏州逮捕东林党人时，遭到苏州全城的反对。柔婉的苏州人这次是提着脑袋、踏着血泊冲击，冲击的对象正是皇帝最信任的"九千岁"。"九千岁"的事情，最后由朝廷主子的自然更迭解决，正当朝野上下齐向京城欢呼谢恩的时候，苏州人只把五位抗争时被杀的普通市民，立了墓碑，葬在了虎丘山脚下，让他们安享山色和夕阳。

这次浩荡突发，使得整整一部中国史都对苏州人另眼相看。而正当外人称赞我们含而不露、忠奸分明时，苏州人也只是一笑，又去过原先的日子。园林依旧这样纤巧，桃花依旧这样灿烂。

时光催人老，岁月拔城寨。

时移世易，千百年后的今天，苏州依旧是那个苏州，古城好像不再是那座古城。如今的苏州商业发达，繁华已然成为它的代名词。也许，年岁的确是冲淡了些古味，但望一眼园林，古韵依旧随时呼之欲出，映入眼帘。无论是寒山寺的凄冷，夜半钟声的悲凉，还是曲径通幽处，禅房花木深的宁静幽深。细思细琢你会发现，任凭时光如何打磨，它依旧是那座老城，可能就是骨子里的一份气息，注定了这座老城纵使经受万般现代化的洗礼，它的古色古香依旧是那般浓稠醇厚。像是巷子里的酒香，再深的古巷窄道也无法阻止其飘香万里。古城像极了酒，越陈越美，越久越清，清身亦清心。

其实，简单的言辞是无法去赞美老苏州的。古城墙外，旧河道边，亘古的韵味源远流长，苏州，唯一未被时光所移动的城市，它用岁月书写着古味，用古味装点着园林，用园林诠释着自然，用自然牵绊着岁月。

（作者单位：江苏省司法警官高等职业学校）

期　待

◎ 马金虎

　　今天值班，需要早上六点赶到学校，所以很早就醒了。骑上自行车，小区的灯还亮着；天气有些冷，顾不得这些啦！有谁不希望在被窝里多赖一会儿。

　　路上没几辆车，行人稀少，但少不了那些为生计早起的人们！

　　路面是湿的，那是洒水车的杰作！来镇江快十年了，唯独洒水车和清洁工人给我印象最深刻，他们年复一年、日复一日，好像从来没有缺席过，即使是在下雨天，也会看到洒水车在道路上呼来呼去。

　　到学校了，新的一天已经开始了。校园里许多房间都是亮着的，一些忙碌的教师、员工起得更早，操场上的学生也逐渐多了起来。

　　七点钟，到食堂吃饭，看见一个女生独自坐在窗边的一张餐桌旁看书。吃完早饭出来，发现刚才的那个女生还在，对面又多了一个男生，餐桌上已经摆上两本书。

　　或许三十年前的刘家边也是如此。

工作已经二十年了，来警校也快十年了。作为警校人，对那段岁月还是要重温的。前段时间，学校组织"重走刘家边"的活动，我是第二批参加的。对我和大多数人来说，不是"重走"，应是初走。

刚到警校的第一年，还记得刘家乐老师偶然和我提到刘家边这个地方，后来又陆续有许多老同志的片段回忆，我对刘家边的故事也渐渐熟悉明朗起来，但有一段时间我以为那个地方叫"牛家边"。直到今年三十周年校庆，通过于志华老师搜集上传的一些老照片，我才确定它叫"刘家边"。我认识的钱老师、洪老师、孙老师、朱老师等都在这个地方工作过、生活过、奉献过……

去刘家边回来之后，当晚又听了省局张建秋处长"监狱的存在及其演绎"的主题讲座。他的四句话"监狱就是监狱""监狱只是监狱""监狱不是监狱""监狱不仅是监狱"给我留下很深印象，这里公开"借鉴"一下。

刘家边就是刘家边。有一首歌这样唱："星星还是那颗星星哟，月亮还是那个月亮；山也还是那座山哟，梁也还是……"对了，刘家边没有河，但有一口井，这口井是刘家边的。曾几何时，警校人对这口井是那么地依赖。这口井是警校的源头。

刘家边只是刘家边。刘家边只是一个地方，只是一个地名。或许没有警校人的足迹，刘家边永远不会与警校联系在一起。刘家边的历史与未来需要警校人谱写。

刘家边不是刘家边。刘家边也不是牛家边。刘家边是警校的一部分，刘家边是无法抹去的历史，刘家边是警校人需要传承的精神。

刘家边不仅是刘家边。刘家边与警校走到一起后，就不再是单纯的"刘家边"了，过去、现在、未来都将与警校的命运紧密联系在一起。刘家边的何去何从是每个警校人需要反思的。再过一年、两年、十年、二十年，抑或三十年，刘家边会怎样呢？

期待，重走刘家边，相约再看刘家边的未来！

（作者单位：江苏省司法警官高等职业学校）

如梦记

◎ 杨　刚

　　听说过刘家边，只是一直未曾去过，仅有的印象，或许就是几张翻拍的照片而已。

　　到刘家边时恰是午后，空气中稍有雾霾，下车之后尚需步行数十分钟，路是新开的，开山而建，并不算好走，走出开山之路，有老教师遥指前方——到了。

　　其实，只是遥见而已。

　　右望，一片荒芜，破败的红砖建筑隐约点缀着葱绿的山林。那是警校旧址，三十年弹指一挥，估计也只剩下些断壁残垣了吧。

　　再走近一些，可以看见一个简陋的大门，门边的传达室已是藤蔓满室，一条小径穿进去，地势高了起来，左近可见一堆破败的房子，这一堆破败的房子便是警校的旧址了。

　　老教师们每走几步便停下来不住地指点着，这是开水房、这是教学楼、这是礼堂……激动之情溢于言表。环顾，满目仅是一些破旧的建筑，但我知道，这里虽然破败，却是他们挥洒青春的地方；虽然荒僻，却承载着他们太多的记忆——或许，还有当初的梦想。

听说，当年，这里的路可不好走；听说，当年，进来不容易，出去更不容易；听说，当年，从这里出山，要数小时。筚路蓝缕，以启山林，或许是最为贴切的注脚了。可就是这群山环抱之中的简陋之处，孕育了警校的梦想。

忽然想起当年北漂的岁月，虽然短暂，却刻骨铭心，因为追梦，住过首都的地下室，挤过首都的公交，做过首都的"蚁族"，说起来是那样地不堪回首，可是为何又每每念念不忘呢？也许梦想启航的地方最为珍贵，承载梦想的地方最是难忘。

徘徊在旧址上，我仿佛可以看见朝起暮归的身影，看见挺拔矫健的身姿，听见嘹亮有力的口号。轻触斑驳的墙体，轻触警校的历史，轻触着岁月的痕。山林依旧，我仿佛听见了警校的呐喊，听得一曲长歌。

岁月荒芜了昔日的校园、时光斑驳了容颜。故址重游，总是令人唏嘘。蓦然回首，昔年的一切，早已化为掌心的流沙。当年的种种，或许会永远温婉在经历者梦的边缘。岁月抹去了当年的种种，却抹不去警校的梦想与追求。

在此之前，这里并无我的踪迹，交集仅始于今日，但是眼前的一幕幕却总有种莫名的亲切感，似曾相识。或许只因为，这里是警校梦开始的地方，而我，则是梦的延续。

暮云漠漠散轻丝，已是人归时。回望淹没在岁月中的山林，心中隐隐有了些牵挂。梦起之地，似乎总是那样令人魂牵梦萦、感慨万千。于我，于承梦之人，将行之事自然无须多言。只望，不负此生，不负此梦，待到垂垂老矣，面对儿孙，亦可笑谈当年二三事……

（作者单位：江苏省司法警官高等职业学校）

故乡的清明

◎ 施烨蔚

过了十几年的清明节，从来都是应付一般，早已记不清那时的清明节是何种模样，只隐约记得天很阴很冷。带着点霏霏细雨，珠帘密布，朦朦胧胧，淅淅沥沥了不知多久。街上人迹鲜有，行色匆匆。每逢清明，我总是捧着一盏温茶，百无聊赖地坐看天边烟雨，看她的安静，看她的极致柔和，看她的润物无声，看凡尘的洗净铅华。而如今，我却觉得这雨是如此地悲，如此地悲……

"清明时节雨纷纷，路上行人欲断魂。借问酒家何处有，牧童遥指杏花村。"世事更迭，几经沧海，现在的酒家、杏花村早已湮没在历史的长河中，只留那冰冷的牧童骑牛雕像遗世独立，遥指着空空的远方。如今时节，带着不一样的情感而去，轻轻触摸着，更觉心下一片凄凉。

踏着青石板，踩着曲折的田间小道，撒下的纸元宝无形中似成了一条蜿蜒的河流，引渡逝者的亡魂。

最近，我那一生孤苦的太婆安安静静地睡去了，我与妈妈连夜赶到时，只看到了她的遗体，一身白色寿衣轻飘飘的，清瘦到说是骨瘦如柴也不过分，干瘪的皮肤上布满了纵横的沟壑，一刀一刀刻满了岁月走过的沧桑，她的脸被一沓纸密实地盖住，虽看不到她的遗容，但我知晓，她定是一如既往的安详平和。太婆享年102岁，虽然生前受尽命运的捉弄，还好，上天允了她百岁平安，最后极为温柔地唤走了她。

听我妈妈说，太婆原是住在苏北，后因战乱祸及不得不逃到此处安身。她幼时变成了聋哑人，口不能言，耳不能听。这般大的打击，任谁都难以接受，但从前我每每触及她的眼神，都是那样的平静悠远，能将万千景色尽收眼底，我想许是所遇的坎坷太多太崎岖，太婆早已想开，许是时光把一切都打磨沉静，许是两者皆有。从我记事起，家中便没有太公的身影，我想，这个家能够如此，定多亏了太婆的拉扯，我每每来时，总能在家门口看见太婆拄着根拐杖坐在一把藤椅上，时时半眯着眼沐浴在阳光中，一头花白花白的头发着实醒目。再后来，太婆开始缠绵病榻，整日只能窝在那间暗黑得快发霉的老屋内，而那把藤椅，仍在床边伴着她。如今，院子里的那把藤椅还在，人，却再也见不到了。风轻轻而来，藤椅微微晃动，像是失了母亲的孩子一般……又仿佛还是以前的老样子，太婆斜倚着藤椅，懒懒地摇晃着睡去。

清明又来，看昨日种种，竟有种物是人非之感。再不见了那位倚门而坐的老太太，再听不到她那如稚儿般的咿呀之语，再感受不到她对小辈们的关切祝福。

我收回思绪，恭恭敬敬地祭拜，三叩头，一作揖。再次默立在她的墓旁，破碎的阳光下，菊香淡淡，亲人们不断烧送纸钱，诉着对老太太的不舍，愿她能够保佑后代平安富贵。烈火熊熊地烧着，热浪灼得我一阵恍惚，尽管我与太婆相处的时光不多，但听着亲人们的悲语，也生出了一番惆怅忧伤。想她一生苦难，如今只化作这一抔黄土，长眠地下。我素来不信鬼神之说，但我仍衷心祝愿我那可怜的太婆下辈子能够投身于好人家，能够有个好宿命，愿她新的一生安逸欢喜，远离是非灾病。佛说因果轮回，"前世的因，为今生的果，今世的因，亦为来世的果"，若她前世果真带着业障罪孽轮回，今世理应偿还够了，来世也当有着新的圆满。

踏着青石板，踩着曲折的田间小道而回，撒下的纸元宝无形中似成了一条蜿蜒的河流，与我们同归的，许有着她那一缕引渡完的亡魂。只不过，我们相会人间，她却是过奈何桥，去寻觅新生。

（作者单位：江苏省司法警官高等职业学校）

时间与存在

◎ 马臣文

题 记

夜色漆漆，吾心昭昭。反反复复，我默念着：我的笔已经钝了，我的文字已经无力了，有几样东西我怎样都不能把它们写得深刻，写得完美。那就是——我深深地爱着的东西的爱、我苦苦追求的东西的追求、我永恒缺失的东西的缺失。

一

早就知道刘家边，没有去过，却十分熟悉。作为警校的精神性存在，刘家边的诸多掌故曾让我遐想许久。那是学校存在的物质性起点，那是学校存在的精神性起点，那是每一个警校人的灵魂起点。

即使不去刘家边，即使没写出这些文字，关于刘家边的物质与精神，我也早有了许多源自内心深处的见解。写出来也罢，不写也罢，刘家边是我精神的一个寄居点，也是我灵魂的一个皈依处。

真的去了刘家边，我料想我也会感到无力和渺小。作为警校始源的刘家边，不仅是一个地方，更是一个存在于时间中的精神性存在，它的形象和气质早已被理想化为一种理念，它的影像与印记也早已被圣像化为一种信念和信仰。

我恐惧，担心自己不敢面对自己内心勾勒了诸多的刘家边影像，担心写不出与刘家边精神性存在对应的物质性存在。

我兴奋，兴奋自己终于能够面对自己作为一个警校人的精神性起源处了，兴奋自己终于能够表达自己作为一个警校人对刘家边的相思与眷恋了。

刘家边，一个物质性的存在，一个时间性的存在。我，一个警校人，一个活动在警校场域中的个人。过去、现在、未来，在历史的脉络中，愿意与否，我其实早已本真地与刘家边在一起。

二

我首先是一个文人，喜欢读书，喜欢思考，本能地用理性和非理性的文字表达自己和自己的灵魂。因此，对于刘家边，我在积聚着表达的契机，也许说多了，也许说少了，但都是我在言说。

我也努力成为一个学者，追求属于自己的思想，承担属于自己的使命和责任。

因此，即使从学术的角度，关于刘家边，也必须有所言说。我认同施特劳斯。政治不是一个可以逃脱的东西，而是在善与恶、是与非、正义与非正义之间做选择的事情，是一个人应该面对和必须面对的东西。不能让邪恶的人和人的邪恶因子占据政治场域，正义的人和人的善良因子应当在政治中竭力表达。所以，我肯定刘家边对于我的正面价值，而且刘家边应该是内在于我精神的存在因子。

无论如何，我是一个个体，仰望康德曾经仰望的苍穹，置身霍金《时间简史》叙述的时间轴线，我不愿孤独地漂流在陌生的非存在者间和广袤的宇宙中。因此，我需要在亲人间寻求温暖的生命力量，我需要在思想中激发存在的勇气，我需要在共同体中体验事业的信仰。对于已过而立之年的我，警校就是我的事业舞台；对于刚过而立之年的我，警校就是我的希腊城邦。

　　因此，我以为，念兹在兹刘家边的个体，如果不真诚地将自我安置、安顿于学校中，刘家边也许仅仅是一个个人生活过的历史空间和物质场所。刘家边精神不是在刘家边的精神，刘家边精神就是警校精神。

　　"有的人活着，他已经死了；有的人死了，他还活着。"有的人在刘家边奋斗过，青春过，激情过，可现在，他们身上已经没了刘家边的印记和胎记；有的人从来没有在刘家边学习过，工作过，生活过，可如今，他们警徽上闪亮着耀眼的刘家边精神之光。

三

　　还想说说我与警校的心境。

　　2007 年初入警校的我，踌躇满志，书生意气，却也懵懂满满。不谙世事的我，虽已硕士毕业，但书气满身，稚气仍在。真诚者好运，在这片远离故土的乐土，有人关怀，有人提携，渐渐地，我在学校中磨砺，在学校中成长。孑然一身的我，如今，有了家，有了妻女，有了较为体面的物质环境。可是，我想表达的是，精神的寄托和思想的认同才让我安于警校，安于此地。许多想逃离的想法，在某个一瞬间灰飞烟灭。我默默地对自己说：既然飘到了这里，那就在这里扎根；既然选择了这里，那就让这里成为我的依托；既然在监狱系统工作，那就让我做一个为监狱发展思想、为监狱事业思考的个体；既然在警校，那就成为一个警校人，让我的生命与警校的历史对接，为学校发展尽一己之力，甚至是毕生之力。尽管我还是想一直做学者——只是静静地在学校某个角落对着福柯画像写着那些关于囚者和被囚者的文字（相信终究有此机会）。

我们应该去刘家边，重温学校的历史，尊重学校的历史。要知道，刘家边的历史也是我们每一个警校人的历史，也是我们每一个警校人灵魂深处的天堂。不是吗？难道不是吗？

人类一思考，上帝就发笑。对着暮色沉沉，我在内心深处忘情地笑……

（作者单位：江苏省司法警官高等职业学校）

雨中思父

◎ 宋立军

秋雨，一直下，一直下。

去年父亲的祭日，我并未写下只言片语。

2016 年 9 月 22 日，父亲离开我们整整两年！两年间，每次给家里打电话、每次回家，都无法再开口喊一声"爸"了。

生前，他的一遍又一遍颠来倒去的重复话，着实让人感觉厌烦。如今，我是多么希望他能重复来重复去讲些什么，可是那样的只能到记忆中找寻了。

父亲是一个固执的人，或者说是一个执着的人。他认准的事，认准的理，几乎无人能改变得了。除了我的母亲，他怕母亲寻短见，生怕两个孩子失去妈。于是，他甘愿几十年在一个思想极度落后的女人领导下度过。因为母亲的反对，他不去承包果园，虽然他是远近闻名的果树技术员，掌握着高超的果树修剪技术；因为母亲的反对，他不敢养奶牛；因为母亲的反对，他会砍掉菜园里的李子树，要知道他最擅长通过嫁接让同一棵树在春天同时开出杏花、李子花和桃花。

他也有不听母亲话的时候，那就是关于是否让我上大学，他从没有让过步。若不是他的坚持，今天我不可能有如此的生活状态。

2012年春节过后，父亲跟我们一起来镇江。他走在校园里，对我说："要不是考上大学，你能进这个大门吗？"他把学校的大门看得非常神圣，认为那不是平头百姓能轻易踏进去的地方，只有像大儿子我这样有出息的人才有资格进出。

那一次，父亲乘坐了长江轮渡，极为夸张却也颇为属实地说渡船有我们村子"当街"那么大。他坐在汽车中，感受江苏大学之大，便认定这所大学有几个我家乡刘龙台集那么大。他在南山第一次看到了黑天鹅，兴奋得像个小孩子，让我帮他洗印一张照片，但我却不以为然，并没有满足他的要求。父亲此前从没有见过银杏果的样子，他在南山竹林寺里弯腰捡拾银杏的场景，如今仍历历在目。

现在想来，那时的父亲身体大概已经受到癌细胞的侵蚀。从丹阳火车站下来，坐上出租车后，他便狂吐不已，吐了一车。他说，胃里翻江倒海，说是不应该在上车前吃姜，说是要打一针才行。

他的胃病应该是少年时代甚至是儿时就落下的。他是几个兄弟姐妹中最小的，虚弱的奶奶生下他时，本就觉得是一个多余的孩子，根本没有人照管他。这让他曾经一直处于死亡的边缘。我的二伯父常常跑到田地里告诉我奶奶，"妈，四儿死了"。可是四儿并没死，他顽强地活了下来。

父亲考初中时，是全乡第三名，要到另一个乡去上初中。从家到学校大概有四五十里路，他是步行去上学的。书包里装的是苞米蓬子（玉米棒子去掉玉米粒后的部分）面馍馍，到学校时就吃这个。那正是长身体的时候，可是吃的东西并没有任何营养可言。父亲六十九虚岁离世，看起来寿命并不长，但是与同村的同龄人相比，他是最后一个离开这个世界的。真难以想象，他们这一代人儿童及少年时代的生活是怎样的艰辛啊？

父亲上学时，几十里路靠走，而这一走就是一生。他不会骑自行车，无论到哪里，基本全靠双脚。我不知道他一生走了多少路，但我所知道的是，他竟能在身体十分虚弱，不进滴水粒米的情况下，整整活了十五天。这应该是他一生步行打下的底子。

靠步行，父亲去朝阳北票的果农家剪果树，养家糊口；靠步行，父亲参与亲戚间的人情来往，维系着良好的亲属关系；靠步行，父亲四处借钱，为的是儿子能上大学。

父亲对牲畜很有感情，把牲畜当成宝贝，从不凶猛地抽打不听话的毛驴儿。于是，驴也就不听他的话，也注定他成不了好的车把式，以至于他赶车时经常被驴牵着走。现在想想，父亲也基本上没有打过我，只是一次我在井边钓鱼（其实里边并没有鱼），他把我狠狠地揍了一顿，他怕我淹死。

父亲生前一直自己种地，直到他去世的那年春天。东北的农活主要集中在春秋。每年秋忙之时，收秋的人往往累得晚上回家连饭也不想吃。靠天吃饭，土里刨食，这是大多数东北农村（至少是我家乡）的特点。无论是丰收还是欠产，都要将粮食收回家中。2014年，父亲躺在炕上，村里人帮我们将玉米收回家。母亲将粗大的玉米棒子拿给他看，父亲消瘦的脸上露出满意的笑容。他的一生，就是在不断地劳累与收获中度过的。

父亲没有给我们留下什么家训和财产，不过他留下的几句话却让我一直受用。

"车到山前必有路。"这句话，他常挂在嘴边，让全家度过了许多看似走投无路的关头。他始终坚信，总会有出路的。这是一种对前途的自信，他认为日子会好的，两个儿子会有出息的，任何困难都会成为过去。父亲的这种自信，也教会了我，让我笃信只要一步步往前走，无论遇到什么不顺利，都会有破解之道。

"鼻子下边有嘴。"这句俗话隐藏着一个大道理：不认识路，问；不懂的知识，问；不懂的道理，问。问的过程，就是学习的过程，就是学识积累的过程。

"犯病的不吃，犯法的不做。"这显然也是父亲交给我如何终生保全自己的良方。

今天是父亲的祭日，我无法回到他的身边。暑假时，我已经告诉他，孙女宁宁考上了台湾世新大学。我甚至可以想象得到，在另一个世界里，在他的父母和兄嫂面前，他是如何地兴高采烈，如何地显摆："我大孙女去台湾上学了！"就像他活着时，在村民面前趾高气扬地告诉大家，大儿子考上大学，成为博士。

秋雨，一直下，一直下。

今夜，我们俩能否梦中一见？

（作者单位：江苏省司法警官高等职业学校）

梦见皋陶

◎ 宋立军

我早已过了常常做梦的年龄。

许多梦境，都往往是人生的预言。这种预言的真实性，有待时光来检验。

有人说，这世界就是一座狱，谁也无法逃脱。于是，总感觉自由本不存在，所以人们总把自由放在嘴上。我们会发现，越是缺少的东西越是珍贵，越是富足的东西，越让人忽略。

我一直想知道，历史上那一位了不起的人物，到底是什么模样，他是什么性格，他为什么要建监狱给世人。

与书友推杯换盏，酒与书法混在一起，酒便不再是酒。王羲之与王献之，从名字上看，怎么会是父子呢？王羲之为何而死？握笔姿势怎样才是规范的？绞转是什么意思？喝酒能喝到这样的层次，也别有趣味。

我甚至不知道，怎样从饭店骑自行车回到自己的家中。连澡也懒得洗便躺在床上。妻很是看不惯我这种做派，非得让我洗个澡，否则不让我上床。

水是极热的，妻早就烧好的水。真是一个好女人。

但是一个男人，除了感受到家庭的温暖外，是否还会感到家庭对自己的诸多约束呢？一个热水澡，让我的五脏六腑熨帖无比，我如神仙样的享受着家庭的安逸。

洗毕，一杯蜂蜜水，啊，多么体贴啊。

这位神仙样的女子，我怎么从未见过？她云鬟高耸，明眸善睐，尖尖的下颌，带着几分愁绪。轻盈的步态，是现代人中少见的。

只听得女子叹息道："先生，安歇吧！"

我听出了她的悲苦。于是，无法入睡。我坐起来，好奇地问道："敢问您是哪一位，您怎么认识我呢？"

"先生，我是秋蟋，皋陶的夫人。"

"皋陶？"我惊讶地望着秋蟋。

"您认识他吗？"

"不认识，但是我们学监狱史的几乎没有不知道他的。"

"这是我没有想到的。原来我的夫君有如此的名望？"

"可不是嘛，'皋陶造狱'嘛。"

"可是，先生，您知道他为什么要造狱吗？"

这样的问题，出乎我的意料，我们学监狱史的只是人云亦云地说皋陶，竟然没有人问一问，皋陶为什么会造狱。真是惭愧之至。

"他为什么要造狱？"我急切地问道。

秋蟋恨恨的目光中，含着泪水。

我知道，她心中一定是悲苦的。

皋陶为什么要造狱？这越发引起我的好奇。

秋蟋又为我加了一次蜂蜜水，她说："我的夫君皋陶，他让我来问问您，是否可以和他谈谈。"

我实在是受宠若惊，我竟然能和他老人家聊聊？这不是做梦吧？

秋蟋已然引着我来到一片竹林深处，一座草屋呈现在我的面前。这是我渴望已久的居所，我喜欢在竹林中建一座小屋，喝泉水，食野菜竹笋，烧野兔野鸡，没有电没有手机，一切都是天然。

我像是梦游一样，进入这座别致而略显昏暗的草屋。在昏暗中，我见到一位驼背的老人，他正在静静地坐着，对于我的到来，没有一丝的意外。很显然，他知道我的到来。他那么冷淡，或者也可以说那么淡定。使我这个后后生、晚晚辈，顿时对他肃然起敬。

我咳了一声，随后毕恭毕敬地说道："前辈，您是皋陶先生吧，晚生有礼啦！"

他头也没回，淡淡地说："坐吧！"

我看不到他的脸，但是那驼背却很显眼。那驼背真像骆驼的峰，里面似乎装满了草料。他一动不动地坐在那里，像极了骆驼静卧时的反刍。

当我不安地坐下时，骆驼的峰动了一下。

"听说，你在监狱里待过。"

这话，令我非常不爽。看来，这是一个不太会说话的老头儿。但出于对他的尊重，我没有发作。

我点点头，想说"是的"。但话在喉咙里转了一圈，没有发出声音来。

他仿佛看到我点头，或者听到我的"是的"。冷笑了一声，像从地狱里传来的。

这是一个多么古怪的老头儿啊。他竟然能窥探到我的心灵。

我实在受不了这样的举动，我说："您别倚老卖老，我受不了你了，我想秋蟋也一样。"

这句话让驼峰猛地一颤，像是针刺了一般。

沉默了片刻，一张丑陋的脸，极不情愿地扭向我坐的方向。

这张脸似乎被砍过千万刀，又像被火烧过，两只眼睛极不对称，鼻子呈45度角摆放在右脸上，上嘴唇向上翘着，露出黑黑的牙齿。我大吃一惊，我有生以来，从没有见过这么丑陋的脸，这么丑陋的男人。

他那两只极不对称的眼睛里，发射出阴森森的绿光，与我的眼神对视，让我毛骨悚然。

他干笑了一声："没有吓到你吧？"

我尴尬地回答道："没关系。"

"我后悔，我难受，我罪有应得。"

这没头没脑的话，让我不知所措。

"别急，我会告诉你，造狱是我今生的罪孽，后世的人总在赞我，他们错了，我错了。"

我越发糊涂了，我越发觉得头疼，我越发感觉眼前这只"骆驼"的怪异。

"我造了人类历史上的第一所监狱，而我是这座监狱的第一个囚犯。"

这是怎么说的啊？越来越离谱了，皋陶疯了吗？

皋陶眨了眨左眼，歪斜的鼻子也抽了抽，耳朵似乎也抖了两抖。

"人类很奇怪，一些本来的错误，却非得神圣化。我造监狱本来是一个罪恶，却非得有人拔高夸赞。疯子，全是疯子。"

我越发感觉这个人的古怪与不可捉摸。

"你说说，秋蟋，秋蟋的蜂蜜水甜吗？"

这样的思维跳跃，让我一头雾水。我不想回答他。

"秋蟋是一个好女人，我对不起她。我知道，我知道，她恨我，她要杀我。可是，她没有，她忍。"

我这才意识到，秋蟋的恨意，对象竟然是我十分崇拜的皋陶。

"舜，你知道吗？他姓姚，是余姚人。前几天，你去过他的故乡，河姆渡遗址就在那里。"

皋陶长长地吐了一口气，差点将肺吐出来。

"秋蟋，她是谁，你知道吗？她是舜最喜欢的女儿。掌上明珠，你明白吗？我喜欢她，在她还是两三岁的小女孩时，我就喜欢她。她比我小整整三十五岁。"

皋陶抹了一下右眼角，吐了一口黏黏的痰到地上。

"其实，我知道，秋蟋她并不喜欢我，而是公野。公野壮得像一头公牛，他是部落里最英俊的男子，比秋蟋大五岁。两个人是青梅竹马，两小无猜。"

皋陶这个老头子，低下头，看着自己的脚尖，许久才又说话。

"舜，是一位好帝王，但不是一位好父亲。他为了江山稳固，竟然将他最爱的女儿秋蟋嫁给我。对于我来说，当然是求之不得。可是，可是，有一个人却伤透了心。"

"是公野吧。"我终于回应了皋陶。

"没错。一个男人的尊严，害了他。"

"因为这个，你造了监狱？"

"是，也不是。"

"怎么讲？"

"公野先是苦苦哀求，请舜收回成命。但是舜是一个固执的人。你知道，凡是有成就的人，都多少有些偏执，舜帝也一样。他认定我，认为我才是他女儿的最佳配偶。而公野是一个不成熟的人，是一个有野心的人，一个对他的地位有威胁的人。"

"公野，反了吗？"

"如果是你，碰到了这事，你怎么办，你会反吗？"

"男人的血性，当然会的。"

"公野也是男人，了不起的男人。"

"哈哈，那可是你的情敌呢！"

"我的情敌？当然，也是舜帝的敌人。公野也的确过分，他放火烧了我的家，睡梦中，我差点失去生命。公野还纠集了一些死党，打算杀掉舜。秋蟋里应外合，舜帝差一点就没命。我真没想到，秋蟋竟然……"

"舜，一定很恼火，就让你造狱了吗？"

"没有，舜帝让我用石头砸死公野，然后将他的心掏出来，喂鹰。"

"真残忍！"

"司马迁那小子，把五帝写得个个仁义聪颖，实际上并非如此。在野蛮的时代，没有狠手段活下来都困难。"

"喂鹰了吗？"

"没有，我提议建一座监狱，把公野关在里面，终生不得释放。"

"你做得很好，你给他一条生路。"

"我的初衷也是如此，我想给公野一条生路。其实，我想得更多，等舜百年后，说不定公野还可以放出来呢。我这样做，秋蟋是赞成的。他们的情谊是浓厚的，浓厚得我都忌妒啦。这真是没面子。但我真的爱秋蟋，她说的话，我是听的。"

"公野现在怎么样了？"

"他先是疯了，后来就死在了监狱里。死时，舜还在位。我真的没有想到，公野会死得这么快。"

"是你害的吧，或者是你派人害死的吧？"

"别以小人之心度君子之腹。我不会害他的。但是监狱，是让人快活的所在吗？公野并不适应那里的生活。说实在的，我在伙食和衣着上，是很照顾他的，但他还是死了。死亡，死亡，死亡。监狱就是死亡之地。即便身体不死，精神也会死。万恶的监狱。"

"你怎么会这样否定自己的功绩？你造狱是有利于社会和人类的呀。"

"但是于我而言，我为公野造了狱，并害死了他。他终于出了狱，但我却一直在狱中，我始终出不去。禹王要让我接他的班，但我实在心如死灰。我无法走出心狱。我的心永远在狱中，在那座公野困过的狱中。秋蟋也在狱中。实际上舜也在狱中。尽管舜帝去世了，但他为女儿的不幸而悲伤，他后悔了，他把女儿送到了监狱，我建造的监狱。把他的女婿也送到了监狱。把无数的人送到了监狱。"

"好像有点道理。"

"在我看来，有形监狱尽管阴森可怕，但更可怕的是无形的监狱。我今天就身处无形的监狱，我是自己的审判者的和监察者，我管教着我自己的心。我的心，其实早就喂给了老鹰。我宁愿老鹰吃我的心，让我的心自由些。可是命运让我始终在牢笼中，我出不去，我要疯了。我得找个人痛快地说说。"

"于是，你就让秋蟋找到了我？"

"没错。我知道你对监狱是多少有些反感的。你曾经在监狱中待过很长时间……"

"不是待，是工作过。"

"待，就是待。"

皋陶真固执。

"你待在监狱里，却不愿意受到约束和管制。你算是逃出来了。"

"照您这么说，其实我也没有逃出来。"

"哈哈，你很有悟性。"

"为什么这么说？"

"我造的狱，谁能逃得出？"

"你造的狱，别自以为是了。"

"怎么，你怀疑我？"

"昨天，我还铁定认为，是你，造了狱。今天，我看到你丑陋的样子，你，这个伪君子，你是狗屁的造狱之神！"

"你，数典忘祖！"皋陶竟然从座位上跳起来，我才发现他只穿着一只草鞋。

"您也别太冲动。也许每个人都是自己的监狱，自己就是自己的看守。谁也走不出这个怪圈。"

沉静，沉静，像死亡一样可怕。

"好吧，你走吧，你走吧。你走吧——秋蟋，送客！快，快，滚，滚——"

秋蟋冲进屋子里，将我轻轻一提，就举得高高的，用力抓住我的胳膊往窗外甩。

一只老鹰恰好用刀一样的爪，伸进我的胸膛。

啊——我的血！

啊——我的心！

啊——我的自由！

（作者单位：江苏省司法警官高等职业学校）

乡村听书

◎ 王传敏

现在，可以停下你都市里忙碌的脚步，坐下来，泡一杯菊花茶，听我聊聊过往岁月里一些值得留恋的事情吗？

今天上午，坐在敞亮的办公室里，偶然打翻了记忆里久已尘封的收藏，有一个很遥远的声音，隔着一片茫茫的芦苇荡，或者是一面高高的山峰，在记忆里依稀地传来……

从苏北的乡村传来，从童年里传来。

在童年，我的启蒙老师就是那些走街串巷的说书艺人。

说书人说的不是普通的书本典籍，是山东一带的琴书，又叫柳琴，有些类似苏州的评弹。柳琴戏的名称太书卷气，在徐州丰沛一带，又把它叫作"拉魂腔"。我以为，还是"拉魂腔"的叫法好，每次那大鼓敲起，扬琴叮叮咚咚响起，还要伴以呱嗒板，或脚踏板，或长筒鼙鼓的节奏声，爱听书的人魂儿立马就飞了，仿佛被无形的线儿拽着，脚下移着，来到书场。

书场不在明堂大瓦下，也没有专门的书院，或是打谷场，或是河边的沙滩地、树林子、农村大队部的宽敞院子。

听书的人有老有小，有男有女，或坐或蹲，或站或倚，三三两两，像没有出齐苗的田。假如边上幸而有个草垛，你就是躺着，也绝没有人多看你一眼。幕天席地，夏有凉风，冬晒太阳。听书带着耳朵就可以，手上带着闲活，女人纳鞋底，男人卷旱烟、搓麻绳，或干脆带点柳条编筐编笸篱，两不耽误。但每每听到了紧要处，无论男女，一律的嘴大大张起，失魂落魄，早忘了手下的活计。女的嗷的一声，急急吸气吮手，必是被针扎了手。男的编着编着，手下的活计早就变得筐不是筐，篮不是篮，笑笑，拆了再来。

在老家，庄户人常自嘲，忙的季节像条狗，急急惶惶，顶着露水下地，披着星光回家，走路都夹着尻子，仿佛地里有金子等着人捡；闲的时候像条鱼，游在水里，潜在窝里，嘴里不渴，肚里不饥，任它时光似流水，还是流水像时光，全身心地泡进去。

去听书，就成了农人闲余时光里最好的消遣。随便的场地，进出自由。你可以随意给点钱，或者是几瓢地瓜干、小麦，说书人都收下。你一点东西也不给，也没人怪你。有钱的捧个钱场，没钱的捧个人场。像我这样的小孩，虽不多见，但也时而见之。小时候，为了听书，耽误了要办的事，那是经常的。有时大人喊去打酱油买盐，常常是一等不来，二等不来，原来早已拐到书场里去。正听得出神，耳朵一阵剧疼，挣扎着扭过头，原来是被闻声寻过来的哥哥拧住了。

说书艺人多为男女成对，一人说，另一人配着乐。一人一段，琴瑟和谐。"单口相声"式的亦有，控制场面的水平需要技高一筹。听书的人不会轻易地被忽悠住，三句戏文听下去，吊不住胃口，立即抬腿走人，来去自由如风。

说书人走街串巷，说不上名字，但面孔却如街坊邻居般熟悉，哪日在路上遇了，还要亲切招呼一声，顺手赠以篮里新摘的瓜果。艺人唱个诺，不多谢，背着琴具，继续走路。那风范，洋溢着一股魏晋风骨。想想现在的明星大腕，唯恐被人忘记，时不时要搞点花边新闻才可以吸引住观众的眼球。做人的差别大了。

道具简单，一琴、一胡、一板，说书人即可娓娓说来。

世界大舞台，舞台小世界。这理在书场亦然。书里有帝王将相、才子佳人的爱恨情仇，书里有寻常百姓的悲欢离合，书里有熟悉却又陌生的世界。

《王宝钏守寒窑》里，金枝玉叶的王宝钏偏偏就爱上了穷小子薛仁贵。离开了生活多年风不打头雨不打脸、钟鸣鼎食、温暖安逸的家，王宝钏来到薛家那孔寒窑。薛仁贵投军闯世界去了。十八年呢，王宝钏吃糠咽菜，服侍公婆，苦苦守了寒窑里一个贫寒而又寂寞的爱情！

《墙头记》说的是农村里熟悉得不能再熟悉的情节。鳏居的父亲一把屎一把尿地带大了两个儿子，谁知道，却养了两只白眼狼。儿子成家了，忘了养育之恩，一个劲地把父亲朝门外推。无奈之下，只好每月轮流供饭。到后来，还要为大月和小月而斤斤计较，竟然把老父扶到墙头上，一走了之。直应了那句民谣："花喜鹊，尾巴长，娶了媳妇忘了娘……"

《鞭打芦花》鞭打的是天下狠心的后娘。男人死了妻子，丢下一个年幼的儿子。男人又续弦，生下一个儿子。书里说的是，男人出去经商了。前妻的儿子从此掉进了这后娘的虎狼窝，弟弟吃肉，哥哥只能喝汤；弟弟读书进学堂，哥哥他只能去割草放羊。秋风一天比一天凉了，后娘给兄弟俩每人都做了一件厚厚的新棉袄。年关到了，男人回来了，十分奇怪，两个儿子都是新棉袄，哥哥是两腿战战、瑟瑟抖抖，弟弟是满头大汗、不惧风寒。后娘趁机进谗言，说哥哥故意在父亲面前装作饥寒，让街坊邻居都骂后娘偏心。男人勃然大怒，抄起鞭子把哥哥痛打一顿，可怜的哥哥被抽得满地打滚求饶。直到后来鞭子把棉袄的外套抽破，哥哥的袄里飞出了芦花……

"老实人吃亏"这句话被《王华买爹》彻底颠覆。王华憨头憨脑但却朴实善良，集市上买来一个沿街乞讨的爹，被人传为笑话。不料想，这个"买来的爹"却是微服私访民间的老皇上。

说书听讲，赞的是行侠仗义、孝顺父母、忠诚朴实、刚正不阿，骂的是嫌贫爱富、欺老瞒小、奸邪误国、溜须拍马。说书人简直就是乡村名副其实的道德教师呢！"人行好事，莫问前程"，"积善积德，离地三尺有神灵"，"冻死迎风站，饿死不倒辙"，这些口口相传的谚语、训诫、警语，就这样春雨般滋润着乡人的道德心田。

传统的乡村，鸡犬声相闻，老死不相往来。很多人一辈子的活动范围也超不出百里。我的奶奶王刘氏（有没有自己的名字连我们这些后人也说不清了）出生在我们村子南面一河之隔的村子，自嫁到老王家以后，除了到过我三个姑姑出嫁过去的家，再就是附近的几个村子，我估算了一下，她老人家这一辈子的生活半径绝对没有超过二十里路！就这样，她也活了八十多岁。

慈祥的奶奶，她一字不识，也没有走南闯北的生活阅历，她不知道的很多，但是，她竟然能讲许多许多的故事。奶奶的故事是从她的长辈和一些乡间的说书人那里得来的，而我，又从奶奶、说书人以及一些长辈们的口口相传的故事里，学会了最初的做人道理。不识文不解字的乡里人，都是从说书人那里听来，又在儿孙辈耳边说来。如此说来，他们也是纯朴的说书人哪！

贫穷的乡村！偏僻的乡村！缺乏书籍和文化滋养的乡村！

幸亏还有说书人！

幸亏还有故事在口口相传！

幸亏还有一双双渴望听书的耳朵！

幸亏还有那么多经典的道德故事来滋养着乡人的精神的田园！

乡村的说书声，那么苍凉，那么悠长，那么美……

朋友，喝完这杯茶，虽然温热还在手中，可是，我们都要走了，还有案头的工作在等待着我们，我们还要融入这城市熙攘的人群中，但我们说好了，有时间，我一定带你去听书，就在乡村的打谷场上，听最正宗的说书……

（作者单位：江苏省司法警官高等职业学校）

西行"取经"刘家边

◎ 徐 欢

10月16日下午，风和日丽，阳光明媚，我们办公室4位教师随学校众多教职工一起参加了学校组织的"重走刘家边、重温创业史"系列活动。车辆从镇江出发，西行40多公里，来到了句容宝华刘家边的老校区旧址。下了车，大家却看不见半点老校区的踪影，同行的老教师说了句"还早"便带领我们向山中进发了，大家先步行穿过一片布满碎石的道路，再经过一小片厂房，穿过一小段田地，最后在山坡上我们看见了老校区旧址的大门。进了校门，再爬上一段布满羊粪球的小路，老校区的房屋才终于映入眼帘。

办公室的老张是学校的元老，这片曾经任教的校区是他再熟悉不过的了，尽管当年的宿舍已经成了羊圈，当年的教学楼已经成了养狗场，房屋破旧不堪，操场长满杂草，但眼前这些景象却勾起了老张丰富的回忆。一路上老张一边回忆过往，一边向我们三个青年教师介绍着："这儿是当年的宿舍，一下雨屋顶就开始漏雨；那儿是当年的开水房，打出的水浑浊苦涩，开水瓶里总是留有厚厚的一层水碱；那儿是教室、那儿是食堂、那儿是学生宿舍……"我们仨听着老张的介绍，对老校区这片郁郁葱葱的山坡、低矮破旧的排屋有了更多的认识，也体会到当年办学和生活的艰苦。过去的苦于老张回忆起来却是苦中带着乐，在老张的介绍中，当年的艰苦也只是一带而过，而当年的趣事却是一件又一件。老张还特地到当年居住过的宿舍中转了又转，拍照留念之余，老张更是感慨时间的流逝。一转眼间，三十年过去了，当年的房屋已经破旧，当年的青年也已经步入了壮年，但把青春献给了学校工作的老张却有着满满的成就感。对比过去，现在的教学和生活条件已经大大地改善，学校也有了更大的发展，这些改变与"老张们"的贡献是分不开的。

办公室的王哥乐于健身，幽默风趣，走几步山路对他来说只是热身。农村长大的王哥在老校区的野地里摘了些黑色的小野果，分享给我们，说这是他小时候的零食，让我们尝尝；我们将信将疑地尝了些，味道很甜，纷纷竖起了大拇指。王哥又在旁边的田地里拔出了个可爱的小萝卜，对我们说："这才是真正的绿色有机蔬菜，天然无污染，美味又营养，拿回家可清炒、可煨汤，三元一斤，不甜不要钱。"我们都被王哥专业的售卖逗乐了，玩笑之余，王哥感叹起老校区空气的清新、绿树的葱郁，这些绿色和破旧的校舍相结合别有一番田园式的优美。经王哥提醒，老校区在我们眼中仿佛一下子成了远离世俗喧嚣的世外桃源。我们纷纷发出了陶渊明式的感叹，同时慢下了脚步，寻找起这种静谧的自然之美。

办公室的小李和我都是才进警校几年的青年，第一次来到老校区旧址，我们带着好奇和踏青的心情，一边参观一边拍照，当然自拍和发朋友圈也是少不了的。老校区的房屋大部分都改成了狗舍，其中饲养的狗狗们倒是非常欢迎我们的到来。我和小李一边拍照一边也向饲养员了解到这些狗的品种和用途。原来这里只饲养一种生物实验用犬——英国长耳小猎狗，并不向私人出售。知道这些后，我半开玩笑地感叹起"狗肉火锅"计划的泡汤，而小李作为养狗爱狗人士，则为狗狗们的命运感到一丝难过。正在这时，一只饲养员女儿养的宠物狗泰迪来到我们的脚边，我定睛一看差点没认出这是泰迪。泰迪可爱的卷毛在这山野之中更容易沾染灰尘，没法经常打理清洗的它甚至比小土狗更为邋遢。我不禁联想起"橘生淮南则为橘，生于淮北则为枳"的名句，但转念间我又想到环境和人的关系。或许环境对于动植物的影响是决定性的，而对于可以改变客观世界的人来说，人的主观意识才是决定性的。当年的司法警校能够在刘家边老校区的艰苦条件下荣获多次先进集体、集体二等功和三等功并取得辉煌成就，是与警校人的艰苦创业与奉献精神分不开的。

活动临近结束返程时，我最后望了眼老校区的破旧房屋，突然想起了《陋室铭》的开头："山不在高，有仙则名；水不在深，有龙则灵。斯是陋室……"老校区旧址是陋室，但留下了陋室的同时也留下了"刘家边的精神"，警校仍在创建发展，大学之大也不在于楼宇，而在于有大学者、大学问，而这正应该是我们新一代警校人创建警校、贡献力量的主要方向吧。

（作者单位：江苏省司法警官高等职业学校）

乡关何处

◎ 朱莉莎

灰色的硬皮书，以大江大河为底色，野夫似乎在用这种方式来祭奠他在江山川河中"失踪"的母亲。"乡关何处"四个字似在发问，又似在叹息。书角微微卷起，可我总是爱不释手地抚摩着封面，似乎能触到母爱的温度。

"莎莎，清明节回趟老家吧。"爸爸轻轻说道。我抱紧了怀中的书，淡淡地说道"好。"

"花自飘零水自流，一种相思，两处闲愁。"小雨纷飞，我们回到老家，带着祭祀用品，来到奶奶墓前，一路无语。

泥泞的土地十分潮湿，爸爸摆好祭祀用品后，一边烧纸钱一边絮絮叨叨地说道："妈，你在那边自己要享福啊！我们都很好，莎莎学习很认真！……爸也很好……"

眼前一片模糊，雨水泪水已在脸上糊成一片，我想起：野夫母亲在得知自己生病后，不愿拖累野夫，独自离开前为野夫细细缝衣；他外婆在他母亲早产生下不足四斤的二姐时，即使粮食危机，也不肯放弃，用米汤一口一口喂大了这个孩子，而野夫外婆身体逐渐佝偻。

想来奶奶也是经历过那个年代的人，岁月宛如锋利的尖刀在她脸上留下太多的痕迹。黝黑的脸庞瘦小而又坚忍，奶奶的手已经干枯皲裂如老树皮，指甲粗糙而且带着磨痕，布满皱纹的手上清晰分布着条条供血不足的筋脉，每到冬天都会干裂，流出干巴巴的血，一碰到就会发紫。可她却在那时候带大了四个孩子。

奶奶带我的时候，每天都吃得很少，却常常做一些肉丸、饭团给我吃，总是满脸开心满足地看着我吃得狼吞虎咽，自己却不舍得吃，不知是习惯了艰苦年代的饥饿，还是对我浓浓的爱。但我知道，她总是最疼我的，我的毛衣鞋子都是她在昏暗灯光下用她枯黄的手一针一针为我缝制的。

可是，奶奶已经离开了，我再也吃不到奶奶做的肉丸了。时间从头发中溜走，转眼爸妈也"鬓已星星点"，十年岁月，他们陪我走过，可是，还有几个十年呢？

"爸……"我哽咽道，爸爸抱住我，拍拍我的背，说："走吧"。

从呱呱坠地，到亭亭玉立的成长选择，爸妈用他们的人生演绎不朽的诗篇，用他们的经验为我们铺就一条人生之路，而他们却日益苍老，青春悄然逝去，他们的陪伴给了我走下去的力量与支撑。"零落成泥碾作尘，只有香如故。"父母总在我们身边不离不弃。

野夫说："我若干年却像一个遗老，总是沉浸在往事的泥沼中……站成了一段乡愁。"野夫用文字记录下他对亲人朋友故乡的思念与忧愁，而我能做的，便是珍惜与陪伴，珍惜每一天的点滴幸福，陪伴不让他们孤独。

（作者单位：江苏省司法警官高等职业学校）

人生若只如初见

◎ 杨　刚

人生若只如初见，或许是纳兰对人生的感慨。

有人说，纳兰原是佛前的一株阐树，误落红尘。三十年的风雨，一醉一咏三叹，终是回归了佛前的一豆灯火。

纳兰终其一生都无法摆脱其内心深处的困惑。能得到的，不屑一顾；得不到的，却心向往之。

其实，人生本就如此。阡陌的烟雨间，我们都是命运的棋子，从来都不曾拥有过真正的自由，包括身体和内心。

人生初见，世间是如此地美好，没有纷扰、没有纠葛。可以说自己想说的话，可以做自己想做的事；开心了可以肆无忌惮的笑，难过了可以歇斯底里的哭。可是，待到年长，待到看清了这世间的一切，方才发现，人生不若初见。

蹒跚的行走于尘世间，哭过、笑过、失落过、悲伤过、迷茫过，人生本多舛，"世间有人谤我、欺我、辱我、笑我、轻我、贱我、骗我，该如何处之乎？红颜远，相思苦，几番意，难相付，如何相抚？爱别离、怨憎会、求不得、五阴炽盛，又如何抉择？于是，在辗转的挣扎中，我们体验了人生的艰辛与苦闷，学会了世故，学会了隐藏，学会了谎言。纯真的心，不知何时已蒙上了厚厚的茧。

是啊，一路走来，在时光的霜刀雪剑下，在名利的觥筹交错间，谁又能保持内心安然与无恙？谁又能保持最初的纯真与善良？或许，走过了太多的风雨，我们，终究是回不去了。

佛陀说："一念放下，万般自在。"在尘世中浮沉不变色，在众生中穿梭不迷失。得不到的，握不住的，都要放下，风起时，笑看落花，风停时，淡看天际。可是，这种境界又有几人能做到？尘世间，牵扯了太多的太多，为情所缚，为物所累，为名所困。虽然清楚地知道越走越长的是远方，越走越短的是人生，可是，顺其自然，随遇而安，远非一件简单的事。

一直很想在喧嚣的尘世间，觅一份清幽，择一处田园，静静地品味草长莺飞、绿柳拂堤。可是，独倚楼台，却只见残阳如血，孤鸿渐远，满地清秋！

虽不能至，然心向往之。或许，也只能如此了。

（作者单位：江苏省司法警官高等职业学校）

仰望星空与脚踏实地

◎ 宋建亚

　　警校诞生于 1985 年，对于同年出生的我来说，我们注定有着不解的缘分；2011 年研究生毕业，离开苏北老家，有幸来到警校工作，我们的关系更是密不可分了。同处而立之年的警校和我，都希望有一个更加美好的明天。"一荣俱荣，一损俱损"，作为警校的一员，每个人都应该为警校的美好明天尽一份力量，承担一分责任。

　　2013 年教师节，对于每一位教师来说都是十分重要的节日，对于警校来说更是发展中的重要契机，厅局领导带来了好消息，上下一心，共同创建"江苏司法警官职业学院"和"江苏省司法行政学院"。校党委立即响应，即刻将创建工作提上日程，对创建工作的时间节点和计划都做了部署。一切成就的起点是渴望。这种渴望不仅警校有，我们每个人也都有。在没有目标，迷茫不知所措的日子里，警校人一次次想象着警校的发展，想象着自己的去留和定位。有了机遇，有了目标，警校人就有了指路明灯，工作就有了干劲。"临渊羡鱼，不如退而结网"，此时此刻，我们没有理由再怨天尤人，我们要做的就是头脑清醒，努力为警校的明天奋斗，也为自己奋斗。

"喊破嗓子，不如甩开膀子"。我们要脚踏实地，做好本职工作。每个人做好自己分内事务，教学、学管、科研，每个方面都要精益求精，更进一步。我们也要创新性地开展工作，多学习兄弟院校的教学、管理经验，从实际出发，以目标为导向，多思考、多创新，配合两个学院建设，做好角色转变、能力提升。建设两个学院，硬件软件亟待提升，硬件是高层的事，软件，尤其是师资方面，我们有责任。每位教师要不断加强学习，以业余主动学习为主导，以学历提升为重要途径，以培训、交流学习为辅助，抓住机遇，不断提升个人内涵和能力，真正做到一专多能，胜任未来的需要。

"谋事在人，成事在天。"这里的"天"不应该是运气、天命，而应该是规律，按照规律办事，脚踏实地，起码在努力过后我们不会懊悔，因为我们为警校的发展做出过努力。最让人欣慰的是，现阶段，在两院建设的重要契机下，警校人都铆足了劲，上下齐心协力，荣誉感、责任感和使命感空前高涨，都在各自的岗位上努力奋斗着。我相信，只要我们坚持下去，我们和警校的明天会更加灿烂，更加辉煌。

（作者单位：江苏省司法警官高等职业学校）

只想为您别一枚警徽

◎ 庄 毅

岁月的风轻抚过脸庞

记忆翻滚着　逆流成河

永志难忘的警校生涯

像涟漪　一圈圈荡漾在内心深处

荡涤着温暖的思绪

难忘

第一次叠豆腐块

憨笑声环绕左右

第一次穿橄榄绿

那周遭惊羡的眼神

后来才知道

其实豆腐块　橄榄绿

浸透着严谨与使命

难忘

周而复始的专业课

扑腾中练硬了远行的翅膀

在技侦实践的枯燥中

熬出了自信和力量

而这一切　都离不开您的舐犊情深

感恩的心从此永驻心底

难忘

秉烛夜读嚼碎了时光

运动场上晒不黑的意志

共同的理想　相投的情趣

让五湖四海成为咫尺

从此各自多了一份祝福与牵挂

如今

粉刷的墙壁已经斑驳

记忆被裁成无数碎片

而恩师的两鬓　早已斑白成霜

熟悉的铃声已远离耳畔

再没人催逼着跑向操场

警魂却融进血液静静流淌

青春　是一幅龙飞凤舞的图腾

铿锵着忠肝义胆

成长　是一枚刻骨铭心的刺青

张扬着不屈的个性

根在警校　情系警校

不再普通　超越平凡

一腔热血在奉献中沸腾……

不管面对多少困难与坎坷

总是难忘最初的梦想

披荆斩棘永不回头

任凭手中的浆果撒了一地

只想为您别一枚警徽在胸前

肆意闪烁着耀眼的光芒

（作者单位：江苏省司法警官高等职业学校）

十里荷花

我与老师

◎ 陈知夏

据说，群星的光芒是许久前的存在，其超越无数的星霜，才抵达我们当下的周遭世界。或许亦因此，无论是谁都会被过去所囚困，无论怎样打算向前迈进，当不经意地抬头仰望时，便偶有昔日情境像这星光一样倾泻下来。它们既无法抹消更无法一笑置之，而是成为岁月长河中所留存的一抹印记，在我们的记忆中获得持存，然后在某些不经意的瞬间苏醒。

两年前阳光明媚的一天，前来做客的表姐百无聊赖间翻阅起笔者少年时的成绩报告册，一段尘封已久的记忆又浮现出来，这是一篇关于老师的华章，一曲关于烂漫年华的赞歌！

微风摇曳着窗帘，夕阳斜射入教室。迟到的少年毕恭毕敬地站在门口，准备迎接一场关于自己的"批斗大会"。出乎意料的是，等来的不是当头棒喝，而是至今仍清晰可辨的，她那温柔的声音："你是知夏吧！开学第一天就迟到可不好，下不为例哦！"这是我与这位新老师人生曲线的第一次交织。

那时，我在他人眼中是一个怎样的学生呢？自由散漫、不求上进，完全是优异的对立面，一个真正的问题学生。同学们无法理解我，为何喜欢形影相吊的独处，于是他们得出了我是个怪人的结论。老师们无法理解我入学四年成绩毫无起色，智商问题看来是唯一合乎逻辑的解释。在很长一段时间里，我一直是被他人误解的对象，正如刚踏进这所学校时捡起地上烟头所惹来的风评一般，老师视我有玩垃圾的怪癖，而我仅仅只是想将它们丢进它们本该在的地方。莎士比亚在《威尼斯商人》中写道："外观往往和事物的本身完全不符，世人却容易为表面的装饰所欺骗。"人看不到现实的本来面目，只能看到想看的、想拥有的"现实"，不论我这个身处底层、不被理解的家伙做出什么样的努力，到头来都会以他人"那低能儿努力个什么劲！"的嘲讽而告终。久而久之，连我自己都放弃了自己，过着放任自流的生活。

我的未来，很可能将作为一个微不足道的角落人，按部就班地度过平庸的生活。平心而论，这反倒是我最乐于接受的方式。相较于"宁鸣而死，不默而生"，"青箬笠，绿蓑衣，斜风细雨不须归"更是我的处世态度。然而，就在我自暴自弃之时，这位张老师伸出援手牢牢拉住了我，事无巨细地给予我帮助与指导，并将我拉出了日益颓废堕落的深渊，走向了一个崭新的天地。

我对张爱萍老师不甚了解，仅仅听说她曾经任教于表姐所就读过的学校，以良好的教学质量而闻名。初来乍到的她所具有的教学风格可谓令人耳目一新，与其他照本宣科的语文老师不同，语文课堂在她手中变得生动而又活泼，我与大多数同学一样为之所吸引，学习不再是枯燥无味、消磨意志的炼狱，而是充满欢声笑语的乐趣。老师每天布置的家作也别具一格，一天一篇字数不限的日记成了标配，至于《名师讲课》之类被其他同事奉为教学"圣经"的题库本，反倒似乎并不在意，细细想来人生中那段正儿八经写家庭作业的时光里，她的语文作业始终少得出奇。萧伯纳说："从来没有抱有希望的人也永远不会失望。"我对第一天就被评为及格的作文成绩也不以为然。令我意外的是，在当晚回家的路上，我"不幸"被中途截住，张老师递给了我一本自己制作的作文书，要求我用心研读，加以模仿。有趣的是，这里面的文章都不是大师所写，其稚气未脱的风格更像是同龄人的文笔。于是我按照老师的要求一日复一日地模仿学习，老师则一天又一天以赞扬和鼓舞报以勉励，课堂上对我大加赞赏成了全班同学习以为常的事情，为此张老师也广受诟病。印象里，当时我们班的班长就背地里说张老师对我偏心。那些一贯被同龄人捧上天，被父母师长念在嘴中的好学生们，自然无法理解这突如其来的关爱对于我这个一向被踩在脚下的人意味着什么。

就这样，张老师与我成了不被他人所理解的奇怪组合，而我也在张老师的悉心指导与关怀下获得了稳定的进步。从最初的仅仅为了满足虚荣心而努力写作争取褒奖，到后来使学习成为生活的一种习惯。如果有一天不阅读、不学习，就会感觉缺少什么，可以说，书籍在很大程度上成了我生活中不可或缺的一部分，并伴随我走过了最美好的读书时光。从此，我的班级排名也迅速提升，到了第五年的下半学期，我正式被任命为语文课代表。当同学们问起我这个怪人是如何做到时，我一脸神气地告诉他们"有个词叫大智若愚"，而当张老师面对其他老师的疑惑时，则引用弗朗索瓦·德·拉罗什富科在《考察或教训格言箴言》中的"深藏不露是一种卓越的才能"来回应，且毫不吝惜对我的赞赏之情。

令我倍感可惜的是，张老师在任教一个学年后离开了我所在的学校。对于这位启蒙老师，我和表姐都异常敬佩，而因为一些机缘巧合张老师也被披上了神秘色彩：她在任教完表姐一个学年后转入我所就读的学校，而又在教完我一个学年后又悄悄地消失于我的世界。天下没有不散的筵席，在最后的一节课，张老师拿着一本仍散发着油墨香气的自制作文书，展示给我们看，按照她的说法，她所任期的每一批学生的优秀作文，她都会加以收集整理，随后笑着对大家说"陈知夏的作文也在里面呢"。我与老师彼此会心一笑，任由周围投来不解的神情，这是唯有我们才能心领神会的事呵！

窗外刮起了一阵凉爽宜人的秋风，金黄的梧桐叶洋洋洒洒落了一地，好似专为某人所铺设的康庄大道。落日的霞光再一次照进了教室，为一切镀上了一层迷人而柔和的色彩。在与张老师相识的短暂时光里，我越来越受感染，这个不抛弃不放弃每一个人的一根筋！这个乐于表扬、肯定，乐于为他人成功而由衷喜悦的人！这个全身心投入教育事业的人！这个不畏流言蜚语，矢志不渝驶向心中目标的人！这个不被理解，仍咬紧牙关做正确事业的人！人们时常夸赞教师是太阳底下最光辉的事业，张老师可谓不虚其名！

每个人既迎来了结局，也将迎来新的开始。那位心怀不满的异议者在送别词中向老师郑重道歉（笔者也正是因此才得知）。而在张老师教授过的学生中，表姐现在成了作协会员，这自然与她的勤勉分不开，但也必然与张老师的悉心指导有着千丝万缕的联系；同学们的语文成绩自此在全年级中一直名列翘楚，成了一门可与别班竞争的拉分项；而我呢？这个曾经学校"生态圈"里底层蠕动的问题学生，正昂首阔步开创全新的人生！

成长之路避免不了挫折与磨难，正如当我们追寻真物时，有时却无奈地发现自己所观所想皆是伪物。但这能成为我们畏怯退缩、裹足不前的理由吗？"青春染暮，不是没有梦想，而是被现实压弯了腰"，但问题是，谁的青春是容易的？谁的青春不曾有压力和烦恼？哪一代人能随随便便成功？逆境不可怕！正如习近平总书记所说"心中有阳光，脚下有力量，为了理想能坚持、不懈怠，才能创造无愧于时代的人生。"犯错不可怕！罗马法学家西塞罗不也说"人恒为谬，此非耻也；谬而不悟，此至愚也"吗？世间纵然险恶，但有阴影的地方也必然有阳光！

繁星永照，春水长流。张爱萍老师永远是一盏照亮我前进的明灯，她的谆谆教诲、崇高人格所给予我的启示将历久弥新，鞭策我成长，温暖我的心房！

（作者单位：江苏省司法警官高等职业学校 1312 班）

听太爷爷讲过去的事

◎ 傅雅文

又到去看望太爷爷的日子了，穿过长长的林荫道，阳光好像没这么炽热了。我抹了一下额上的汗，掂了掂手上的东西，在楼下大喊："太爷爷，我来看你来了，开门哦！"

我进屋后，只见太爷爷正在看抗战片，弥漫的硝烟充斥着整个电视屏幕，太爷爷又在怀念他的老战友了。我看着太爷爷聚精会神的样子，大声说道："太爷爷，快来吃饭，我妈让我带了好多好吃的来。"看着我端出几样精致的菜，太爷爷皱了皱眉，叹声道："日子好了，现在是想吃什么就有什么了，唉，哪像当年啊。"

老人有点伤感，我赶紧扶着太爷爷坐下："太爷爷，您坐下，一边吃点东西，一边再和我说说您那吃草根，啃窝窝头的日子吧！"太爷爷夹了一筷子羊肉，慢慢咀嚼着，陷入了回忆中。"太爷爷当时家里有八个兄弟姐妹，我是最小的，哥哥姐姐都让着我。但世道太乱了，抗日战争又紧接着爆发了。哥哥被抓去当壮丁，从此杳无音信。你祖奶奶每天都以泪洗面，带着我和姐姐四处逃难。"听着太爷爷对童年的回忆，我脸上的笑容渐渐散去。

"日军于1937年年底侵占江浙边境一带，我们的家乡沦陷了。在逃难的途中，有人对你祖奶奶说，前边长江边有一支游击队正在招兵，看有没有合适的男孩，进去还能混得到一口饭吃。那天晚上你祖奶奶就帮我收拾了一个包裹，第二天早上天蒙蒙亮，就将我交给一个陌生男人。"

"后来我才知道这是进入了抗日游击队，队长是一个叫'双枪黄八妹'的人。在太湖边上她的名字响当当。金山与平湖是浙江的沿海县份，盛产鱼盐，生活着许多以打鱼和贩盐为生的人，该处也是江湖好汉活动的地区，所以贩运私盐的都得有一手看家本领，黄八妹为适应生活环境练得一手好枪法。我就跟着一大群人每天扛着一杆枪，看见日本人就打一仗，打完连夜就转移到另一个地方去。后来，无名的队伍越来越壮大，一些失散的官兵和地方自卫武装组织都加入了我们的队伍，无名的实力也越来越大。在当地帮会的掩护下，我们得到的武器也越来越多，活动范围也越来越广。经常袭击下乡来骚扰的小股日军，常有收获，使盘踞浦南海北一带的日军深感惶恐不安。"

我听着太爷爷的叙述，仿佛那个满是硝烟与枪声的年代就在眼前。我说："太爷爷，看来你们的游击队一定为当地的百姓做了不少好事吧，有你们的保护，百姓们一定可以少受一些战争的折磨！"话没说完，太爷爷又陷入了沉思之中，带着难以掩饰的悲伤。

他说："1943年，我们在平湖乍浦海口击沉一艘日本炮舰，日军大举扫荡渡船桥，把老少村民数百人逮捕，要挟我们投降。日军派人往返谈判，结果黄八妹拒绝投降，只答应如果日军释放全村人质，我们就不再袭击当地日军。然而，不顾人道和信誉的日本禽兽，第二天就把三百多人质在渡船桥村头用机枪全部屠杀，我们大家得到这个噩耗，都抱头痛哭，更加深了我们对日本人的痛恨。"我睁大了眼睛，简直不敢相信，以前总是在电视上和书籍中了解到日军的暴行，居然活生生地在太爷爷的经历里出现过。善良的百姓，他们是战争中最无助的受害者。

太爷爷接着又说道："自1943年夏天起的一年中，我们把海北地区日军四十八个乡镇据点，攻克了三十六个，并在友军的支援下，攻进海北重镇乍浦。不久，我们又因抢救国军飞行员，得到上级嘉奖，委任黄八妹为江浙护航纵队司令，以配合日渐接近的盟军反攻行动，日本军阀自此更视我们为心腹大患，三番两次调动大军对我们进行围剿。"太爷爷讲得很慢，似在深深的回忆中无法自拔。

"日军无条件投降，八年抗战终获最后胜利。太艰难了，实在是太艰难了，一切都不容易啊。孩子，要珍惜啊，坚决响应党的号召啊！"我低着头，和太爷爷一起沉思着。

如画江山，是先辈们用生命和热血换来的，即使他们现在老了，依旧时常回忆过去发生的一切，时时铭记着历史。而当下的很多人，享受着他们创造的美好生活却不满足，浮躁、自我、逐利，从不反省自己，常常归咎社会；从不踏实勤勉，常常好高骛远；从不思国为民，常常自私自利。

历史，总会给人一些精神上的激励和灵魂上的领悟。

（作者单位：江苏省司法警官高等职业学校）

记忆里的刘家边

◎ 俞　捷

　　我到刘家边那年，差不多三岁，已是能跑来跑去的年纪，儿时记忆力不强，但回忆却满，群山环绕是我对刘家边环境的最深印象，欢声笑语是我对师生氛围的最深感触。

　　第一次到刘家边，是坐的一辆大卡车，不是坐在驾驶室的位置，而是后面的货箱处。当时天冷，货箱用特别大的布罩成一个拱形，里面放满凳子，坐满了人。这些人中大部分都是学生，我随着我姨娘坐在学生中。他们看到我这么大的孩子，多少都喜欢哄逗两句。当时的路自然比现在的马路差得远了，一路颠簸，进山的路更是坑坑洼洼，车开了不少时间才来到刘家边。汽车一路开进校门，停在办公室前的篮球场上。父亲等在那里，最先将我抱了下去。一路同来的学生纷纷叫道："俞老师，这是您女儿啊？"父亲牵着我的手，笑着点头，好些女学生摇头说不相信。想来也是，许多孩子会挑父母的优点遗传，长得漂亮，我却是集合了我父母的大多缺点，小眼睛、黑皮肤……那时人小，苹果似的脸蛋上还有两朵高原红，怎么看怎么土里土气。虽说没多好看，但这丝毫不影响日后这些大姐姐们与我玩闹的心情，我当时最喜欢的就是去她们宿舍，看她们争着为我编好看的辫子。初到刘家边，一切自是新鲜的。我出生在洪泽湖农场，那里平原地势，印象中就没见过山。可到了刘家边，感觉全变了，那里除了山，还是山。没有车子，进山出山都不容易，也正因此，产生了一种专门帮人到大路上拦车的职业。刘家边山多，我记忆最深，也是目力所及最高的那座山叫雷达山，山上有个雷达站，应该这山坳坳里的信号都是靠它。我小时候看着雷达山，就觉得在那里工作的人肯定都特别厉害，很想上去看看，但道路条件有限，从没上去过。

筚路蓝缕，以启山林。在绿山环绕之下，警校犹如一颗破土而出的种子，结出一朵红色的花朵。红色的砖墙砌起一座座房屋，教室、办公室、教工宿舍、学生宿舍，办公楼前的地面铺满了红砖。当时修建较好的应该是那条进门的水泥马路。孩时觉得那条路又宽又长，可现在却是又窄又短，剩下的地方就全都是石子烂泥路了。学校的公共物品，除了必备的桌凳、黑板之类，也不再有其他。教工宿舍也很简陋，就桌凳、床及柜子。教学环境艰苦，生活条件朴素，但这些都丝毫不影响大家的勤学精神。老师们教课仔细，学生们听课认真，课后亦是互敬友爱。所有人都知道，这里是江苏监狱工作希望之所在，没人叫苦怨累。所有人的心愿都是为监狱事业而奉献。现在想来，真是成于自然间，心如赤子，不染尘埃。日月如梭，我已不再是当年那个小丫头。现在，我也走上了讲台，努力为监狱事业培育着新希望。虽说阅历浅薄，但我还是想尽我所能，教好课，带好学生，以尽绵薄之力。

群山环绕之中，警校在那孕育而生，每日迎着朝阳，汲取着众人的期望，一点点地成长，壮大，如今已是朝气蓬勃、生机盎然。我属于警校的"老人"，也算是警校的"新人"。如果要给我与警校的故事加一个名字，那就叫它"你陪我长大，我伴你到老"吧！

（作者单位：江苏省司法警官高等职业学校）

警校一家人

◎ 黄　玉

记得那是 1985 年的夏末，他们坐了很久的车来到了这里，不能用荒凉来描述眼前的一切，因为这里，毕竟还是有山有水有树有花有鸟有虫。有个小姑娘一下车就哭了，那时的心情大概只有两个字——未知，未知的一切。后来，他们渐渐地适应了这里的生活，每日准时的起床号，不变的路队声，上午学习，下午劳动，俨然如生活工作在一起的家人一般。上课的声音从门窗清晰地传出，那时站在讲台上的他们精神抖擞，中气十足；午后的劳动场里，他们挥汗如雨，收获满满。宿舍前的食堂飘出香气的时候，总是会有同事快乐地喊着"吃饭啦"，那会儿有个黑壮的小伙儿酷爱文学和书法，两个白皙的姑娘喜欢甜甜的柿子，校长七岁的小丫头眼睛大大还梳着小辫……这里叫刘家边，是他们青春停留过的地方，是未知变得踏实的地方；他们是警校人，是警校的开拓者，是我们的前辈。即使这里已经不太一样，可是他们还是闻到了树叶的清香，想起了柿子的味道，澎湃着青春的热血，这是刘家边的记忆。

前辈们提起刘家边起初是"忆苦"的,开天辟地的一代人终究有着旁人不能体会到的艰苦,而今"重走"刘家边,却是"思甜"的。刘家边于我们是一种警校精神,对于我们新警校人的意义就像领路人在登山的路上留下的脚印,像归岸的渔民看到稳固的灯塔。这种精神会告诉你:很多时候的辛苦,其实是给自己一个契机去迎接一个全新的开始。这种精神教会了我们用庄重认真的态度去对待工作里那些看似无趣又困难的事情,不管别人如何,一本正经地认认真真地把事情做好,最后便会发现其中的乐趣,工作的本身就摆在那里,它呈现出什么样,完全取决于你自己的心态,刘家边精神唤醒我们对前辈兢兢业业的尊重,因而也尊重自己教师的身份,尊重自己站立的三尺讲台,尊重我们自己的警校。

我站在这座情谊氤氲的山头,踩着黄色的泥土,听着前辈们一点一点地回忆,微风掠过,树叶沙沙,隔着三十个年头的故事,我们却能轻易读懂,因为我们正青春,犹如当年的他们,因为我们也是警校人,和他们一模一样。我们都一样,在人生最好的时间初识警校,同甘共苦了一帮最好的朋友,相濡以沫了最好的爱情,积累沉淀出最好的故事,终有一天我们也会有着和他们一样青春无悔的腔调,桃李满天下的骄傲。

昔日"刘家边精神"我们新警校人在传承,今朝"警校梦"我们前后辈一起在努力,缤纷的梦想,是警校时光里美丽的凝聚,时光阡陌,警校始终一家人。

（作者单位：江苏省司法警官高等职业学校）

指尖上的舞者
——记我和我的速录小伙伴

◎ 刘　星

　　他们是一群"90后"，有着同龄孩子的自信却不见浮躁，更多的是淡定和努力；他们也许不是同龄人中最优秀的，却用个性与活力谱写自己的青春故事；他们也许并不为人所知，却在校园的一角活跃着，成为一道独特的风景。他们常常在其他同学外出娱乐的时候，来到机房练习枯燥的指法，因为他们拥有同一个梦想，那就是亚伟速录。他们就是我们速录社团的成员，他们就是指尖上的舞者——用手指追赶声音的人。

　　与他们在速录的道路上一路走来，已有三年。这三年，作为一名普通教师，我从事着最平凡的工作，既没有震撼人心的举动，也没有催人泪下的故事。品尝个中滋味，有苦亦有甜。"苦"是当初的艰苦练习和工作中遇到的困难，"甜"是坎坷之后获得的成功与喜悦。最值得欣慰的是，现在我们就像一个速录大家庭，互相鼓励，不离不弃。值此警校成立30周年之际，说说我和这些速录小伙伴的故事。

万事开头难

2012 年，我服从领导安排接受了一项新的挑战，去学习亚伟速录——一种新的快速打字方法，并担任速录教学工作，做出这样的决定其实也是犹豫良久。自己本身是英语专业毕业，七年的教学经验使得课堂教学得心应手。现在重新去学习一门技能并要教学生，能行吗？经过一番激烈的思想斗争，我最终还是接受了这个挑战。每年有一多半的警校生面临着毕业即失业的残酷现实，除了公务员这座独木桥，他们是否还能找到更多的出路？我想，职业学校的学生如果能真正掌握一门技能，必将多了一个就业的机会。

近年来，越来越多的高校开始重视速录技能。目前，全国已有 300 多所院校将速录引入课堂。但事实上，大部分学校开设课程以后投入了大量的人力财力，长期没有成果，常常半途而废。在这种形势下，我的压力非常大。一方面要埋头苦练，另一方面又要研究总结适应我们学生的教学模式。学校给我极大的支持和鼓励，送我去南京亚伟速录公司学习。为期一个月的培训，让我对速录的理论知识和实际操作都有了初步的了解，但我知道这离一个优秀速录师的标准还差得很远。唯有勤奋才能补拙，只有练习再练习。

培训回来紧接着面临教学工作。自己也是一名刚刚入门的初学者，对于教学我感觉一切无从下手，面对问题没有人沟通，而且我学习培训的南京速录培训学校出于行业竞争，不提供我任何教学方面的资料。真是一穷二白啊！我感到这条路充满了重重的困难和艰辛，失落甚至绝望像一块人石头堵在心中。

怎么办？既然选择了就不能轻易放弃。学校为我们提供良好的教学环境和先进的教学设施，不能再让高价购买的速录机束之高阁了，办法总比困难多。自己动手，丰衣足食。我抓紧钻研常用软件的用法，录制不同层次和速度的声音文件作为学生练习听打的资料；同时在练习内容上下功夫，选取具有一定代表性，也不乏趣味性的内容作为学生的看打资料。闭门造车是不行的，孤军奋战不如博采众长。主任带我去了浙江警官职业学院，向那些优秀的老师学习取经。经过一段时间的积累，慢慢地总结出一套比较科学，同时又适应警校特色的教学方法。有了实践和经验，多了自信，教学也逐渐得心应手起来。

其实无论教什么学科，都需要我们以高度的责任感和事业心将全部的热情投入到工作中去，认真履行教书育人的神圣职责。我的职责就是尽自己最大的努力撑起一片速录的天地，尽我所能帮助喜欢速录的学生完成他们的梦想。

兴趣是最好的老师

在速录教学中，我深深体会到，学生学习的态度决定了一切。爱因斯坦说过，兴趣是最好的老师。第一节课我决定从兴趣的角度出发，充分调动他们学习的热情和积极性。这是一群正值青春年华的孩子，接受能力强，反应速度快，协调性高。只要他们认真学，并坚持下去，我想肯定会练出不错的成绩。我先播放了一段一分钟打 700 多字的高速录入视频，得到了他们的惊叹和好奇，接着又用了一些个人学习速录的案例，比如马云的专职速录师——姜毅的经历，来展示一些成功的榜样。大家的学习热情被迅速激发起来，都想看看这个神奇的小匣子怎么能这么厉害。水到渠成，我就开始介绍了一些基本的原理和指法，同时，我也给他们制定了目标，我说：“《西游记》中唐僧去西天取经，要过九九八十一关。我呢，也给你们设置了八十一关，看谁能最先通关，取得速录师证书。今天的第一节课大家都来闯第一关。”就这样，大家信心满满地开始了练习。

课间我喜欢和他们聊练习心得。一次，一个学生和我说了这样的话：“老师，我觉得练速录有点像玩消消乐。我很想玩通关。但是消消乐这款游戏并不是简单的消除就能过关的，我们应该灵活地利用消除产生的特效过关，这就像速录里的必须利用技巧过关一样。看来任何事情都是要掌握攻略才能事半功倍的。"我听了那是激动万分啊！他比喻得太形象了。我也玩过这个游戏，怎么没想到和速录的联系呢？

速录社团的学员对速录更加情有独钟。他们说自己很喜欢那种指尖在键盘上敲击的感觉，不一会儿的工夫，一排排字跳跃在屏幕上，心里满是喜悦和满足。他们告诉我学习速录会上瘾：看到新闻的字幕会在脑中模拟打字的指法；和别人说话手指会不自觉地在动；看到普通键盘会忘记怎么使用。速录就是有这种神奇的魅力。

学生的点滴进步是我坚持下去的最大进步。同时，在他们身上我也得到许多灵感和启发。正所谓教学相长啊！

伟大是熬出来的

我常常借用冯仑的"伟大是熬出来的"这句话来鼓励学生。速度也是熬出来的。美丽的蝴蝶被人关注，是因为熬过了黑暗的独处。要想有同步记录的速度，至少要练习几千个小时。三十字的速度，是一个痛苦的煎熬，颤抖的手指，艰难的起步；四十字的速度，是一个疑问的开始，不断地质疑，我能做到吗；五十字的速度，是一个入迷的阶段，想着快一点，快一点；六十字的速度，是一个关卡，轻轻一碰就能触摸到对岸，却总是失败；七十字，是一个习惯的养成，习惯了每天的训练，开始看到了希望；八十字，是一个追赶的过程，期望于下一阶段的学习，每天都很期待；九十字，是一次轻松的体验，感觉自己终于进入了速录阶段；一百二十字，是一次回报，辛苦了这么久，终于能考到初级了；一百六十字，是一次快乐的享受，觉得自己终于拥有了一技之长，指尖好像拥有了无穷的力量。

两个学期之后，社团学员们很顺利地通过了一百字每分钟的速度。然而，之后，他们的速度却有些停滞不前了。其中有一个同学受外界的影响，甚至放弃了速录。人性的急躁和急功近利会在学习速录中被放大，一次小小的错键就可以轻易地挑起怒火，一次不过关就会产生挫败感。我知道，这时他们最需要的是鼓励。我告诉他们，学习速录就像是长跑，遇到瓶颈时坚持下来，就会有突破；如果放弃就前功尽弃了。练习亚伟速录是一个厚积薄发的过程，需要耐得住性子，坐得住板凳，还要不急不躁，循序渐进的心态，更需要坚忍不拔的毅力。要想取得成功，没有其他的捷径可以走，只有自己不怕苦，锲而不舍地练习才是硬道理。慢慢地，他们在一次次的自我否定和自我挑战中，学会静下心来，沉淀下来。我也长长地舒了口气。我知道，熬过这个阶段，就快云开见日了。

2014年6月8日，对速录社团的学员来说是一个值得纪念的日子。那天，有十二名学员参加了亚伟速录初级技能考试，他们全部过关，并有一位学员的成绩达到了中级的速度。

时间进入到2014年9月，两年一届的全国文秘速录大赛即将举行，学校想让我们去见识大世面，积累些大赛经验。虽然我们也有几位同学的速度还不错，但我知道，比起其他院校的专业选手水平还是有很大差距的。很多院校设有专门的书记官专业，学生每周练习时间达到三十个小时以上；而我们速录只是一门课程，每周的两次课加上兴趣班加起来不会超过八个小时的练习时间，还经常因为学校这样那样的活动，冲掉练习时间。他们是正规军，我们就是打游击的。怎么比？不是说我对他们没有信心，而是时间确实太紧张了。

此时，领导和同事都给我们鼓劲，让我们放松心态，不要对比赛结果太在意，主要任务是去学习交流的。于是，我和另一名速录老师吴老师临阵磨枪，从确定人选到制订练习计划，对他们进行为期两周的集训，然后带着忐忑的心情就去上海参加比赛了，我至今还记得临行前那种上前线的悲壮之情。

经过那场别开生面的比赛，大家看到了全国精尖的选手，他们又快又准的指法令我们羡慕嫉妒。我们都意识到自己还有很大的提升空间，惊喜的是，这些孩子们非常争气，在比赛中超水平发挥。最终，我们获得了一个单项二等奖和三个三等奖。

马云说过，人需要狠狠地被 PK 过才有勇气。比赛归来，我们的训练更加刻苦，更加有针对性。此时，大家的速度又上了一个台阶，快到一百八十字了，我想此时更多需要的是实战经验。恰巧学校科研处和我们联系，他们定期举办的独角兽大讲堂需要做全程的会议记录，这正好也给孩子们一个上会的机会。

还记得数月前，他们第一次做现场投影。报告内容是原司法部监狱管理局局长王明迪老先生的《关于〈监狱法〉若干问题的思考》。我担心，老先生是浙江人，方言口音可能会让他们听不懂；内容涉及监狱学专业用语，加之当时的年代背景是他们所不能理解的。1341 班的郑心悦在王明迪老先生全场一个半小时的讲演时间内，比较完整记录了老先生的每句话，记录内容在一万字左右，真正体现了亚伟速录技术"话音落、汉字出"的神奇效果，使全校师生对速录有了全新的认识。当然，我们也发现了存在的问题：在指法的准确性和个别字词的处理上还有待提高。

他们就是我们的速录小伙伴！他们的目标就是在校课程、自学考试、公务员考试、速录技能齐头并进，全面开花！这个目标必须用严谨、坚韧和不懈奋斗来实现；这个目标需要把每天的时间安排满满来实现。看到他们在领奖台上的那刻，我仿佛已经看到他们也同样站在了未来、甚至人生的领奖台上。因为他们忍得了枯燥，耐得住寂寞，那份坚强的意志力对待什么事情会不成功呢？

条条大路通罗马

随着网络的升级更新，"速度"成为当代社会发展中的一个显著元素。在"会展经济""论坛经济"兴起并快速发展的今天，速录师，作为一种新兴职业正迅速崛起，成为职场新贵。一台中文速录机，一台笔记本电脑，高速的同声记录，速录师展现出新一代速记员的形象。他们主要出入各类大型会展、高级论坛等场合，由于市场存在极大的发展空间，他们的月薪有时高达近万元。

为实现庭审速录化，提高办案效率，1997年，最高人民法院技术局颁布《关于在全国法院系统大力推广使用亚伟中文速录机实现庭审记录计算机化的通知（法技〔1997〕19号）》。近几年，作为最先经历司法改革大潮的群体，江苏的书记员队伍正经历着前所未有的"大洗牌"：2013年7月至今，近两千名新人加入法院初、中级书记员队伍。今年江苏六十八家法院决定面向社会公开招聘聘用制书记员五百二十五人。在这样的形势和机遇之下，报考书记员对于没有考录公务员的同学来说，无疑不是就业的另一个出路。

这个暑假，我们对一些想从事书记员工作的学生进行了培训。从培训的第一天开始，每天的学习进度、心理状态、出勤考核、知识的延伸拓展，都严格管理，抓紧每分每秒给他们补充知识面，与他们聊实事，谈梦想，让他们建立积极的心态，鼓励他们苦练加巧练。由于他们的练习时间有限，更要讲求方式方法，提高效率，用最短的时间，把宝贵的时间充分利用好，取得最好的训练效果。在教学中突出"法务速录"的特色，即将法律词汇、判决书、庭审笔录与亚伟速录有机结合，使学生不仅能够较好地掌握速录师通用知识与技能，而且能够更好地确保法言法语录入能力的提高，从而适应书记员岗位工作需要。

我认为，速录技能的训练应该从入校就开始进行，用两到三年的时间达到中高级水平，然后全力以赴公务员考试。即便考试失利，再参加书记员考试，有了退路，又节省了时间。

我们就需要这样的人才

2011年6月25日，中国职业教育成果展在天津举行，教育部副部长鲁昕面对着来自全国的记者团，诚恳地说了一段话："大家知道中等职业教育的老师和高等职业教育的老师是很辛苦的。因为他们的孩子来的时候对自己没有信心，所以老师们很辛苦，这个小朋友是我们职业教育的小朋友，所以看我们的小朋友非常有本事，会听打速录，我说的话连标点符号都不带错的，一会可以给大家展示一下。我就这么讲，她就这么打，逗号、句号都有，连错别字都没有，而且都是完整的句子。我讲的可能不完整，但她会把我说的话完整地记录下来，这就是人才！我们就需要这样的人才！因为博士在我身边也没有什么用，但是这个小朋友在我身边用处很大。所以我就说句实在的话：职业教育是培养人才的。这需要记者把这个标题永远地宣传下去，职业教育培养的是人才，不是劳动力，他们有崇高的社会地位！……希望通过我们作者的笔、记者的视角彻底转变社会上的陈旧观念，现在教育部的观念已经转变了，但社会上的还没有转……"鲁昕副部长是在重新诠释"人才"的含义，她认为，人才不仅仅是指取得高学位的研究型人才，如硕士、博士，也包括掌握一技之长的优秀技能型人才，如能够同声记录的"速录小朋友"。他们用自己特有的技能提高了信息保存和传输的效率，为社会创造了财富，他们有着和研究型人才一样崇高的社会地位！促进社会形成"崇尚一技之长、不唯学历凭能力"的社会氛围，以此来提高职业教育的影响力和吸引力。

在我眼里，速录已远远不是打字那么简单，而是一种精神。速录是一种寄托，是一种坚持，是一种对心灵的净化，更是宝贵的精神财富。在速录的历程中，总有山重水复，终有柳暗花明。我坚信，警校生的前途和未来一片光明！让我们坚持不懈，百炼成钢，走最简单的路径，抵达最丰富的可能！

（作者单位：江苏省司法警官高等职业学校）

漫漫风雨路　勿忘刘家边

◎ 戴　昀

1985 年，在阡陌交通、鸡犬相闻的刘家边，一所具有特殊意义的学校悄然兴立。一群人来到这里，没有太多的行李，也没有太多的欲念，只有一颗"孜孜矻矻"的心，和一份艰难困苦、玉汝于成的信念，就这样，这群人投入到了忙碌的学校工作建设和紧张的学习中，这所学校在这群人心血的浇灌下成长得越发健壮，时至今日，它已成为为监狱戒毒系统输送新鲜血液的重要基站。

是的，这所学校就是现在的江苏省司法警官高等职业学校，而这群在艰苦环境中奋斗不止的人们如今不少都已成为博学的长者、睿智的领导者、监狱发展的开拓者。作为一名年轻的警校老师，我虽未经历当年刘家边的建设、创业的艰苦，但我却深知居逆境中，周身皆针砭药石，砥节砺行而不觉；处顺境中，眼前尽兵刃戈矛，销膏靡骨而不知的道理。所以当学校组织了全体教职员工再回刘家边，去看一看当年我们的前辈奋斗的疆场的时候，我怀着无比崇敬和激动的心情参与了这次活动。

我们循着山路向上，脚踏的还是那条黄土道路，耳边是在这里奋斗过的同志叙述着一件又一件听似有趣背后却又饱含了多少艰难血泪的故事，这些事情对于老领导、老同志来说都是珍贵的回忆和骄傲，对于我们来说便是一种精神的传达——一种永不言弃、吃苦奉献的精神！我们有义务去继承，去发扬！

老警校还在那，草木郁郁，遮挡住了已然破败的房屋，但是我知道，我们都知道，它是一个怎样的英雄。

2015年，桃花坞警校举行了三十周年的校庆，恍然几十年瞬息而过，我们的学校再一次站在了创建"双学院"的关键路口上。这一次，我们必须学习刘家边的创业精神，坚其志，苦其心，勤其力，事无大小，必有所成。路是脚踏出来的，历史是人写出来的，人的每一步都是在书写自己的历史，而我们通过一同的努力，分享同一个信仰，书写的将是另一个美好明天！

当然，想要和得到中间终归是有一个做到，我认为若想得到这样的精神继承和信念养成，那么我们必须做到以下几点：

一是不断学习。一切的发展建设和进步都离不开强大的技术、知识支持，我们处于一个信息化、大数据的时代，我们一周接触的新闻可能是古人一辈子所能了解的信息量，那么我们要做到的就是好好利用这样的时代，磨炼自己的专业素质，反思现在的工作状态，勇于挑战新事物。

二是坚持不懈。在我们工作的过程中肯定不是事事顺利的，马克思说事物是在波段性前进，螺旋式上升的，我们要做到的是戒骄戒躁，沉下心来，轮番尝试，不畏艰难。鲁迅先生说："不耻最后，即使慢，驰而不息，纵会失败，但一定可以达到他所向的目标。"士人第一是要有志，第二是要有识，第三则是要有恒，若不能持之以恒，那么一切都将前功尽弃。

三是勇于自省。曾子曰："吾日三省吾身。"我们并非圣贤，但也可在一段进程的工作结束后回顾一下整个流程，思考一下如何规避风险，怎样能达到更高效率，之后的工作也可以更好地开展。

以上是我走过刘家边后所思所想的一些东西，不尽全，也不能一言以蔽之，但是我会不断思考并身体力行，鼓足干劲，全面投入新时期的再创业活动中。

"我们不是名校，我们是警校！我们是著名警校！虽然现在还不是，但将来会的！"这让人热血沸腾并且感人至深，我也在等着这一天，我相信这样的将来，不远了。

（作者单位：江苏省司法警官高等职业学校）

那一方净土

◎ 程大峰

因部门活动，错过学校两次的活动组织，上周五午后，我自南京辗转而来，终于踏上了"重走刘家边"之旅。说是重走，不如说是"初识"，从别人口中的"刘家边"到亲见亲闻的"刘家边"就这样慢慢地立体呈现了。

弯曲泥泞的山路、斑驳的校园大门、灰蒙凋零的教室、已是大片深坑的老操场，还有那不时传来的犬吠声，一切似乎都谈不上什么美感。对于曾经在此奋斗过的老同志来说，记忆起的也许更多是对青春的追思或落寞的伤感。而于我，一边游览，一边聆听着前辈的点点故事，感受着三十年前这片土地上发生的情景，受到一丝丝心灵的洗礼和触动，让我静下来慢慢领会那个年代的纯洁和宁静。

那是一个艰苦而单纯的年代。为建设新校区，第一批学生大都是半天学习半天劳动，与老师们一起拔草整地、修建山路、平整操场。在苏州监狱调研时，耳边常听到许多已经走上管理要职岗位的第一批学子们，无比留恋地谈论起这片承载着他们青春和汗水的土地。他们记得平整操场时使用铲子的各种趣事，他们记得与老师一起劳作时挥洒的汗水，他们更自豪于在那片他们师生一铲一铲平整出来的操场上进行操练和运动。无须教育，艰苦的岁月自然教会了他们懂得珍惜和感恩；无须培育，共同的艰苦奋斗中自然凝结了单纯而牢固的师生之情。

老领导指着校门口左边那片空地，说："这里曾是一家杂货商店，下课后学生们最爱来这里，这儿也是最热闹的一个地方。"再举手指向远处的炮台，说："那是某某男生和某某女生恋爱私会被发现的地方，老师们找遍了半个山头……"呵呵，青春在这里流淌，生活的气息扑面而来，艰苦岁月中充满记忆的仍是各种生活的趣事。感恩生活！经过生活的磨炼和洗礼，成长的人生才会如此安稳和踏实！

那是一个为警荣耀的年代。刘家边校区深处半山腰，偏僻安静，交通并不便捷。而那个年代，身穿一身警服是无比自豪的一件事，对于学生更是如此。周末学生们回南京、回镇江，只要穿上警服，站在路边伸手拦下车，就会有公车或私车非常乐意地捎带你一程，一路上更有无比崇敬和羡慕的目光和话题围绕。那个年代的学生，职业认同感和责任感自然而然会很强。而对比现在的景象，我们为警自身的素养、社会的期待和认同可能都有很大差距，如何改善，如何培养学生的职业认同感、自豪感和责任感，可能是当下值得我们深思和探讨的一个大课题。

那是一个贫瘠而富足的年代。顺着弯曲小道，我们走上山坡的一片空地，散养的鸡群，漫步的羊群，恬静安然，悠然自得。我们戏称着，哪个是班长，谁是班主任时，话题自然引到鸡羊的饲养者——独臂的村官。这是一位有故事的老者，曾经的村长。

据说，那时候，学校的很多老师都有到村长家改善伙食的经历，温上一壶热酒，炒上几盘小菜，偶尔再添上一盘村长刚刚打猎而来的野味，高谈阔论中或已是皓月当空，怎能不说是贫苦年代中的一件妙事趣事？据说，后来村长坐车时，因左膀放置车窗外被刮伤截肢后，仅有的一个膀子仍然坚持上山打猎，仍是一把好手。老者说，过惯了山间自然的生活，不乐意到城里儿女家"享清福，受活罪"，所以选择在山野间养鸡放羊，更可以多活几年，过得无比踏实快乐。看似贫苦的生活，却无时无刻不透着无比真诚的生活态度，让人敬仰的精神富足，可能是我辈现在生活所缺少的吧?!

那是一个师生心灵相通的年代。校区所在山腰的另一边据说是隆昌寺。同去的刘玉珍老师与我们分享，当年她为教导学生写好一篇作文，带领全班学生一起翻越山岭，一起游览宝华山公园的情景，似乎就在眼前。也许仅仅半天的时间，付出的却是最最真诚的陪伴和呵护，留给学生们的可能是终生的记忆和永久的启迪。对于学生的教导，除了灌输所谓知识，更重要的可能就是要关注学生们的"健康成长"吧。那样的年代，这样的优秀教师，如此的真诚陪伴，这般醇厚的师生之情，就在身边。这就应该是我辈学习的楷模吧！

短短的半小时车程，跨越的是三十年历史长河。一个小时的游览，感触的是那个年代的教师、学生、村民和社会，贫瘠之中的淳朴，平凡之中的富足，留给我的是一份宝贵的清凉滋养。为人师者，无论世事如何变迁，唯愿尽己所能，秉持前辈们"育人为本"的操守，担当起"传道授业解惑"的这份神圣职责。唯以此为纪念！感恩刘家边之旅！

（作者单位：江苏省司法警官高等职业学校）

吾家维扬

◎ 任梓源

盛夏的清晨，薄雾还未散去，天色却已缓缓亮起，轻风微寒，在雕花镂空的木窗上停留。若是难得无事，便由着自己赖到日上三竿，懒散够了，才睡眼惺忪地爬起床。

早上皮包水，晚上水包皮，已经成为扬州人的一种生活习惯。刚从老茶坊称来的绿杨春在沸水中浮沉，从云卷云舒到轰轰烈烈，从青涩到醇厚，从纯净透明到茶色褐黄，时间赋予了它们崭新的生命。待到一切落定，打开紫砂壶盖，浓郁不失清冽的茶香冲出，扑向鼻腔，连襟上都不经意间沾染了些许。

春困秋乏夏打盹，午间小憩是每日饭后必不可少的。旧时没有空调，老式的电风扇总是嘎啦嘎啦地在头顶响着，躺在带着薄汗的凉席上，听着门外此起彼伏的蝉鸣，与邻里唠着家常。早晨将时令果蔬放在冰凉的井中，待到午觉睡醒便有了爽口的凉瓜醒神。饱满的汁水顺着喉咙流下，平复着体内的燥热，舒爽，酣畅。

午后，挑着桂花糕的老爷爷在巷口准时出现，刚出炉的桂花糕带着甜腻的气息，充斥东关街的窄巷，浓郁，悠长。挂满爬山虎的旧墙壁无声地诉说从前的时光，纵使接受着岁月变迁的洗礼，那种骨子里的悠久气息依旧浓稠醇厚。

我打小在扬州的东关古渡长大，出门便是闹街，从东门到西门只要短短的半个时辰，古街虽小却人来人往，形形色色的人们在这里相遇相知。若是夕阳正好，便可以看见犹如熟透柿子的落日躲在一户户人家的屋头，余晖微黄，披着柔和的漫天霞光摊在弯弯绕绕的巷子里，和门前的桃树耳语，看见了偶尔来觅食的白猫就顺便分给它一点余光，于是如雪的猫也被洒上了一身的流光溢彩。

风雨欲来的扬州比天气明媚时更让人流连。微凉的雨落在肩头，平添几分凉意。若此时撑一只小船，于瘦西湖上荡漾，便能看见扬州城褪去了一身的浮华，在绵雨的浸润下变得清丽。载着一船烟波，在荷花池里徜徉，蓦然回首，朦朦胧胧中似是娉婷少女水袖柔舞，翩若惊鸿。不忍拨摇船桨，惊动一池春水。不用刻意避开垂于湖上的柳条儿，只管向前划去，那些嫩嫩的，才冒出绿色小尖的芽会带着丝丝缕缕的春意，轻抚过你的脸，轻柔舒缓。

古代的扬州，是"广陵实佳丽，隋季此为京。八方称辐辏，五达如砥平"的盛世模样；是"天下三分明月夜，二分无奈是扬州"的细腻娇柔；是"园林多是宅，车马少于船"的繁华热闹。

浮生三千，吾爱有三，广陵之春风十里、莲池之惊鸿一瞥，瘦西湖之垂钓庭。生于维扬，足矣。

（作者单位：江苏省司法警官高等职业学校 1651 班）

两三茉莉斜入夏

◎ 施烨蔚

　　"好一朵美丽的茉莉花，好一朵美丽的茉莉花"，偶然切到这首歌，竟让我不知不觉放下手中的笔，思绪犹如出窍，游到了几年前少不更事的日子，一大束亮光将我罩得有点陌生。

　　藤架与知了，人家与蒲扇，昏黄暮色与纯白茉莉，绕起一季夏。

　　不知你是否有这样的回忆。夏季的傍晚，一家人搬出一张小矮桌、几把藤椅，放置在自家庭院中，迎着晚风吃饭。农村的晚饭简单至极，小小的矮桌上，一盆浓稠的面糊疙瘩，一碟自家腌制的咸菜，还有一小碟刚采摘的新鲜的茉莉花。盛上一碗面疙瘩，撒上一两朵茉莉花，即刻清香沁人，再就着一筷咸菜。面疙瘩本身无味，这样吃来，却是鲜甜香美，不能罢口。外公佐一杯米酒，米酒是自家酿的，香味醉人，味道更是醉人。

　　晚饭时，外婆喜欢与外公叨唠叨唠田地情况，村里的琐事。时不时会有端着碗饭在村里边吃边闲逛的人来寒暄两句，或来讨几杯酒喝，外婆在一旁细细听着，插上两句，亲似家人。而我沉迷于那一丛冰肌玉骨的茉莉，数着有多少含苞待放，有多少昂首怒放，又有多少零落成泥。

数得清吗？自然数不清。有肩扛农具哼着小曲儿归家的农夫烦我，有鸣蝉打乱我，有彩霞打扰我，还有突如其来的晚风与它们耳鬓厮磨，逗得它们掩唇嗔笑，却害得我前功尽弃。若是它们能说话，我真想问问它们怕不怕蚊虫叮咬，我可是饱受摧残，简直怕死了。

夏季的晚饭，往往我吃完了，他们还没唠结束。白天走得很慢，乡村也没有路灯，我从楼上望下，待天已黑得只看得见那纯白的茉莉时，还能清楚地听见他们的聊笑，那知了竟也与他们相伴。他们见证了日薄西山，我见证了茉莉的卷舒。

夏季茉莉繁茂好看，满院充盈着馥郁清香。虽说绿叶当配红花，热烈似火，在这炎炎夏日，还是绿叶白花的清冷更胜一筹。小巧的花瓣，玲珑的花朵被翠绿托住，锦簇成团，如闲云飘落凡尘，如细雪抖落枝头。

外婆会乘着晨曦摘下饱满的花朵，每日泡一盏新鲜的茉莉茶给我，外婆说早起一杯茶对身体好。茉莉香在水中晕开，入口有一股甘甜，早上喝来，瞬间浇灭了体内的燥热。卧房两面有窗，看到的景象各不相同。床头的窗户正对着灶房的烟囱管，起身喝茶正好可以看见升腾起的炊烟，更远些，是几方鱼塘与一大顷碧绿碧绿的稻田，还可看见鱼塘边的小径上，几个长条形的黑点，身后跟着几只甩着尾巴的小黑点。南面的窗户正好可以看见那一丛茉莉，一棵柿子树，已经结了满树的小青柿子，还有夜宿鱼塘刚刚归家的人和看守鱼塘的大功臣——家犬，这时候正是各类河鲜繁殖生长的时节，需要小心看护着。我喝着茉莉茶，看着这一切，内心也温柔了起来。

新的一天因茉莉花而开始，因茉莉花而愉悦。又何尝不想永远拥有茉莉花的岁月，虽然我还年轻，但我直觉这样的日子将越来越远，直至无影无踪。

在茉莉花的时节，我做了一个茉莉花般的梦。我身处一个茉莉花园，而深深庭院中，是一间极为简单的木屋。推开窗，可清晰看见雨丝从屋檐上滑落，形成一层薄薄的雨帘，淡淡泥土香与茉莉香相混合，犹如小园深处泼了墨，更似泼了茶。有一位眉目清秀的少年误闯庭院深处，纯白的短衫，干净得如同精灵，雨丝打湿了他，却不觉狼狈，就这样，与他相遇，没有惊慌，四目相对，相视而笑。雨丝轻绵也荡起了一地波澜。

醒来，再低头寻找时，风过无痕，抬头，日历即将翻新入九月，一摞考试用书静静地摆在案头。大梦醒来，蝉声切切，纯白色的岁月何时会有？怕是只能在梦中寻觅了。

（作者单位：江苏省司法警官高等职业学校）

王阳明①司法思想品读

◎ 王传敏

"徒事刑驱势迫，是谓以火济火，何益于治？若教之以礼，庶几所谓小人学道则易使。"②

"如问一词讼，不可因其应对无状，起个怒心；不可因他言语圆转，生个喜心；不可恶其嘱托，加意治之；不可因其请求，屈意从之；不可因自己事务烦冗，随意苟且断之；不可因旁人谮毁罗织，随人意思处之。"③

翻译成现代大白话，分别是：

"仅依靠刑罚的威慑与权势的压迫，就好像是用火救火一样，对国家的治理有何意义呢？如果用礼仪教化他们，老百姓懂得礼仪之道后，社会就容易治理。"

---

① 王守仁（1472—1529）：汉族，幼名云，字伯安，别号阳明。浙江绍兴府余姚县（今属宁波余姚）人，因曾筑室于会稽山阳明洞，自号阳明子，学者称之为阳明先生，亦称王阳明。明代著名的思想家、文学家、哲学家和军事家，陆王心学之集大成者，精通儒家、道家、佛家。
② 见于王阳明：《王阳明全集·牌行南宁府延师讲礼》。
③ 见于王阳明：《王阳明全集·传习录》。

"审理案件时，不能因为对方所答非所问而恼怒；不能因为对方对答如流而高兴；不能因为厌恶对方的请托而加重处罚他；不能因为对方的哀求就屈意宽容他；不能因为自己的事务烦冗而随意草率结案；不能因为别人的诋毁和陷害而随别人的意愿去处理。"

《左传》里曾将立德、立功、立言称为"三不朽"，唐朝学者孔颖达对"三不朽"做了进一步阐述，何谓立德？即"创制垂法，博施济众"；何谓立功？即"拯厄除难，功济于时"；何谓立言？即"烟得其要，理足可传"。照此看来，在中国数千年历史长河里，能够接得住"三不朽"赞誉的人物寥寥无几。但王阳明绝对算一个。王阳明生于 1472 年，卒于 1529 年，名守仁，号阳明子，因此后世称他"阳明先生"。王阳明的"知行合一"学说影响深远，晚明思想家张岱将"致良知"的学说比喻为"暗室一炬"，点亮了数百年学界暗夜。他并非空谈仁义道德的腐儒，还具有丰富的施政经验和实践，对于法治亦有独到的见解。因为反对宦官刘瑾，他被发配到贵州的龙场驿，在这个荆榛遍地的蛮荒之野，无书可读，只有冥思悟道，仿佛当年佛祖菩提树下，刹那间醍醐灌顶，这也就是后来被世人赞誉不止的"四句教"——无善无恶心之体，有善有恶意之动，知善知恶是良知，为善去恶是格物。在王阳明的法治思想里，"为善去恶"的指向格外突出，与儒家津津乐道的"修身家治国平天下"准则一脉相承。

（作者单位：江苏省司法警官高等职业学校）

狴犴之设
——周作人眼中的监狱学教育

◎ 王传敏

人分男女老少，地有东西南北，本不该有高低贵贱之分，但是，偏偏就有一些执念在自动划线。民国时期，朝野上下难得形成共识，监狱学教育在徐世英、董康、严景耀、王元增、孙雄等一些有识之士的推动下，渐有勃兴之势。然而，在同时期的周作人眼中，却是另外一种立场，在他身后，也站着一个对监狱、监狱学心存芥蒂的团队。

毫无疑问，周先生不仅是文学大家，还可以当得起"教育家"这个赞誉。在其兄长鲁迅先生举荐提携下，周作人先生跻身大学教师队伍，羽翼渐丰，声名鹊起，成为当时京师教育界名人。近日，翻阅书箧，偶然映入眼帘的是一行字：

《见店头监狱书所感》，作者是周作人。

1907 年周作人先生游学日本时，看到书店里中国留学生翻译的监狱学著作，数量还不少，他认为这些留学生是不务正业，深有感慨，写下这篇文章。

为详细说明周作人对监狱、监狱学教育的观点，将此部分完整摘录如下：

"狱之为物不祥，仁人所不乐言，更何必需之有？顾吾适市，乃见有书累累，标志狱务，皆留学生之所为者，则又何耶？国人远适求学，不有大愿，流连荒亡，及于殂落，斯亦已耳，何监狱之足道。且士纵不肖，将假一技搏升斗以糊口，虽执鞭犹可为，奚必与伍伯争囚粮之余粒耶？夫欧西号文明，狴犴之设，托词化善，君子犹或非之；若吾国监牢，更何物耶？不过因系生人，以备屠宰，笼槛森然，犹屠人之栈豕耳！使涉足其间，联念所及，当立有血泊刀光之景，来袭灵台，令生恶感，而吾学子诸君，胡独津津乐道之？"①

短短数行文字，信息量很大：监狱是不祥之物，有品位的人应当避而远之；这个留学生长途跋涉、东渡日本，很不容易，不应该把时间和精力放在这无用的翻译外国监狱学书籍的事情上；如果想养家糊口，纵然是执教鞭做教师也比当监狱看守好；国外设立监狱据说是让人改过迁善，说不定还是假的，中国的监牢不过就是关押人以备随时屠宰的牢笼，提到它就会让人心生恶感，毛骨悚然，为什么留学生还会津津乐道？

周作人的观点在当时很有代表性，古代士大夫书读万卷，孜孜不倦，为的是一日金榜题名，厕身士林，致君尧舜，但是对于法律教育以及律家的职业，却是等而下之，嗤之以鼻、不屑一顾的。何况，他祖父周介孚因为科场舞弊下狱，差点人头落地，周家家道中落，也是以此为分水岭。这一点，在鲁迅的文章里，也隐约提及。旧社会司法官吏盘剥敲诈已经深深地刻进周家人的记忆中。

需要补充说明的是，清末民初，狱制改良的重要内容之一就是开办法政学堂，开设监狱学科教育，培养监狱官吏。这应该算是近代教育的主要内容吧？作为当时留学东洋的新青年，周作人尚且还有如此顽固的执念，现在想

---

① 周作人：《知堂书话》(上)，海南出版社1997年版，第1269页。转引自孔颖：《走进文明的橱窗——清末官绅对日监狱考察研究》，法律出版社2014年版，第54页。

来，百年前那些投身监狱改良的朝野人士，真乃孤身作战的勇士，点一万个赞也不过分。

再回到周作人身上，因为北平沦陷后当了汉奸，阴差阳错，被下了监狱。先是关在了北京炮局胡同监狱，1946 年 5 月乘飞机被押送至南京老虎桥监狱。最初住在忠舍，后转到义舍，再后来住单间，住宿条件是慢慢得到改善的。到 1949 年 1 月底，民国南京政府垮台，周作人才被释放出来。再做补充说明的是，上述两个监狱，都是当时的模范监狱，管理者大多接受过法政学堂的监狱学教育。世事白云苍狗，云雨翻覆，怎不令人嗟叹。

周作人在监狱里待遇还不错，平日里读书译书外，还写了近两百首诗。从老虎桥出狱当天，他站在老虎桥头，又口占一首：

"一千一百五十日，且作浮屠学闭关。

今日出门桥上望，菰蒲零落满溪间。"

菊残犹有傲霜枝，荷尽全无擎雨盖，菰蒲亦然。

（作者单位：江苏省司法警官高等职业学校）

寻根之旅

◎ 郑　曦

　　早就听说过刘家边，一个虽不为外人熟知，却让警校人耳熟能详的地方。走近刘家边，不过是一个名不见经传的小村落，它正静静地依偎在宝华山下。这里既没有山野中的烂漫山花俏，也没有小溪流水的秀丽好风光；既不见繁华喧闹的都市大街道，更不见璀璨霓虹灯的闪耀。这里和外界连接的只有那一条被称之为"晴天一身灰，雨天一身泥"的碎石小路，有的只是连绵的山丘和坑洼的土路。

　　秋风瑟瑟，满目苍凉。一株枯藤老树在秋风中微微颤动着树叶，仿佛一位白发老者正扬起满是沟壑的脸，抖动着胡须，微笑着询问前来寻根的人："年轻人，回来啦？"

　　我们路过枯藤老树，顺着蜿蜒而上的坑洼土路，穿过立柱支撑的大门，来到了曾经是警官学校的旧址前，四周无言的落寞和清冷还是不由得让我呆愣当下。

　　秋日的斜阳明晃晃地照着昔日的校园。平整过的山坡，一溜排的平房教室，山坡上的学生宿舍，简易的学生食堂，我们依稀可见当年前辈们艰苦忙碌的背影，依稀听到当年学生们的欢声笑语。

震撼，心中满满全是震撼！

当年，老警校人正是在这片荒芜的土地上，凭借着坚定不移的信念和顽强不息的拼搏精神，白手起家，历经几多风雨几多沧桑，百折不挠。他们创造出了建校、招生、授课的惊人三部曲。在刘家边开辟了江苏省司法警官学校的新天地，最终夺得全国同类院校前三名之冠。老警校人无私的奉献，不仅取得了丰硕的物质成果，更为重要的是创造了极为宝贵的精神财富——警校人的"刘家边"精神。这种精神是一种强大的力量源泉，是我们警校人的根！

如今，我们新警校人正团结一心，努力创建"双学院"，这是警校在新世纪迈出的新征程。今日探寻"刘家边"精神之根，是为了传承警校文化和创业精神；是为了激励我们新警校人团结奋斗，艰苦创业；是为了进一步鼓舞斗志并将此艰苦创业精神发扬光大。唯有让"刘家边"精神薪火相传，我们的警校才能战无不胜！

起风了。山里的秋风很凉，裹挟着风沙吹过昔日的警校，吹打着我们的面颊。我又一次看向枯藤老树，它坚强地伫立在风中，朝我们这群寻根的人频频点头，露出了会心的笑。

（作者单位：江苏省司法警官高等职业学校）

两地书

◎ 姚 丹

亲爱的老公：

见字如面！

再过四天，就是我们结婚十周年的纪念日。默默想过很多次，在这样一个此生都算得上隆重的日子里，我们可以一起做些什么，让原本平凡的日子充满仪式感呢？牵着手去我们第一次对话的中大医院，再去看场爱情电影，接着去紫峰大厦的旋转餐厅，在南京城璀璨的灯火中来一场烛光晚餐，互赠礼物，珍重过去，畅想未来。

可惜的是，当翻开日历，发现2017年5月16日星期二，跟以往那么多的纪念日一样，是你在单位值班的日子，是我在单位上班的日子。从南京的大连山到镇江的桃花坞路，相距七十五公里，我们连面都见不着。

家是幸福的港湾，而我们总是在家里交替出现，碰到你周六上午交班后匆匆回家，轮到我周日下午又该返回学校陪伴班里的孩子。你说："周一为什么不下雨？"我说："周五你怎么就不能排个小休?"是啊,如果周一下雨,说不定我可以在家多待一晚,如果周五有小休,你也可以在家多待一晚。可极少有如果,每一个月才能有两天这样连续完整的 24 小时,是我们同时在家,陪儿子一起。

往往等我回家,看到的是被你用铁夹夹住的儿子书本卷起的书角,看到的是家里干净整洁的角角落落,是鱼缸里清澈的水,忍不住会心一笑:"真是强迫。"还有儿子悄悄说,"爸爸跟我晚安时,会亲我一下,哎呀,他那胡子戳到我了。"满脸嫌弃的表情却透着抑制不住的兴奋。这些都是你留下的痕迹。

从警十二年,结婚十年。

"小飞机"的我们相识相恋,每个月做的第一件事是拿出各自的排班表,圈出同时休息的日子。记得碰到最多的是星期二,在街上闲逛时总会讨论,别人肯定以为我们没工作呢!"一毛一"的我们穿着警服去领了结婚证,你刚刚参加完全省岗位大练兵的汇报表演,结束了一个月的封闭训练,更黑更瘦。"一毛二"的时候有了儿子,你在医院细心照顾了我们七天,至于后来,呵呵。我们一起走上了监狱中层的岗位,都到了监区,当着副监区长,意气风发。我们也一起考取了南师大的在职法硕,除了夫妻,还做了三年的同窗。"一毛三"的我们在日益渐增的压力和日复一日的重复之中有了倦怠、困惑和彷徨,现在想来,可能是我把事业上的追求与理想投射到了你的身上,而这种投射带来了不满和分歧。在寻求突破与改变的路上,"两毛一"的我们权衡再三后做出了一个重大的决定,我离开了女监,选择到警校成了一名专科老师,回归最初的梦想。而你也随着环境和自己的改变,继续积极进取。现在的你会认真地给我列举这一年你所获得的一个又一个荣誉,仿佛刚刚工作的模样。我也深深地理解了你,只想单纯地凭着自己的努力去争取。你自始至终都很有责任心,不论对于工作,还是对于家庭。

时间过得真的很快,也许我们换一个不是同行的人的同行,可能根本无法理解彼此对工作不得不付出的时间和精力,可能完全无法包容彼此对家庭不得不存在的亏欠和愧疚。

其实对于未来，我的梦想很简单，就是能像大多数的家庭一样，过上朝夕相伴的家庭生活。早晨送完孩子上学后去上班，下班后接上孩子，买菜烧饭，吃上一顿一家三口的晚餐，然后散散步，聊聊天。周末，还有节假日，开着车，一起去任何一个想去的地方。不过，梦想也就是用来想想，别人家稀松平常的生活，对于我们这样的双警两地家庭，听上去却那么像天方夜谭。

这么多年，早已习惯了不常见面。毕竟"两情若是长久时，又岂在朝朝暮暮"，经得起长久分离考验的爱情才是真爱，对吗？下一个十年，见。

我爱你！见字如面！

爱你的老婆

2017 年 5 月 12 日

（作者单位：江苏省司法警官高等职业学校）

有一种人生叫拼搏

◎ 陈 叶

"如果提前了解你所要面对的人生，你是否还会有勇气前来？"这是电影《无问西东》中的一句台词。很多人的答案都是否定的，如果时光可以倒流，如果能重新选择一次，很多人都会选择一条与现在截然不同的路，或许那条路没有现在的生活有诱惑力，也没有你曾经梦寐以求的财富与地位，更没有你想要的荣耀。但是，很多人依然会选，因为那条路是属于自己的。那条路上，有自己的初心，有自己的梦想与追求，更有属于自己的鲜花和掌声，纵然可能又苦又累，但他们都愿意。因为当初他们为了求得一时的安稳，放弃了自己最美好的梦想与追求，忘记了自己的初心，有的甚至成了自己最痛恨的人。如果重来一次，他们一定会选择一条充满荆棘的理想之路！

在电影《无问西东》中我至今犹记这样一个片段：清华大学的校长梅贻琦本十分擅长文科，却选择了实科，并对以"最优秀的人都选实科"为理由的学生吴岭澜说过这样一段话："真实是你看到什么，听到什么，做什么，和谁在一起，有一种从心灵深处满溢出来的不懊悔也不羞耻的平和与喜悦。"在现实生活中，很多人为了一时的安稳，一时的名利，一时的成功，而放弃自己曾经视为珍宝的梦想，以此来寻求一种盲目的踏实与心安。但是当他们得到了这些东西的时候，就真的踏实了吗？就真的心安了吗？就真的过上了他们想要的日子了吗？不，他们的精神、他们的灵魂都很有可能是空虚的，他们甚至会悔恨自己当初的选择……

因为他们在得到了想要的东西之后，却失去了他们最珍贵的东西——初心。他们为了所谓的生活，牺牲了原本属于他们的最美好的东西。在众多的文娱节目中，我最喜欢的还是《中国成语大会》，不仅是因为它让我了解了中国传统文化的博大精深，而且让我从中学到了很多知识，然而最让我欣赏的，还是选手们身上的那种拼搏精神，无论战果如何，无论成绩如何，他们都会在这个舞台上尽力答题，不留遗憾，将自己最好的一面展现给老师们和台下的观众。在《中国成语大会》上我最喜欢的组合是"PM2.5"和由东道主选手组成的"邯郸四霸"之一的"白话灵犀"组合，他们的每一场比赛都打得十分认真，从不敷衍，哪怕是对手真的很强大，他们也从未想过后退，其实他们大可以马马虎虎地在台上打一场，露个脸，蹭个热度，然后继续在观众席上当他们的吃瓜观众，可是他们没有，无论对手有多么强大，他们都倾尽全力，去拼搏，一次也没有后退过，至今犹记在决战之夜，"秦汉思源"组合之一的张恒睿，面对曾经打败自己的实力选手北大才子彭敏时，张恒睿和彭敏击掌："一定要完成自己的未竟之志！"彭敏也回应："一定！"最终在决战之时面对"白话灵犀"时，彭敏过关斩将，力挽狂澜夺得冠军，这一战几乎堪称是《中国成语大会》上他打得最激烈，也是最辛苦的一战，尤其是在点球大赛上双方比分几次持平，直到第八局才分出胜负，"小白兔"白娟因为失误而落泪时，"女王"张钰桦紧紧地握住她的手道："别怕，有我呢！"在那一刻她们不仅仅是为自己而战、为自己的学校而战，更是为邯郸而战，她们不能退。她们在这个舞台上多站一分钟，邯郸大学的名字就会在这个舞台上多挂一分钟，她们付出的努力是平常人难以想象的，她们的才华令很多人一叹，更为之一惧，彭敏更是戏称："三尺白绢，要人老命。"明艳的出场，霸气的誓言，刷新的纪录，无畏而坚定的拼搏，不忘初心的勇敢，让老师和对手们记住了她们，同样也让所有的观众记住了她们，"成语女神"她们当之无愧！

朋友们，女王的气场，王者的风范，人人都可以有，但需要你拼搏，需要你努力，需要你坚持，我的校长张晶老师曾经对我说过："哪怕以后做叫花子，我们也要像洪七公那样。"或许你没有得到上帝的眷顾，或许你认为你一无所有，都不要怕，你还有梦想、勇气与拼搏，在任何时候都不要放弃，都不要妥协，都不要低头，哪怕是在不踏实的高空，也不能放弃，哪怕再难也要勇敢坚强地拼搏，终有一天，你会亲手敲开成功的大门！

（作者单位：江苏省司法警官高等职业学校 1651 班）

于拥堵中开辟沉寂

◎ 陈宇轩

从未想到，几年后的我竟会安静地坐在桌前，手捧一杯香茗，在袅袅烟气中呷一口，然后混着书墨的清香咽下。

那时的我，是不爱看书的，电视的五彩、电脑的奇妙深深吸引着我，又怎会去注意那枯燥的白纸黑字？直到有一天，心情烦躁的我想寻一处地方安静，可电视太喧闹、电脑太混乱，一时我竟无处发泄，目光不经意地瞥见桌角一本淡绿色的书，徐步走向它，吹去书面上的尘埃，随手翻开来，倏尔，一股淡淡的清香悠悠而来，游丝般萦绕鼻尖，不知为何，浮躁的内心不再烦闷。

翻开《边城》，我似乎嗅见自然的味道，忽而风起，捧上一簇花的气息，夹杂着泥土的芬芳扑面而来，沁人心脾。我看见远处墨色的山峰，延绵起伏，我看见眼前平静的湖水，在阳光下闪耀着钻石般的光芒。

远远的，看见一叶小舟，悠悠地漂着，素色衣服的女孩子手持船桨，荡开片片涟漪。船近了，我看见她的脸上漾着一个比天空更纯净的笑容，如阳光带上花香，一瞬间，温暖了心房。她的眸子是空灵的，似乎比湖水更清澈，能够一眼望到底。不似……我不禁叹了一口气，这样的眸子怕只有新生的婴儿才会有的吧，现代人的眼中，何处去寻找那一方纯净，有的怕只是贪婪、欲望罢了。

深深吸了一口气，已不知是雨后的自然空气，还是书页间的墨香；也不知是身处湘西淳朴的小镇，还是回到现实仍处于这一片喧然。

心情逐渐释然，似乎寻见"纵化大浪中，不喜亦不惧"的那份淡然，浮躁的内心有了憩所。

而后，便越发喜欢上那淡淡的书香，有"一桥清雨一伞开"的静然；有"稻花香里说丰年，听取蛙声一片"的安详；有"宠辱不惊，闲看庭前花开花落，去留无意，漫观天外云卷云舒"的淡定。在书香中，踏着江南女子琵琶的清弦，看多少楼台烟雨中，听阿婆的吴侬软语，不禁沉醉。

怀书倚窗南明立，面对路上的车来车往，汽笛喧鸣，却已沉静，闻着书香，我似乎明白，放下、看透、自在……

（作者单位：江苏省司法警官高等职业学校）

十里荷花

远航者

◎ 林嘉阳

无畏的远航者

不相信大海没有尽头

只要还有帆和罗盘

就一定能

征服大海

无畏的远航者

不相信传说和梦想的虚无

就算天空中挂满了冰凌

依旧无法阻挡

北极星的光芒

在风暴里呐喊

梦想就在前方

无畏的远航者

不相信这世界的苦难

就算这大海是由无尽的苦水和血泪构成

依然会

固执地航行

探寻那条通往光明的航线

发现那片充满希望的

新的大陆

（作者系江苏省司法警官高等职业学校 1513 班学生）

荷塘晨趣

◎ 汉 牛

　　初夏的京城还透泛着深深的凉意。穿着短袖 T 恤的我，在强烈而持续的兴奋里，从入住的兰亭汇酒店出来，左转荷清路前行，不到五百米左拐至双清路，再步行四五分钟的时间，就一眼瞥见到熟悉而激动的清华大学的正门了。

　　该是太阳刚刚升起的缘故吧，在那清澈而透明的晨曦里，还泛着红黄而模糊的光霞。宽阔而敞亮的大马路上，机动车的稀疏，几乎和地铁的进出频率大体相当，往常人流摩肩接踵的马路，清净的难以令人置信，这就是传说中的"首堵"吗？显然不是啊！我的内心充满惊叹。

　　近几年来，进进出出著名的清华校园，已经是稀松平常的事。按理说，该是没有了当初的崇拜、惊奇与感动。可是，每一次进入清华园，我的内心，都还是如初般的期待：心中竟然泛着喜悦与烂漫、充实与梦幻、传奇与幸运的涟漪。这种带着幸福甚至些许激越的心情，一波一波、一浪一浪地击打着柔柔绵长而百转缠绕的思绪。

在翠绿掩映、高高大大的银杏林、杨树林、法国梧桐林里穿行，沿着清华路一直向西，又经过那带着百般文明、千般风雨的"清华园"牌坊，再直行百米后右拐百米，就来到"荷塘"了。"荷塘"是每一个读过朱自清先生的散文《荷塘月色》人的情节。

晨曦的荷塘，静谧、恬淡、安逸。放眼望去，就在不远的塘里，一只野鸭子带着还没有足月的小鸭子宝宝，嬉戏泅水，让我温馨而感动。它们划过的水面，一圈一圈的涟漪，向外扩散开来，最早的一波，轻轻地抚摩着塘岸，又弱弱地反射回去，这返回的微波，让小鸭子宝宝在一浪一浪的起伏里摇荡颠簸。该是对我手机拍照的莫名警惕吧，鸭妈妈带着鸭宝宝，呱呱地划着荷塘的清波扬长而去！

初夏的荷塘，有了三三两两的小荷萌芽，静静地浮在水面上，不过还没有蜻蜓点水与巡弋，只有清澈的几乎可以见底的塘水以及在水底开始泛青的水草。俯下身来仔细观察，可以偶尔看见小指头长的小鱼儿在潜底。然而，整个水面并不是如镜的姿态，而塘岸边在微风里荡漾的柳条，已经泄密：水面上浮着的，就是不久前掉落下来的柳絮了。

在内心的惋惜里，我的视线移向荷塘对岸。这里是整个荷塘的南侧，水面呈现为数十的狭长状。定神看去，驳岸赭红色的石头上，竟然站立着一只带着彩色羽毛的野鸭子。不过，只几秒钟的瞬间，我就否决了自己的经验主义的判断：这根本就不是野鸭子，而是一只落单的鸳鸯。就在我准备更进一步确认时，它就扑啦扑啦地飞到足有十米高的树上去了。我四下张望，试图寻找鸳鸯的另一半，然而没有。在失望的那一刻，我做出了一个近乎武断的答案：落单的鸳鸯可以飞，并且可以飞得很高，高到超乎我们的想象。

在我照相机快门的咔嚓咔嚓声里，荷塘旁渐趋热闹起来。晨练的人、钓鱼的人，和我一样具有"荷塘"情结的人，都被《荷塘月色》的美丽所诱惑。约会亲吻的一对，陶醉在这夏曦的景色里，他们紧紧地拥抱在一起，如入无人之境，尽管听不到他们口中的喁喁私语，但可以想到的是，他们该是在海誓山盟，相守今世，约定来生。

　　初夏的曦色，透过树叶的影子，斑斑驳驳地洒落一地。越来越多的人，都汇聚到荷塘的岸边，"叽—叽—叽"一阵阵清脆的蝈蝈鸣叫声响起。这是我手机设定的闹钟铃声。我知道，宾馆早餐的时间到了。

（作者单位：江苏省司法警官高等职业学校）

再出发
——2018 届学生毕业致辞

◎ 张　晶

把五年装进行囊

警校的时光

作为基座

映照着未来的金黄

响彻云天的口令

唱和着

所有的泪水汗水

所有的哭声笑声

凝聚成新的诗行

一千八百个日夜

把三百六十六个嫩苗

锤炼成今日

英姿勃发的模样

今天

我们就要握手告别

奔赴各自的疆场

让一生的无悔

回复曾经的诺言

书写人生的华章

人生再出发

新时代的步伐

从此坚定

奋斗再出发

新时代的风貌

从此飘展

学习再出发

新时代的征程

从此豪迈

拼搏再出发

新时代的目标

从此昂扬

再出发

我们新的长征

集结号已经吹响

新时代

新的画卷

我们亲手绘就

新时代

新的史诗

我们亲口吟唱

再过二十年

我们再相会

警校一定会以你们为荣

我们再相会

我们伟大的中华民族

已经和谐美丽富强

再出发

我们一起再出发

学校和你们一起光荣

新时代新长征

我们走在大路上

（作者单位：江苏省司法警官高等职业学校）

流年似水作相思

◎ 赵 泽

五岁：你这么没用　将来被人欺负怎么办哦！

十岁：要买好多好多口香糖　然后一起吃。

十五岁：没了本小姐　我看谁来保护你。

二十岁：你现在可以保护我了欸。

二十五岁：说好的呢　一直保护我的呢……

　　我对璐的印象，还停留在小时候的幼儿园时期，那时候的我体弱多病，刚进幼儿园就因被人抢了玩具而和别人打架，但结果就是被人揍哭。璐站在我面前，用手指着我说："你这么没用，还是不是男生啊？"于是我一抹眼泪去抢玩具……但结果依旧如前——我再次被揍哭……璐一副恨铁不成钢的样子，看着我摇了摇头，然后抱着布娃娃跑到那个男生面前，抢起布娃娃朝着那个面露惧色的男生的头部一顿猛敲，最后趾高气扬地拿着我喜欢的玩具来到我面前："你这么没用，将来被人欺负怎么办哦！"中午午睡的时候，璐拖着被子枕头很干脆地躺在我边上，对着惊愕的老师说："他一个人睡我不放心，我要好好保护他。"

最后的最后，璐还是被老师拎起来扔回了自己的床上。

"你只能老老实实地睡在自己的被窝，全班上下就你最调皮。"老师叉着腰、板着脸对她说道。

"哼。有什么了不起 将来我也要当老师。"璐在老师走后愤愤地说。

等老师走后，璐拿着被子拖着枕头，走到我边上躺下，而那时我已经睡着了——这些事情也是长大后与她的闲聊中才得知的。那天，她一直坐在我的身旁，生怕我再一次被人欺负。对了，那是一个冬天……我只记得当我醒来的时候，璐已经被老师拎到了一边，被迫认真地反省自己的错误……

一本正经的璐、惊愕的我、起哄的同学、哭笑不得的老师。我记得那天，璐的眼睛里有委屈、有坚定，但很有神采。我仿佛看到了彩虹，在她的眼中徐徐展开。

三年后，当红领巾在我胸前飘荡时，我却依旧还是一副病恹恹的样子，每天被男生欺负，甚至是被女生欺负，谁让自己手无缚鸡之力呢。然而，我有自己的排忧方式——每天放学后我都会四处寻觅街边的美食，而这些美食就变成了我的寄托。对了，每天放学后，与我同行的，还有璐。

夕阳的光晕注满了凹凸的路面，氤氲着难以言喻的沧桑之感，古老的街道在橙色中摇曳，似乎正在缓缓地稀释这白天的炎热。

"喏，给你！"

她用肉肉的小手举着半截口香糖。

而我却满手油渍地啃完了虾饼，不知道该怎么接过她手里的半截口香糖。

"你看你满手油的，自己擦擦。"

她递过来一张湿巾纸，剥开口香糖外层的锡纸，塞到了我嘴里，而我只是不知所措地机械地擦着手，机械地咀嚼着口香糖，呆萌地看着她。我们就这么走着，夕阳的照射下，我们的影子很长很长，就像我们无数次幻想自己长大后的模样一般。

"为什么只有一半呢?"我打破了长久的沉寂。

"因为口香糖很甜啊,而我只有一个……"她低下了头,半天不作声。

"半个也很甜啊,以后我们要赚很多钱!然后一定要买一整包,然后一口气吃掉,那一定更甜!"我看着她的脸,不知道是不是因为夕阳的缘故,她的脸很红很红。

"我们拉钩!以后咱们两个一起买一整包,一起吃!"她抬起头。

"好,拉钩上吊,一百年不许变!"

那天,我们笑得很开心,以至于我忘记了嘴里的口香糖早已失去甜味,但我却还在一直地嚼,最后的最后就是,一不小心咽了下去……

璐是学霸,而我只是个学渣,所以每次都抄她的作业,所以,成绩却越来越差……

直到有一天被老师发现了,把家长喊来了学校,我站在走廊,忐忑不安,担心着爸妈回家的惩罚,幸好有璐陪着,而她却满不在乎地看着办公室的门,一脸无所谓。

"你不怕?"我怯怯地问。

"不怕啊!为什么要怕,又不犯法。"还是那种满不在乎的眼神。

"可是我怕!"我的音调带着颤音。

她抓住了我的手,和我贴着站在一起。"这样就不害怕了吧!"

阳光透过学校的走廊,在她的眼眸里,除了无所畏惧,我还看到了别的东西。两颗小小的心仿佛突然之间颤动了起来,外面很热,但我们的手却一直没有松开,一直这么紧紧地攥着。

然后,她从口袋里拿出一片口香糖,轻轻地剥开外面的锡纸,在我不知所措的时候,一把塞进了我的嘴里。

"这一次是一整片哦!"

我只知道,那一天的阳光很美,那一天的口香糖很甜。在很多年后,我尝试了很多款口香糖,但却再也未能体味到那天的味道……

记得那天晚上，我从家里抱头鼠窜而出，后面跟着拿着皮带追着我的老爹，而她也飞奔地从道路的那一头跑过来，脸上还带着半拉鞋印，"快跑，我爹在后面追我""我爹也在后面追我……"

那天我们被打得很惨，而我和她却在那天夜里……带着眼泪互相凝望，最终——笑了出来。

上初中后，我身体强壮了一些，但在璐的面前，依旧不敢放肆，璐还是那么霸气！以至于经常被璐追着四处乱窜，到最后全校师生都知道，"初二（3）班的那个男生又被初二（4）班的那个女生追着打了！"

我很好奇她为什么总追着我打，在一次追逐中我忍不住问道："你为啥每次都追着我打？"璐霸气地告诉我："这样就没有别的女生会喜欢你了啊！"错愕中的我慌乱地停下脚步，一个转身想要潇洒地抱住璐，结果，来不及停下的她一头撞上了我……

"没了本小姐，我看谁来保护你！"

在璐的世界观里，揍我就是保护我……

二十岁，璐和家人离开了这个城市，从此我和她的联系只停留在冰冷的手机的屏幕中，只存在于每天的短暂的通话和短信中。

我依稀记得那是我和她最后一个电话：

"真搞不懂你干吗离家那么远，每次都只能打电话。"我埋怨道。

"小时候就说要当老师，当然是要念师范学院了啊，不然都收拾不了你了。"璐的语气依旧那样霸道。

"现在我爸妈在我面前天天念叨你。"我说。

"还有人欺负你吗？"她好奇地问。

"你走了以后就没人敢欺负我了！"

"你现在也考上警校了，以前是我保护你，那以后看来是要你来保护我了！"

"那也要等你回来啊！"

"好啊！等着我回来啊，我要你折好多好多的爱心！你什么时候折好，我就什么时候回来啊！"璐连撒娇都带着彪悍的。

可是从第二天起，我就再也没有打通璐的电话。

"嘟……对不起，您拨打的电话正在通话中……"

"嘟……对不起，您拨打的电话号码暂时无法接通……"

"嘟……对不起，您拨打的电话号码已关机……"

二十五岁，带着刚买好的水果来到璐的家里，我敲开了璐家的门，为了能站到这个门前，我辗转多年……开门的是璐的妈妈，我径直走向客厅，站在璐的照片前，默默地凝视着她的笑容。

明明想对着她笑，却怎么也笑不出来……

（作者单位：江苏省司法警官高等职业学校）

重走刘家边

◎ 彭洲文

你听到了吗?

门前的香樟树上,

鸟儿的欢快鸣唱;

明亮的教室里,

传出的琅琅书声;

林间小道上,

那不拘的笑语喧呼。

你看到了吗?

芬芳的花圃间,

蝶儿的飘逸舞姿;

平整的训练场上,

青春激扬的身姿;

紫藤花架下,

那稚嫩唯美的脸庞——

"刘家边"

一段生命中无法抹去的记忆，

终于明白，

内心的驿动，

无非就是对生命轨迹的一种钟情。

就让我们的心儿再一次在这儿徘徊……

（作者单位：江苏省司法警官高等职业学校）

远方的天空

◎ 周 琳

暑假出游，去了赣州、广州和深圳。赣州有温暖的亲情，广州是繁华的都市，深圳处处讲着春天的故事。但没想到，在那些地方，令我近乎痴迷的竟是天空。

最先关注天空，是在赣州的一个午后。我们要去石城县，第二天一早赏荷。午饭后上车，正昏昏欲睡，无意向车窗外的一瞥，立即被震撼：明朗的天空瓦蓝瓦蓝的，纯洁的白云大团大团的，很柔软、很轻巧地飘荡着，灵动又充满生机。我脱口赞叹：很久没见过这么美的天空了！怕这景象转瞬即逝，我请司机师傅在高速入口旁停车，我要看个够，我要把它拍下来！

我的担心是多余的，蓝天白云一直陪着我们。窗外，天空蓝得透明，云朵白得耀眼，它不停地变幻着，状态各异，但绝不像什么小狗小猫之类的，因为它是那么丰盈、那么轻盈地流动着，我便觉得像是在一尘不染的天庭里，丰腴的仙子们神态安详，衣袂飘飘，或驾鹤而行，或御风而去，或乘鸾而游，好不逍遥自在。瞧，她们还不时地向人间张望：路旁开得正盛的野花，苍山下绿树掩映的白墙红瓦的村落……这天上人间，真令人陶醉！

就这样，一路的美景，一路的兴奋。我在车里，侧头、抬眼，看着，拍着，还忍不住把天空的靓影分享到 QQ 群、朋友圈里，引得家乡的"小伙伴们"羡慕又嫉妒：我们在雾霾里，你在哪个仙境里呀？

日薄西山时，我们的车还在飞驰。天幕已是灰蓝，天边的云彩也变成银灰。向远处看，似乎有传说中的仙界——远山被云雾缭绕着，就像烟涛微茫中的瀛洲，若隐若现。有时山脊微露，恰好飘移着几朵小小的浮云，简直就是仙人"身登青云梯"了。看着想着，我似乎也置身其中，心中光明澄澈，淡然忘记。

从此，我总是情不自禁地抬头看天。

曾错误地以为大城市的雾霾是深重的，但广州天空的干净是我所意想不到的。在白云山顶，在广州博物馆的广场前，在黄埔军校的榕树下，在中山大学的校园里，我总能看到蓝天白云，也总要动情地凝望，每每这时，都会觉得心情舒畅，心胸宽广。

在深圳，我一如既往地爱着蓝天白云。不过印象最深刻的倒是雨前的天空。那天我们的车行驶在深南大道上。车窗外，天色阴沉，山峰黛青，乌云翻滚，好一幅泼墨山水画，很有山雨欲来、风起云涌的气势，令人心中涌动一股豪情——让暴风雨来得更猛烈些吧！

在外的半个月，有时我也会想：以前我们讥笑某些人"月亮总是外国的圆"，难道我也会"天空总是异乡的美"？可是踏上镇江的土地，我很失落。这就是我熟悉的天空啊，常常让你分不清哪是天，哪是云，像一张灰色的大幔罩在头顶上，感觉有些压抑。偶尔，雨后天晴，天空也会明亮，但蓝得不够彻底，不够明净，天空中也有云絮，但似乎有些厚重，有些凝滞，缺少了悠悠然的灵气。

于是，我便一次次地怀想远方的天空，一次次地用它来装饰我的梦境。我的秀丽的江南小城啊，我爱你的绿水青山，更期待你的白云蓝天！

（作者单位：江苏省司法警官高等职业学校）

此心安处是吾乡

◎ 朱莉莎

　　周六在家整理东西的时候，偶然翻到小学时写的一篇文章，里头说到奶奶在世的时候不管做什么事都会叫叫爷爷，爷爷也总是应和着，偶尔会嘟囔两句：这老太婆。现在的爷爷孤身一人，不再有烦人的唠叨，却平添了几分单薄，总是一个人怔怔的，总是怀念起过去的日子。

　　奔着汤唯女神去看了电影《北京遇上西雅图之不二情书》，泪点却触发在爷爷奶奶的爱情上，老来补上的婚礼，拌嘴暗自抹眼泪，不想丢下奶奶一人的爷爷还是走在了前面，骨灰撒入汨罗汀，奶奶用爷爷教她的名字签了房屋出卖协议，她说："人在哪，家就在哪，人不在了，家就在心里。"

　　此心安处是吾乡，因为有老顽童的爷爷，美国对于奶奶是家乡；去国怀乡，满目萧然，去家千里兮，生无所归而死无以为坟。苏轼诗中的歌女被问及岭南应该不好的时候，她却作答：此心安处是吾乡，因为跟随心爱之人即使被贬依然自在逍遥，我本生无乡，心安是归处。

汤唯和吴秀波在电影里是一对书信往来的笔友，因为一本书的阴差阳错，使得双方踏入彼此的生活，赌者悬崖勒马，独者善待情感，他们迷失、疯狂，成为彼此最信任的人，成为坚持下去的精神支柱，成为生命中不可或缺的注定，这是书信，这是爱情。

电影中提到一本书叫《查令十字街八十四号》，描绘的是另一种爱情，海莲和书商法兰克，不算多的书信拼成这本书，两人二十年间从未谋面，虽相隔万里，深厚情意却能莫逆于心。海莲既是对书有着激情之爱，又是对法兰克的精神之爱。在物质基础决定上层建筑的今天，爱情是什么，电影里说"滚床单的热闹，会变成滚钉板的惨叫"，今天的我们真的知道自己想要什么吗？是相看两不厌，是白首不分离，是粗茶淡饭布衣，是洋文英语中的古诗词赋，是在放纵不羁之中平实坚定的责任，是停留在欲望之中苦苦挣扎的灵魂。

爸爸妈妈一路争吵至今却没想过分开，他们说有瑕疵的东西修修补补还可以继续用，为什么要扔掉换一个呢？相互搀扶、相濡以沫，他们离开故土来到南京组成一个新的家庭，此心安处是吾乡，繁华的大都市因为有了属于自己的一盏灯，因为有了家的方向才从不会迷路。

看过不少青春电影，学生时代的爱情往往无疾而终，我想不是因为我们不够懂爱，而是因为我们不懂担当。我也不能去定义爱情，因为这本身就是一道主观题，羡慕古人的爱情在于道义行走的时代中始终追随着的是那颗纯朴的心。

最后我想用岩井俊二《情书》中的一段话结尾："虽然经历了岁月的洗礼，但真挚的感悟没有磨灭，生命是短暂的，而爱情是永恒的，有一个可以想念的人就是幸福。"

（作者单位：江苏省司法警官高等职业学校）

最美青春是奋斗

◎ 顾　潇

时间总是这么任性地在指尖流逝，是我们不珍惜，还是它消失得太快？无从知晓，抑或，在我们不经意间就不见了吧。

来警校已经十一个年头了，青春似乎还未走远，年龄却早已步履匆匆。但一直有个名字在我的心中萦绕，那就是刘家边，那是一个警校人梦开始的地方，对我而言也一直是个神秘之地，这一次有幸可以这么近距离地接触它。回来之后一直想写点什么，可迟迟没有动笔，一则因为心懒，二则觉得心懒写出的文字会玷污了我心中的感觉，其实生活中的我亦是如此，冬去春来，我一直在给慵懒的我寻找着一个又 一个华丽的借口。

那是个同样慵懒的午后，阳光在车窗外跳动着，四十二公里的路程，四十分钟的车程，展现在我们面前的是历尽沧桑的学校大门，许国忠副校长略带兴奋地给我们讲述着学校的当年，让你仿佛又听到了学生们琅琅的读书声、嘹亮的军号声、整体的步伐声；仿佛又看到了篮球场上学生矫健的身姿、老师们伏案工作的身影，也让你深深感受到当年警校建校之初的种种艰辛。

我看到仲玉柱主任独自一人慢慢登上一栋二层楼，在一间宿舍门前驻足很久，虽然我不知道当时的他在想着什么，但我想这个曾经熟悉的角落一定唤起了他的青春回忆，这回忆或美好、或艰辛，可留下的是专属他们的青春印记。三十年的岁月在当年警校人的脸上都留下了痕迹，但他们用他们的青春让警校取得了全国同类院校前三名的骄人业绩，也让我们知道了一种精神，那就是"刘家边"精神。

在回程的车上我在想何为"青春"？光阴似箭，世上事物皆如过眼云烟，短暂青春不过尔尔。但何为最美青春？我的回答是：最美青春，亦是奋斗。

我的青春记忆中也有着警校的印记，十一年前，我是意气风发的学生，是梦想放飞的女生，我带着我的青春之梦走进了警校。那一年是 2004 年，警校重新恢复招生，站在了一个新的起点。虽说我拖着行李走进警校大门那一刹那，被那没门、没窗破旧的教学楼震惊到，但我依旧对我的教育事业充满着热情。2005 年，由于重建学生宿舍楼，05 届新生被安排在党校，我的工作地点也转移到党校。不管严寒酷暑，还是刮风下雨，每天早晨准时 5 点 50 分从警校奔往党校，等学生就寝后再回到宿舍时已是晚上 10 点。但我并不因此感到枯燥、痛苦、乏味，因为我用我的激情和奋斗点亮了我的青春！

青春无悔，这是我们人人都应该追求的目标。每当在给学生讲到《我的学校》那一课时，我总会提到我刚工作时候的警校，现在想来这便是我对当时自己奋斗工作的肯定。总有一天，青春将离我们远去，蓦然回首，你会发现，原来曾经奋斗过的青春是那么耀眼、美丽。是啊，只有经历了奋斗，青春才会无悔，才会在人生的舞台上形成一个独具魅力和特色的闪光点。

但曾几何时，我发现我的工作好像缺了些激情，少了些奋斗，而多了些懈怠，总想那是因为不再青春的缘故吧！是的，青春转瞬即逝，但教育事业需要活力，需要以年轻的心跳昂奋地工作。想想"刘家边"精神，想想刚工作时的我，青春可以不再，但教育事业永远都是青春的，教育工作者必须用激情奋斗来诠释责任，这才是我们该做的。

　　当年老警校人用自己的青春、汗水、激情、奋斗、拼搏在刘家边这片荒芜的土地上创造了一个又一个的奇迹，我们没有什么理由可以懈怠。让我们带着奋斗激情，与警校同行，必将会从一个胜利迈向另一个胜利；让我们带着奋斗激情，与警校同行，必将实现"双学院"建设的新突破。

（作者单位：江苏省司法警官高等职业学校）

三秋桂子

爱在深秋

◎ 行　者

这样的午后
我希望和你一起
走进这漫山遍野的秋色
看枫叶正红、晚霞似火
你饱经沧桑的手
握住我的掌心
就像握住那些生命中无法剥离的岁月
此刻，世界如此安静
微风带着香气
从脸庞轻轻拂过

这醇酒一样的幸福
是我们当初许下的承诺
虽然，一片叶子
需要经历多少风雨

我们的生命

就要经历多少波折

我唯一确信的是

无论我向哪个方向飘落

我都会融入在你

伟岸而宽广的胸怀里

像一颗露珠

找到了它栖息的河

（作者单位：江苏省金陵监狱）

永远的外婆

◎ 丁杏华

伴随我生活了半辈子的外婆，在 2010 年的冬天，一个细雨霏霏、寒流突袭江南的时日，终因年老多病，走完了她八十九岁的人生，离我而去……

外婆走的时候，我不在她身边。妈妈告诉我，她一直在等我，眼睛不肯闭上，等确定我出差在外，赶不回来的时候，才无奈地合上了双眼。至今，我都很后悔，那趟差，是可以不去的。即使去，也不该去那么远呀，远得赶不回来见外婆最后一面……但我始终都不相信外婆会走得那么快。她经历过大风大浪，有着顽强的生命力，怎么会说走就走呢，她会等我回来的。可我错了，我忘记了外婆已风烛残年，她已经等了太久太久，再也无力等下去了……

很久以来，我都以为外婆还活着。回老家看望父母的时候，总是不经意间去一楼的房间看看，那是外婆住了多年的屋子——它承载着我多少幸福和快乐啊！而今人去屋空，物是人非，只有那张竹床静静地躺着，诉说着主人的喜怒哀乐……多少次梦里与外婆相见，她还是老样子，精神矍铄，和蔼可亲。有一回居然梦见她丢弃了多年的拐杖，行动自如，谈笑风生……梦醒时分，才发觉，那原本是我曾经的愿望而已。可怜的外婆自从七年前摔倒后，就再也没离开过那根拐杖。这样的梦做多了，我慢慢地有些清醒，外婆真的走了，在她确信子孙们不再依赖她，而她要给子孙增添麻烦的时候，放心地、安然地、匆匆地走了，不留任何痕迹。

记忆中，外婆不仅是我最亲近的人，更是我的启蒙老师。她生于20世纪20年代初期，中等个子，身材苗条，长相端庄，皮肤白皙。因家境贫寒，外婆从来没进过学堂，只字不识，但却教会了我如何生活、怎么做人。幼小的时候，外婆的要求非常严格，有时近乎苛刻。有一次，我不小心将几粒米吃掉在桌上，外婆发现了，硬是让我捡起来吃下去，并反复讲明"粒粒皆辛苦"的道理。还有一次，我与邻家女孩吵架骂人，外婆知道后，不仅用桑树条抽打，还罚跪了整整两个小时，从此以后，不管有理无理，我再也不敢出口伤人。

外婆做人一贯低调，眉宇间也时常流露出抑郁和凄苦，但内心却无比坚强。由于妈妈是独生女，外婆不得不招婿上门，这在六十年代的农村，是被人瞧不起的。由此，外婆没少受人欺凌，但她却像老母鸡护小鸡一样地护着我们，不让我们幼小的心灵受半点伤害。自我懂事起，外婆总说："我命苦，没有儿子，但你们要争气，不要让人瞧不起。"为了不"让人瞧不起"，我一直都努力着，虽然能力有限，不能荣归故里，但总算还有人瞧得起，给了外婆些许的安慰。

印象中，外婆说得最多的话是："人穷志不穷"；"不要总想别人的，要自力更生"；"只要能吃苦，总有饭吃"；"靠父母靠得了一时，靠不了一辈子"；"吃亏是福"。这些话至今想起，还记忆犹新。如果说今天的我，在工作和生活中有一点点成绩，或者说有一滴滴优点的话，那要归功于亲爱的外婆，她用那朴实无华的言语，影响了我半辈子。

外婆不仅用言语，更用那吃苦耐劳的品行感染着我。从时间推算起来，我来到世间，外婆已经四十开外，但我一直都以为她很年轻。农忙的时候，她天不亮就起床，忙了自留地，再去生产队上早工，白天累了一天，晚上还要开夜工，像一只陀螺不停地旋转。农闲的时候，外婆要种瓜种菜，还要为一家子缝补衣服、做布鞋，常常在油灯下熬到深夜。寒风凌厉的冬季，家里缺少柴火煮饭，外婆每年都去江边的芦苇滩，捡拾残剩的芦苇屑子，以解燃眉之急。

在我十岁那年，全家搬迁异地，而外婆却固执地留在老家。一方面，是故土难迁；另一方面，她怕增加父母的负担。虽说两地分居，但外婆经常肩挑背驮，送来地里产的、亲手做的、店里买的，好吃的、好穿的、好用的，给我们带来了无数的惊喜，那是多么快乐的日子啊，今天回忆起来，都感到特别地温暖。

在老家，外婆是出了名的聪明、善良。她学什么东西，一学就会，家里家外，一把好手。无论做什么事情，外婆都特别讲究，田里的活干得比谁都漂亮，煮的饭菜比谁都香甜，洗的衣服比谁都干净。因此，常有邻居笑她：你种地那么考究，也没见多打多少粮食呀；你衣服拼命地洗，没穿坏，就让你给洗坏了。听到这样的话，外婆总是笑笑——做什么事情都必须做好才行。外婆虽然没有文化，但口才极好，讲起话来绘声绘色，非常动听，且观点鲜明，敢爱敢恨。我经常遗憾地想：要是外婆也受过教育，该多好啊！

外婆的心底特别善良，乐于助人。我们一家8口人，全靠种地过日子，后来虽说父亲出去工作，但工资极其微薄。自我懂事起，家里一直缺衣少粮，有时甚至吃了上顿，没有下顿。虽说如此，外婆还常常周济比我们更穷的人家。凡是上门讨要的，她总是尽其所能，要吃给吃，要钱给钱。有时我们嗔怪她的"大方"，她总是说，人家可怜，能帮就帮一把吧。

晚年的外婆，体弱多病，但一直坚持劳动。老家的口粮田，她始终亲自耕种，直到八十岁的那年，实在无能为力了，才不得不放弃。平时，她特别爱整洁，见不得半点邋遢，家里的灶台上总是一尘不染。门前屋后，只要有空，她总是不停地清扫。夏天回去看她，常见她顶着烈日坐在小木凳子上，一点一点地拔除院子里的杂草，汗水浸湿了衣背。冬天的时候，哪怕再不方便，她也要定期去浴室洗澡，总认为在家洗不干净。直到最后，她实在洗不动了，才勉强在家擦洗身子。

　　近来，每当夜深人静的时候，我常常会想起外婆，想起她说过的话，做过的事。她真的走了吗？——她真的走了，但她永远活在我的心中！

（作者单位：江苏省司法警官高等职业学校）

你的世界我来过

◎ 浮　笙

遇见喜欢吃的东西可以吃到撑得难受，遇见喜欢的电影可以通宵看到眼睛酸痛。可即使这样，下次见到喜欢的食物、好看的电影还是不能自控。喜欢你也是这样，没有节制地喜欢一次之后也还是想要再冲动一次。

——题记

附在玻璃上的水珠，雾气朦胧，我……看不见外面，却，看见了你的脸，那么清晰，那么真实。忍不住想去触碰，指尖只觉冰冷无比，思绪也渐渐回笼，拿出手机翻看相片，还是会有心跳加速的感觉，就像 18 岁那年。

喜欢你，像初春的桠柳下的屋檐。

喜欢你，像南飞的大雁还知道归途。

喜欢你，像冰凉的西瓜藏在夏天的树荫里。

喜欢你，像……攥不住的风筝。

破碎，这是 2015 年 9 月开学后频繁出现在我脑海中的词。

破碎的爱情，破碎的友情，破碎的生活。我做了一切能做的，可还是无能为力。从那个时候开始，你不再是我熟悉的那个明朗，陌生的牵手，毫无意义的亲吻，所有的事情都是在应付。可是，谁也不把话挑明。

最让人刻骨铭心的感情无疑是异地，奔赴千里去见你，异乡独自行走，守在客栈等你归。2016 年 1 月 28 日，烟雨朦胧，和我们第一次出去玩时的天气一样，只是这次，我不愿再让你送。我总是这样，来时一个人，走时我也一个人；也总看着你走远的背影，挥手说再见，自己却做立在原地的那个人。午夜，被雨声惊醒，恍惚间，似乎还听见你在厨房忙着煮面条，赤脚跑过去，但一切又在空荡的屋子里安静下来。心，也瞬间变得空空的，只剩下喧哗的雨声和想你的我。

"沿途红灯再红，无人可挡我路，即使千军万马都直冲……"

我们也曾为彼此这样勇敢过，但却忘了我们也是会累的。再多的勇气也会有用完的那天。我已经没有勇气，也没有力气去争取你了。曾愿意漂洋过海去见你，现也愿意退一万步离开你，不是不爱，只怪缘浅。

听说，现在的你有了新女朋友，过得很好。而我，离开你之后，学会了坚强，学会了放下，看得更开了。这座城市人来人往，却再也没见过你，很想抱一抱你，就像朋友一样，对你说：我最亲爱的，别来无恙。

我不求你记我一辈子，只求你别忘记，你的世界我来过。

（作者单位：江苏省司法警官高等职业学校）

合抱有根

◎ 宋立军

　　2015 年 10 月 16 日，全校教工赴学校旧址刘家边参观，吾初识此地，摄影若干，以作留念，并仿《诗经》笔法赋诗一首。

　　合抱①有根，扬子②有源。深秋来归，衰草悠然。

　　合抱有根，溯本寻源。深秋来归，红叶艳然。

　　合抱有根，莫止于源。深秋来归，老藤新然。

---

① 　合抱，指合抱之木，形容高大的树木。见《老子》第 64 章："合抱之木，生于毫末"有根。

② 　扬子，指扬子江。扬子江，是长江从南京以下至入海口的下游河段的旧称，因古有扬子津渡口而得名。由于来华的西方传教士最先接触的是扬子江这段长江，听到的是"扬子江"这名称，西方把中国长江通称为"扬子江"，"Yangtze River"也成为长江在英语中的称呼。

三秋桂子

警校拾忆

◎ 徐 蕾

一段沧桑的年月，一段奋斗的历程，凝结成一段难忘的记忆。警校依然静默地卧伏于桃花坞路上，而我们已展翅高飞，驰骋于天际。更迭的是世情，变换的是风景，常驻心间的是往事。穿越前尘旧梦，母校的影像依旧清晰浮现在我的面前。

几个月前，离别在即，我们对脚下的这块热土依依不舍，对身边的人、事、物感怀无限。与伙伴们的风雨同舟，共同走过的心路历程，警校承载了太多的记忆，太久的岁月，太多割舍不下的情感。五年的积淀，面对最终的分离，默默地告诉自己：经历过，就是幸福……

告别是为了不忘感恩。

在即将离开陪伴我们五年的母校，离开教育我们的老师的时候，一股暖流充盈在我们的心头。我们不会忘记我们曾有一个爱我们的"杨爸"和常常被我们弄得头大的"刘妈"。他们总是耐心劝告，语重心长，不抛弃，不放弃；我们不会忘记曾经的"0711"是多么地团结，那个不平安的平安夜，那个为了"12·9"会操无数个苦练的夜晚，那个离别时相拥而泣的画面；我们不会忘记五年来，孜孜不倦教育我们的老师们，我们的偷懒、开小差、不懂事被一一包容；我们不会忘记最后一年，所有老师的倾囊相授，耐心讲解；我们不会忘记是警校这个大家庭将我们相连，让我们相依，给我们创造美好回忆，赋予我们振翅高飞、搏击长空的能力。

到了这个即将告别的时候，让我们暂且放下对母校的记忆与不舍，整理行装，奔赴前程。今天的离开，绝不是对母校的抛弃和放弃，而是又向另一个目标进发。五年的学习与训练，是母校馈赠我们的最宝贵的人生历练。

今天我们在这里告别，从这里出发，将要抵达一个胜利的彼岸。我们要凭借着我们学到的知识，磨炼出的技能，用智慧和双手在校史上写下新的诗篇。

在此，祝愿母校龙腾虎跃，桃李成蹊，青春永驻。

（作者单位：江苏省司法警官高等职业学校）

青 春

◎ 刘洲峰

　　在警校紧张的学习之中，你——青春，在悄无声息中走进了我的心里，让我真正感觉到你随风飘动的身影；让我体会到你如朝阳般的活力；让我在警校生活中学会了珍惜你。

　　你，时刻帮我记忆那些美好的憧憬：在琅琅书声中，你帮我记忆那无穷无尽的知识，让我在知识的海洋中遨游；在与同学嬉戏时，你帮我描绘了温暖的画面，让我永远记住这美好的时光。

　　我用那颗平静的心感受你如花的生命，美丽却易凋零，假如不去细心呵护，便可能在来不及美丽之前烟消云散。如今的我，感触最深，因为我发现我已经错过了太多，我用那颗心感受你那如细雨般的身影，朦胧却又多情，假如不去把握，便会化作清泪，在心中破碎。

　　我用心赞叹你即使遇到挫折也依然会有坚定执着的梦。你就仿佛一本厚厚的书，可以填满欢乐，也可以写下孤独；你仿佛一座险峻的大山，让我懂得只有攀登才能览胜；你就是我警校生活中最亮丽的风景线，美丽而又壮观。你，记载着我的欢乐与悲伤。

　　我欣赏你不因风雨阻挠而停止的旋律，让我珍惜你不因等待而停止的脚步。我体会到奋斗是你的本质，你的价值因奋斗而辉煌；汗水是你的营养，你的生命因汗水浸泡而丰盈饱满；泪水是你的溶剂，你因泪水的洗礼而造就一副刚强的身躯。

　　你，给予了我抓住你的勇气，给予了我珍惜你的心；你，让我的警校生活变得如此充实；你，让我的知识变得如此丰富。谢谢你——青春，我会一直把你留在我心里。

（作者单位：江苏省司法警官高等职业学校）

陆敏学组诗

◎ 陆敏学

没有什么不可能

可能与不可能不期而遇的对碰。
可能驻扎在我们的心头，
让我们为之坚毅，锲而不舍；
不可能无时无刻侵蚀着，
我们的意志、理想和心理极限。

可能对不可能说，
我将鼓起勇气主动出击；
让你在词典中永久地删除。
因为在成功者的眼里，
Nothing is impossible！

如　果

如果是雨里遗失灵感的风筝，
它无法飞过荒原；
只能闭上双眸，
一遍一遍追忆起飞时的勇敢。

如果是带着海味惺忪的风，
吹走了记忆还留着细软的沙；
浪花带走驻在心头的泥沙，
涌上了笔尖青春的岁月静好。

如果是秋深、缱绻的落叶，
曾经把痛彻的心扉，
留在了未夜的黄昏；
一直等到冰冷的心，
蔓延到了苍凉的指尖，
凝结出了无数苍白的文字。

或许，如果没有如果！
风筝无法逃脱雨的责难，
即使找不到一个平安的落点，
它也会拉紧回忆长长的根弦，
笑迎狂风暴雨扶摇而上。

或许，如果没有如果！

海浪只留下纷飞的晶莹，

不为谁划过忧伤的脸庞，

漂泊地去寻找，望不见彼岸的虚无。

或许，如果没有如果？

秋叶走过秋雨绵绵，

不再为辗转记忆的伤痕提笔点墨；

清晰地绽放在，

深秋风景如画的斑驳中；

任凭谁说：

昨夜卷帘西风瘦，

今夕秋落心上愁！

诗人写诗

诗人蘸着清风流云，

握着细雨斜阳，

妙笔生花；

以山川江河为纸，

浮沉着万载情愫，

泼墨挥毫；

写下潮起潮落，云起云收。

诗是诗人缱绻缠绵的梦呓。

它飘过岁月轮回、痴痴不倦的墨香，

凝成最美的诗篇；

在枕边散落出微风习习的落花，

迭出汩汩冒出的流水，

飘出温柔流浪的白云，

飞出草长莺飞时追逐嬉戏的蝴蝶；

沉浸在柔情的岁月里，

静静摇动馨香的花语，

忘记了岁月！

诗是诗人笔下飘逸洒脱的才思，

化作曹操骑下毛鬃稀零，

伏枥的老骥；

怀揣着未歇的壮心，

沿着朝圣的路，

向着雪域高原进发；

化作马致远笔下淅沥了，

一个秋天的瘦马。

在江南烟雨里慢慢踱过，

青石板的雨巷；

闲看满地堆积的黄花，

心中的眷恋飞向远方的天涯。

诗是诗人笔下剪不断、理还乱的情意。

是李清照独倚亭楼，

仰头凝望远方。

从微蹙的眉间消失，

又隐隐缠绕心头的离愁；

是容若定格在永恒的记忆中，
那个美丽远去只若初见的背影。
完美的弧线，

诉说着对昨日的依恋。
是安石泊船瓜州，
吹绿绿荫蓊郁的萌动。
渗透着朦胧月色中，
江心沙洲里的乡愁！

诗是诗人血管里流淌的不断，
又被沉寂凝注的血液；
情思是诗人怦然跳动，
又被匿藏起来的心跳；
才思是诗人鼻腔里呼出的，
一张一合的气息；
心境是诗人脸庞上，
清晰褶皱的纹理；
诗是诗人所写的：
每一个细胞，
每一次呼吸！

口酌一杯温茶，久伫窗前；
时隐时现的心语躲在云后，
融入花的蕊，叶的脉；
与诗蓦然邂逅，

将愁恼托付于诗无涯的空灵；
愿在发黄的页张中良久的寻觅，
人如其诗，
诗亦若其人！

为你写诗

满树洁白晕染，层层叠叠的花海中，
采撷一片甜美醉人的栀子花瓣。
为你写一首轻快明丽的小诗。
放在上扬的嘴角，轻吹一口气，
掬着，轻轻地、轻轻地以羽毛的姿态
绽开梦中的双翼，
行走与云水之间。
翘首期待着瑟瑟降落的皑皑白雪，
冰封暴戾严寒的世界。
在隐约透过窗帘中的浮动月华中，
摘一颗在夜色中露出清晰微光的舞蹈着的星星。

为你写一首忧伤蹉跎的小诗，
听着灰色的歌，把它折叠成浅浅睡着的纸鹤，
捧着，轻轻地、轻轻地以白云的姿态
放飞虚无湮灭的梦呓，
拍打着苍茫的城市。
翘首聆听着黎明曙光里喧腾欢快的
鸣叫。

在浓绿不凋的葱郁中，

唤醒沉寂迷离的荏苒岁月。

总有一种期待

风消逝了，

循着自己的旧梦，

在不眠的时光里静静地等待；

像是一张，

满月的弓，

绷紧在我的心上；

穿过人山人海，

总有一种期待，

从此在心中澎湃。

铺天盖地沉没一切的黄昏，

我期待我是在荒芜中站立已久，

等待着填补错过无瑕妙语的残诗，

含泪期盼你回答的那株葭草。

没有渔火独眠、芦苇婆娑，

只有残阳旧梦，

沉醉于生命恢宏的超然。

岁月的情怀，

飘逸的秀发把青春甩开。

我期待我是窗外的一片云彩，

把山峦嘴边的浅笑遮盖。

冰消雪融、春暖花开，

拥抱在后山的凸石下；

轻吻着融化的雪白，

化作万物复苏，欢腾清澈的山泉，

等待着冬去春来；

从梅花傲雪到桃俏枝头，

涌动的爱。

期待着晨曦的初绽，

我们头顶同一抹朝阳，

我的心不再缥缈惶然。

但愿前方不总是布满——

荆棘和沟壑，

梦终归是绚丽。

我期待着，

星移斗转、柳暗花明；

我期待着，

忽一日轻舟已过万重山；

因为总有一种期待，

跳过指尖飞出窗外！

月　桂

虔诚的心默默聆听着：

月桂的花期，

从希冀开到荼蘼。

伫立的墨色，

枝叶浓得欲滴；

笑靥凝眸，

挥别昨昔；

篱笆光影中藏匿，

凝滞着，

忧伤的呓语；

在月的孤寂中独眠，

倾吐着满腹沉默相思的馥郁；

繁花落尽，

留下季节更替的无奈叹息；

无声无息，

拾起岁月凝固的"琥珀"；

合上昏黄蜷卷的日记，

淡淡墨迹，

苍白的纸上写下只言片语；

秋雨落兮，

疏疏落落，淅淅沥沥。

韶华谢了，

满地黄花堆积；

幸福美好经历了短暂的褪色侵袭；

遗世独立，

氤氲一缕暗香，

与大地融为至死不渝的一体，

化为护花的春泥。

不沉湎，不规避；

洞箫悠悠长长的声音，

一壶浊酒，一江明月，一缕清风，

向青石板路延伸的远方，

慢慢老去。

（作者单位：江苏省司法警官高等职业学校）

日常之美

◎ 马华学

　　从看见入关处两位端坐且捂着严实口罩的检疫官起，便知已进入八月的日本国了。没有樱花和白雪，不看富士山，也无温泉。只信步游走在京都、大阪和奈良的寻常巷陌，寻找川端康成笔下的舞女，聆听松尾芭蕉所吟的寒僧鞋底声，抑或再看看昔日兵聚地和如今的绿草坪。

　　有时也不禁莞尔，因为和中国最大的区别是，日本真的是小，不单是住宿的房间小，国土也小。从京都到大阪，才一个小时的火车，从大阪往奈良，乘坐地铁也才不到一个小时。这就已经从室町时代穿越到了飞鸟时代，历经了奈良时代、平安时代和镰仓时代，时间跨越了千年。有时想想，就是这样一个小国，却不断给我泱泱中华造成战祸和侵害。

　　细思起来，恐怕还在于执着和认真。对于执着，我曾走到一间名为"奥丹清水"的铺子旁，就在往清水寺去的一条名为二年坂的古街上，白布墨书的迎风招展，恍如到了唐宋的中国。再看那小店，就一间极小门面，一个老婆婆身着青布白花的衣服，腰间系一根红布带，独自忙着，腰已经直不起来了，仿佛间像极了《千与千寻》里的汤婆婆。所售的只有一样东西，就是白面馒头，里面有豆腐和胡萝卜丝的馅料，一份是一个馒头外加一杯淡茶，拿一个木托盘托着给你，口称"阿里阿多古达伊玛斯"……因为店面很小，食客只能在店门外面站着吃。吃在口中，味道很淡，心想这样的一间店，怕是几十年都没有改变了吧。于是就坐在店外的门槛上，慢慢吃着，抬眼看见悠悠蓝天下的八法寺五重塔的飞檐，喝一口茶水，也淡，又闲看沿街的屋后伸出来的绿叶，坂下的石板路，和偶尔走过的和服女子。日本人执着地保留了旧时的风貌，比起国内各地新造的张灯结彩的民俗街，算是高了一筹。

更为执着的是隔壁的豆腐料理店，也叫"总本家的奥丹清水"，不懂日语，因而不明其意。只知道是一家江户时代的老店，已有三百七十年的历史。脱了鞋，穿过木质的走道，盘坐席上。石锅里的清水煮着六块白豆腐，一碟咸菜，几串豆干，用七味粉撒着吃，没有荤腥。细看下，食具有漆盘，有瓷碟。漆盘是外黑内红，粗釉的碗碟，描着几枝花叶。这么盘坐着用饭，又叫我想到汉唐，在胡床、胡凳尚属异类的时候，我们中国人就是这么席地分餐的。而明治维新前，日本人一直都这么吃饭吧。用尖头的日本筷子夹起一片绿色的天妇罗，其实是一片菜叶，放进口中嚼了，淡而无味。转念一想，日本人还是认真，他们似乎有种天然的把一件平常之事做到极致的本领。可能是因为自然资源缺乏的缘故吧，所以每一片菜叶都不会浪费。就像刚刚路过的店里售卖的小折扇，的确精巧，绘着东洋风格的图画，的确正是我们所说的工匠精神。

这汤豆腐和白饭，滋味清淡，细品之下，却也能品出些淡中鲜来。木格子的移门一开，素色和服的女店员端进一小碗白米饭来，端起碗就着几片咸菜来吃。看看窗外的庭院，幽然闲寂，耳畔传来一些细碎的声响，似有似无，想起来的是一句"悠悠白日长"。

从大阪到奈良，于是从江户时代走进了飞鸟时代。因为是自由行，所以也没有细查地图，来到奈良公园，跟着成群结队讨食吃的梅花鹿，行行走走，霍然间竟看见一座巍峨耸立的山门，掩映在蓝天白云之下，重檐庑殿，古木苍苍，廊下挂着的菊花图案的长圆形白纸灯笼随风摇摆，刹那间千年沉积的古意已扑面而来。原来已经走到了东大寺的正南门。原来这座山门竟是日本最大寺门，形制仿我国唐代式样，但中国已经没有这么古老的遗存了。想不到在小小的扶桑岛上，和祖先的建筑再次相见。这宏伟的唐风古韵，屹立在开阔的山门石阶上，真可感叹有多少远去的文明早已失之中华，却仍存之四夷。

步行过一片广阔的空地，面前就是大佛殿，斗拱飞檐，依旧是唐宋风格，据说也是世界现存最大的木结构建筑。但庑殿中间却加了一个弧形的结构，料想应是后来加上去的日本样式。进了大殿，只见四边厢站立的四大天王像，扎束着明光铠和山文甲，不正是我大唐将士的威容吗，恍惚间，好像又看到了鉴真大和尚正端坐于此，正向日本的天皇和一众僧俗开坛授戒。

说起来，其实最具唐风的建筑还是奈良的法隆寺，又叫斑鸠寺，据传始建于 607 年的飞鸟时代。兴之所至，便决定要去看一看。从东大寺出来，乘几站轨道电车，再就是选择了步行。

走着走着，才发觉竟是一段不短的路途。穿行在奈良的乡村间，一会儿是夏日的大雨，一会儿阳光又穿云而出，有轻云流动在蓝天。走过碧绿的麦田，又走进乡村民居间的安静小路。路上无人，透过掩闭的户门，能看见院子里层层叠叠的花草。就算是土路，也打扫得十分干净，路旁却不见一个垃圾桶，我只好将装着垃圾的塑料袋放进包里。过了几座小桥，穿过一条铁轨，再在幽深的小巷里转了几个来回，便看见一道长长的土墙，和土墙后面伸出来的苍松翠柏。

这土墙，不正是唐代的坊墙样式嘛。这种土墙纯用黄土夯实垒筑，间隔以木板。不粉不刷，单调、古朴却又庄重，不同于后世中国那种粉墙黛瓦的明媚。这就是法隆寺的围墙了。

此时已近黄昏，寺内空无一人。石板路旁是碎石地，从古池旁拿起木瓢舀出水来洗洗手，抬头看看千年前的五重塔飞檐素对晴空。几声鸦鸣，虽不到奈良秋菊溢香时，但也是古佛满堂寺庙深。斜阳下，两个日本和尚正从僧舍中出来，手持经卷慢慢行走，一身青白格子的僧袍飘飘，让人不知今夕何夕，顿生时空倒转之感。

看多了日本故都的清静，也有大阪的夜晚是热闹的。关西口音的日本话倒是热情，只需在道顿崛的美食街徜徉一番，定叫人腹饱。大阪的大阪烧、章鱼烧、烤鳗鱼，都是有浓酽的酱汁，风格早就和清淡无关。和京都的先斗町不一样的是，入夜后的大阪反而到处是张灯结彩的店面，也不像京都的花街，除了幽暗的路灯，就是小路上偶尔的丝弦声和木板门前挂着的纸灯笼，恍若还是旧江户时代的风格。如隔着木头条子的窗格栅往里偷窥，或许能瞥见一个浓妆和服的倩影，又怕老板娘出来骂。而到了大阪，哪怕是夜里12点过后，肚子饿了还可以坐到居酒屋里喝上一合清酒，吃上现杀的刺身和热滋滋的和牛肉，酒保会把酒倒得溢出杯子直到盛满下面的方木头盒子以示大方。听着旁边消遣的日本人饮酒抽烟，大声喧闹，这些白天惯于谨慎安静的男男女女，在酒酣耳热间终于也露出了放纵的一面。

出得门来，站在路边想帮儿子在酒屋的特色店招前拍张照片，拿起手机来，行过来的路人见此立即停住脚步，静待我们照完才走，连忙点头致谢，对方也报以微笑。此刻已是凌晨1点多了。

微笑间，我想，在我们平常的生活之中，不也一样充满着这样的日常之美嘛。当我们把别人的生活看作了风景时，我们自己也成了别人眼里的风景。旅行，也许就有这样的意义吧。

（作者单位：江苏省司法警官高等职业学校）

诗游宜兴

◎ 施烨蔚

千年一瞬，她哼起柔柔软软的吴语小调，将一身的锦绣诗文绣成一片山川河流、广厦巷陌、农家田舍……便成就了如今的她——宜兴。再回首，诗游宜兴，醉梦旧时遗韵，百转今时风华。

上元之喜

桥北桥南新雨晴，柳边花底暮寒轻，万家灯火照溪明。

兔乌差池官事了，木山彩错市人惊。街头酒贱唱歌声。

——陈克《浣溪沙·阳羡上元》

宜兴，古称阳羡，每至上元佳节，一簇簇火树银花流转，在夜空中噼啪作响，璀璨如星。东风急行，穿过大街小巷，唱一支喜气之歌。有新雨氤氲了阳羡城，汇成丝丝缕缕的寒意，消散至汍畔桥头、柳边花底。有皎月凌云，万家灯笼高挂门前，千千万万点灯火绚烂了一流清溪。上元之喜，万人空巷，是哪位偷偷地休了差，隐入不息的人海，与众同乐，看盛世烟火的绮丽，听酒肆市人的喧嚣，和一首欢歌、跳一曲曼舞。

时过境迁，想幼时稚嫩，却也知元宵欢乐非常，那份火热没有淡没在历史长河，而在拔地而起的高楼大厦中传续，点缀了一整座城，经久不息⋯⋯

荆溪荷桥

桥压荷梢过，花围桥外饶。

荆溪无胜处，胜处是荷桥。

——杨万里《荷桥》

悠悠夏日，唯有见一池荆溪粉荷最为舒爽。清风徐来，涟漪淡淡，满池荷花摇摇曳曳，随手便可拢一袖芳香。暮色渐近，赏荷之人也渐多。摇着蒲扇，池畔信步，将闲愁诉于晚风，将心事交付满池荷花，从池畔到桥头，尽赏风雅。水榭之中，有人围坐玉簟之上，煮茶听蝉，道前人的风流逸事。

今时荷池之中塑有西施像，亭亭于一片莲池中，晚风清扬，似是西施美人的呢喃低语，将千年前的逸事尽诉。相传范蠡与西施双双归隐此处，告别半生倥偬，从此无碍世俗，鱼米水乡，相伴一生，成就一段传奇佳话，世世流传，为人乐道。而这传说是真是假？无人探究，在意的只是这片刻的时光悠然。

阳羡水泽

侬住东湖震泽州，

烟波日日钓鱼舟。

山似翠，酒如油。

醉眼看山不自由。

——赵孟頫《渔父词》

离乡求学，总有乡思一缕不由投入阳羡的水泽，投入它的前世今生。家乡的碧水有着盈盈的笑语，淌过乡间阡陌，听着民间正流行的浣纱歌。淌过青山小径，看着多少落英纷至。淌过四季轮回，数着不尽的春夏秋冬。住于水畔，免不了为她的灵秀心动，乘兴泛舟湖上，投一支鱼竿，垂钓河鲜肥美。闲暇时，静静地坐观逶迤青山，看碧水接天，呷一口小酒，清风呢喃，惹得身子微晃，山水朦胧，不知在这湖面上，是人醉了还是风醉了？

山野闲趣

金沙的的溅红颜，笑插桃花飘鬖鬖。

遥见隔林人唤语，陌头回望小心山。

——佚名《宜兴道中》

远山如黛，雾霭缭绕，柔和了天际浮云，何来的绿墨泼了这连天秀景，仿若一处仙境悄落凡尘。流水潺潺，一抹清凉淌过心头，淌过浣纱女的指间，葱指细揉，衣物铺开在水面，划破那平静的清澈，水珠飞溅入了发间，惊了容颜。归家途中，驻步于桃林前，折一枝绯色，插于发间，笑靥如花胜似花，东风婉转，有幸见得桃花微雨，留香漫山遍野。深嗅山间的清气，一股芬芳飘然入口，嗅得山野情趣。恍然一声呼唤偕风而来，"归家，归家。"匆匆然离去，满载一身芳香，没入山林，不知去处。

诗游宜兴，我辗转历史，梦里青墙黛瓦，风情百态。梦醒，广厦鳞次，悠悠岁月积淀，风情更甚。

（作者系江苏省司法警官高等职业学校 1553 班学生）

鲁迅兄弟一生中的牢狱之魇

◎ 王传敏

    牢狱，可以说是鲁迅与弟弟周作人一辈子无法绕过的坎，一个梦魇。只不过，这梦魇的形式大不同。

    先说鲁迅吧。

    鲁迅写过一篇散文——《从百草园到三味书屋》，在这篇文章里，我们不难得到这样的信息：鲁迅祖上本是殷实富足之家，也是很阔的，而且瘦死的骆驼比马大，虽然家道中落，但是，一些祖产还是在的。只不过，他祖上曾有的烈火烹油、鲜花着锦的家运，被一场牢狱之灾打落于云霄。

    鲁迅为尊者讳，在为《阿Q正传》俄文译本写的自叙传略中回忆，"但到我13岁时，我家忽而遭了一场很大的变故。几乎什么也没有了；我寄住在一个亲戚家，有时还被称为乞食者"[1]，这篇文章里提到的"很大的变故"就是这场牢狱之灾。这

---

① 李国荣：《鲁迅祖父周福清科场舞弊案曾蹲八年大狱》，发表于凤凰网，http://js.ifeng.com/humanity/his/detail_2014_12/02/3231756_0.shtml，2016 年 3 月 10 日 20:50 访问。

牢狱之灾导致周家厄运连连。这牢狱之灾的缘起与鲁迅祖父周福清有关。

科场中举，蟾宫折桂，酒饮鹿鸣，马走长安，是每一个封建时代读书人的梦想，也是旧社会底层文人改变出身的重要阶梯。当然，科举考试也是统治者网络人才的治国之重器。

如此重要，自然重视。对科场舞弊行为，自隋唐开始，历朝历代都列为重罪予以严惩。

光绪十九年，鲁迅的父亲周用吉报名参加了当年八月的举人考试。当年浙江地区的主考官殷如璋，是二十二年前与周福清一同参加科考得中的同年。周福清当时因为母亲去世，回乡居丧。得知殷如璋来浙江主考，动了心思，备好关节条子，派仆人周阿顺去殷考官的官船联系，谁知道周阿顺办事不力，舞弊行为败露。依照清律，科场舞弊是要处斩问罪的。后来光绪皇帝将死罪改为"斩监候，秋后处决"，等到第二年秋审时，周福清被减刑为"牢固监禁"。直到光绪二十八年，被获准释放。这样，周福清总共在狱中八年。

这场科场舞弊案给周家带来厄运，先是周用吉被革去秀才功名，饱受打击，于三十五岁时病死，周福清在出狱三年后去世了。科场案使周家生活水平一落千丈，十几岁的鲁迅先是随母亲下乡避难，到乡间"为乞食者"，后来"几乎是每天，出入于质铺和药店里"（《呐喊·自序》）。虽然鲁迅曾自嘲是"破落子弟"，暗自庆幸自己"使我因此明白了许多事情"（《鲁迅书简》），但是，家运的悬崖式跌落，也严重影响了鲁迅的少年生活乃至其性情人格，使其认识到世道人情的冷暖须臾，"有谁从小康之家而坠入困顿的吗，我以为在这路途中，大概可以看见世人的真面目"①。凡此种种，皆缘起于科场弊案以及随之而来的牢狱之灾，因此，针对旧社会牢狱的认识，他有着特别的认识。

这种耿耿于怀的见解、怨憎自然不自然地出现于鲁迅后来的文章中。

---

① 鲁迅：《〈呐喊〉序言》，附录于许寿裳：《亡友鲁迅印象记》，当代世界出版社2015年，第211页。

对于"屠伯们及其御用学者所制定的法律"，鲁迅高度怀疑其合法性，因为对当时政府的运作充满不信任感，不相信在一个充满暴力、说谎的政府的统治下会有所谓的"法治"，他曾在《写于深夜里》文章里对法律的虚伪性进行了抨击和揭露：

"出版有大部的法律，是派遣学者，往各国采访了现行律，摘取精华，编纂而成的，所以没有一国，能有这部法律的完全和精密。但卷头有一页白纸，只有见过没有印出的字典的人，才能够看出字来，首先计三条：一、或从宽办理；二、或从严办理；三、或有时全不适用之。

自然有法律，但曾在白纸上看出字来的犯人，在开庭时候是绝不抗辩的，因为坏人才爱抗辩，一辩即不免'从严处理'；自然也有高等法院，但曾在白纸上看出字来的人，是绝不上诉的，因为坏人才爱上诉，一上诉即不免'从严办理'。

有谁要看统治者的统治艺术的全般的吗？那只要到军人监狱里去。他的虐杀异己，屠戮人民，不残酷是不快意的。时局一紧张，就拉出一批所谓重要的政治犯来枪毙，无所谓刑期不刑期的。"①

鲁迅曾在《且介亭杂文·关于中国的两三事》中这样说道："至于旧式的监狱，则因为好像是取法于佛教的地狱，所以不但禁锢犯人，此外还有给他吃苦的职掌。"② 在其用日文发表的《谈监狱》一文里，他再次以大致相同的文字说道："至于旧式的监狱，像是取法于佛教的地狱，所以不但禁锢人犯，而且又要给他吃苦的责任。有时还有榨取人犯亲属的金钱使他们成为赤贫的职责。而且谁都以为是当然的。倘使有不以为然的人，那即是帮助人犯，非受犯罪的嫌疑不可。"③ 两次提到监狱取法于佛教中的地狱，可见，当时的监狱，在鲁迅的心目中，也就是人间的"地狱"，印象好不到哪里去。

---

① 林贤治：《鲁迅的最后十年》，广西师范大学出版社 2015 年，第 88—89 页。
② 鲁迅：《关于中国的两三事》，《鲁迅全集·且介亭杂文》第六卷，人民文学出版社 2005 版，第 12 页。
③ 鲁迅：《谈监狱》，1934 年《人言周刊》第 1 卷第 1-123 期上册，来源于"大成老旧刊全文数据库"。

鲁迅甚至因此对当时新监狱的建设，也始终怀有着深深的怀疑与讥讽，编辑不敢苟同，在《谈监狱》的编者按语中，认为他在这一方面"义气多于议论，捏造多于实证"①。其实，鲁迅也可以举实证的，比如他的老师兼朋友章太炎，就曾在租界的监狱备受狱卒凌暴，鲁迅在其《关于太炎先生二三事》中还引用过章太炎的狱中诗。鲁迅的朋友邹容，瘐死在上海租界的狱中。

关于监狱里存在的黑暗，鲁迅与胡适还有一次辩论。

1933年年初，时任中国民权保障同盟负责人的宋庆龄，将一封反映北平监狱种种骇人听闻酷刑的信件在报刊上公开刊登，该信件详细描述了北平陆军反省医院虐待政治犯的情况。然而，胡适却致信《燕京新闻》说，他曾同杨杏佛、成舍吾访问过北平监狱，"他们当中没有人提到上述呼吁书所描述的那些骇人听闻的酷刑"。他是以他去监狱参观的经历作为说话的依据。而鲁迅呢，对公开信里所言则是深信不疑的，他认为在中国的监狱里普遍存在拷打和酷刑，自然这个北平监狱也是如此，不会有特例，所以不用去看也能下结论。胡适认为鲁迅过于虚妄，著文说："我憎恨残暴，但我也憎恨虚妄"，他向来主张"大胆假设，小心求证"，对证据要求极严，"有一分证据说一分话，只有七分证据，不说八分话"。

对此，鲁迅则展开了猛烈抨击。在1933年3月15日写了一篇《光明所到……》的短文，对胡适进行了挖苦："据他（指胡适）的慎重调查，实在不能得最轻微的证据……他们（指胡适等）很容易和犯人谈话，有一次胡适博士还能够用英国话和他们（犯人）会谈，监狱的情形，他（指胡适）说，是不能满意的，但是，虽然他们（犯人）是很自由的，诉说待遇的恶劣侮辱，然而关于严刑拷打，他们却连一点儿暗示也没有……"因为胡适先前曾为《招商局三大案》有过这样的题词："公开检举，是打倒黑暗政治的唯一武器，光明所到，黑暗自消。"所以鲁迅讥讽胡适说，你（光明所到）去的

---

① 鲁迅：《谈监狱》，1934年《人言周刊》第1卷第1-123期上册，来源于"大成老旧刊全文数据库"。

时候是看不到（监狱里拷打和酷刑）黑暗的。

其实，二人的论辩并不在一个逻辑平台上，何况，真的要论辩的话，应该是聚焦于"北平监狱里到底有没有公开信里所揭发的酷刑行为？"应该就此展开调查，不能自说自话。不过，这样的辩论，也的确能看出二人不同的思维习惯。

有人曾作这样的假设：假如鲁迅活得长寿，在反右时期，会不会也会被打成右派，关进监狱？依鲁迅先生的性格，结果是显而易见的。据说，也曾有人就此问题问过一位伟人，回答是，要么闭嘴，要么就进监狱。不知道此说是否属实？

再说说周作人吧。

1937年卢沟桥事变后，北京大学迁往内地，周作人与孟森、马裕藻、冯祖荀受校长蒋梦麟的委托，留在北平护守校产，被称作"留平教授"。

周作人留在北京，其夫人羽太信子又是日本人，与日本人过往密切，流言颇多，因此在汹汹时议中被认为做了汉奸。这也就有了后来的周作人被刺案。

据称，有位青年，登门拜访周作人，自称是姓李，是周作人的学生，见面后，即开枪刺杀周作人，但没有打准，枪弹打在了金属纽扣上，没有成功，却也把周作人吓得不轻。民国二十八年元旦，也就是一九三九年，抗战爆发后的第二年元旦，发生了一系列大事：先是国民政府发布严惩汉奸令，随后是周作人被刺案，之后是汪精卫被宣布永久开除党籍，再接着就是日本女间谍川岛芳子被暗杀。对于卖国汉奸，人人得以诛之而为快。

刺周事件后不久，周就出来任职伪北京大学文学院院长。对于刺杀事件，周作人一开始还坚信是鲁迅的学生所为。后期的讲话里，也充分反映了，刺杀案给周造成相当大的刺激，导致他不肯南下。他对外推说，这是汤尔和拉他做事的，"假如汤自己来对我说，我可以回答他：'你愿意做汉奸，我可不愿意做。'但是他现在叫日本人来说，对日本人，我只有一种推辞的办法，那就是说我自己要到南方去。可是我在北方，已经要拿枪来打我，若是到南方去，那还得了吗？"①

抗战胜利后，国民政府开始审判日伪汉奸。1945 年 12 月，国民政府派了宪兵，将周作人逮捕。

在法庭上，周对自己的行为做了辩解，说自己其实也是为保护大学的校产做了一些工作。这点得到了一些人的证明，据北大校长蒋梦麟后来在回忆录（《西潮》和《新潮》）里谈道："抗战的时候，他留在北平，我曾示意他说，你不要走，你跟日本人关系比较深，不走，可以保存这个学校的一些图书和设备。于是，他果然没有走，后来因他在抗战时期曾和日本人在文化上合作被捉起来关在南京。我常派人去看他，并常送给他一些需用的东西和钱。记得有一次，他托朋友带了封信出来，说法庭要我的证据。他对法庭说，他留在北平并不是想做汉奸，是校长托他在那里照顾学校的。法庭问我有没有这件事？我曾回信证明确有其事。结果如何，因后来我离开时很仓促，没有想到他，所以我也没有去打听。"

郁达夫在其文章《回忆鲁迅》中，也曾谈到了对周作人的沦落看法："现在颇有些人，说周作人已做了汉奸，但我却始终仍是怀疑。所以，全国文艺作者协会致周作人的那一封公开信，最后的决定，也是由我改削的；我总以为周作人先生，与那些甘心卖国的人，是不能作一样的看法的。"②

曾在旧日杂志上看到一幅周作人受审时的照片，要说这旧时的文人到底还是有些风骨的，一袭长衫，冲淡平和。审判的结果，就是周作人被判了十四年徒刑，投送到老虎桥监狱。

老虎桥监狱又被称为江苏省第一监狱、模范监狱、首都监狱。好多名人都在这里"蹲过牢"，比如陈独秀、刘少奇的夫人何葆真烈士、大汉奸周佛海、陈公博、江亢虎、梅思平、殷汝耕、丁默村等。

---

① 静远：《周作人二三事》，刊载于 1947 年《文艺春秋》第 1 期，来源于"大成老旧刊全文数据库"。
② 郁达夫：《回忆鲁迅》，附录于许寿裳：《亡友鲁迅印象记》，当代世界出版社 2015 年，第 192 页。

到底是名人，就是进了监狱，还是有许多人关注着他。出版于 1948 年的《一四七画报》第 23 卷第 2 期中，有人写了《周作人狱中叹苦》，报道了他在老虎桥监狱里的境况：

"'苦雨斋'主人周作人，狱中生活，已经度过三个年头了，还是常常写一点条幅之类的东西，所录多是陶渊明旧作，俨然他要比'隐士陶'了。不过他失去'采菊南山下'的自由，他所隐居的，只是那个方寸之地。他那'忠'字五号监房，只有三公尺长，八十厘米宽，室外有一条，大概只能踱五十方步，就可走完的甬道，他只能在这方寸之地活动，用《说文》《资治通鉴》等消磨时光，倦极则黄粱一梦，醒来略微踯躅一下。倘无绍兴梅菜干或柯桥咸鱼干等佐餐，恐怕狱中工友端来的，一碗青菜汤，一碟黄米饭，将无法下咽的。"

在老虎桥监狱里，他先后写了一些旧体诗，如《炮局杂诗》《忠舍杂诗》《杂诗题记》《拟题壁》等，约有一百五十首以上。新中国成立后的六十年代，曾有友人准备出版这些诗，周作人将其整理成目录，为纪念这段囹圄生活，故称为"老虎桥杂诗"，但后来因为种种原因，在其生前并没有出版。周在《知堂回想录·监狱生活》中说，他所写的"七绝是牛山志明和尚的一派，五古则是学寒山的，不过似乎更是疲赖一点罢了"。周把那些诗称为"打油诗"，但读来还是令人觉得古朴浑厚，率直恳切，足见其文学功底和冲淡心性。试举其中几首：

其一，"布衾米饭粗温饱，木屋安眠亦快然。多谢公家费钱谷，铁窗风味似当年。"诗中"当年"是指其四十年前在南京水师学堂读书时光。

其二，"宽袍据案如南面，大嚼囚粮味有余。却忆学堂抢饭吃，一汤四菜霎时无。"。

其三，"生平未入研究室，先进监房铺地铺。夜起有时面壁坐，一丝烦恼未消除。""入研究室"一语是指胡适的名言，说一个人要研究社会、做学问，当去两个地方，一个是监狱，一个是研究室。

其四，"夜半唤吃水饺子，狱里过年亦大奇。五十年来无此事，难忘白酒与青梨。"这首诗写的是其看守队长熊扬武、刘景云在除夕夜晚上喊周作人起来吃水饺的事情，说明周当时和看守之间的关系还是非常融洽的。

其五，"一千一百五十日，且作浮屠学闭关。今日出门桥上望，菰蒲零落满溪间。"这首诗即周出狱当日写的《拟题壁》，据说在诗中还使用了字谜，可惜笔者玩味半天，仍然看不出来，另，周从此诗题过，决定自此绝笔不作诗了。从第五首诗中，所提到的桥、菰蒲、溪等，可以看出，当时监狱附近确实有桥，否则怎么会有"老虎桥"的地名？实际上，这桥下就是古金陵著名的进香河，向哪里进香？当然就是不远处的鸡鸣寺或九华山庙宇了。20世纪六七十年代，进香河面上被钢筋水泥浇筑，上面铺上了柏油，"进香河"成了"进香河路"，路人走在上面，谁知道路下还有河？老虎桥监狱在20世纪末亦已搬迁到雨花门外的铁心桥。从老虎桥到铁心桥，沧海桑田，信然矣。

到1949年1月，周作人被保释出狱。从1945年12月入狱，周在老虎桥监狱实际服刑三年多，也就是诗中说的一千一百五十日，周的确是数着日子过的。

50年代后，据说是周恩来在请示毛泽东后，政府安排他从事日本、希腊文字作品的翻译工作，写作了一些回忆鲁迅的文章，著有：《鲁迅的故事》《鲁迅的青少年时代》《鲁迅小说里的人物》等。渐渐地，周作人淡出了人们的视野。"文革"狂飙突起，他受到了冲击。1967年5月6日，在下地解手时突然发病离世，享年八十二岁。

（作者单位：江苏省司法警官高等职业学校）

卿本佳人　奈何作贼
——袁项城及其力行的法治改良运动

◎　王传敏

　　民国时期的总统走马灯式的轮换，时人有副对联，其上联是"由山而城，由城而陂，由陂而河，由河而海，每况愈下"，分别以历任总统的籍贯代指其名号，广东香山孙文，河南项城袁世凯，湖北黄陂黎元洪，河北河间冯国璋，江苏东海徐世昌。此联妙绝，从高山到大海，地势渐趋走低，暗讽其政绩是"王小二过年——一年不如一年"。

　　有道是"历史如任人打扮的小姑娘（胡适语）"，后人公说婆议，还需横看侧看，以免执念。抛开其他一切，但就近代法律改良成就而言，让袁项城与孙香山掰个手腕的话，可以说是孙大总统缔造了法制文本上的民国，只可惜天妒英才，壮志未酬，蓝图空卷，而袁总统却可以说是着实推进了法制的落地生根，从静态走向动态。

　　试举若干事实佐证：1905 年 6 月，袁世凯和两江总督周馥、湖广总督张之洞上书清廷，请行宪政。在直隶总督任上，在武昌起义后，在推进南北议和、力劝清廷退位的过程中，是至为关键的操盘手。我们都知道伍廷芳和沈家本是清末民初修订清律、推进法制改良的法学家，但是，最初举荐之人还是袁世凯和张之洞、刘坤一，袁在推荐意见中认为沈家本"学问淹博，才长心细，于汉、隋、唐、明诸律，讲求素深，而于政治事务，亦能留心，窥见其大"，这评价含金量够高，今人能知晓伍廷芳、沈家本名气之大，可知当年伯乐曾有袁项城？1906年清政府改革官制，推行现代司法体制，是从直隶天津府"先行试办"，然后推行全国。1907年3月，袁世凯力推审判体制改革，成立了天津府高等审判厅等四级审判体系，取消了外国人设置的发审公堂，将原先衙门的衙役改组成司法警察。早在此之前，成立天津巡警局，时论评价极高："奸宄不行，闾阎安堵，成效昭然，中外翕服，中西商人交口称誉。"选派天津知府凌福彭到日本考察监狱体制，仿行日制，在保定和天津建立了罪犯习艺所。在保定建立政法学堂、仵作学堂、司法警察学校，培养新型司法人才。一时间，"天津模式"成为司法体制改良的模范窗口单位，连京师重地的变法都引之为榜样，前去考察仿效。

卿本佳人，奈何作贼。后来跻身民国大总统的袁项城，设若坚持初心不改，勉力修行，民国法治进程是不是会更快更稳？历史不可假设，注定随处吊诡，被众人簇拥着、忽悠着，做了短命的皇帝，又匆匆下台，一命呜呼，惜哉袁项城！

台湾知名人士韩国瑜曾有一句话："身在公门好修行。"此言大有深意，值得每一个公门人玩味。一个人光有挂云帆济沧海的大志还不够，还要争取从衙门到公门，既要做大官，还要做大事，官阶越高，实现治国平天下理想抱负的机会就越多，这才是千百年来儒家修齐治平理想的精髓实质。今人学中国近代法制史，不可不审思。

（作者单位：江苏省司法警官高等职业学校）

乡愁之源

◎ 王宁沂

"寒梅落尽把冬了，衔春的燕想归巢"。

大概每个人的一生中，总会背井离乡，久而久之就会产生"乡愁"。这究竟愁的是什么？我想，这是一种记忆中的味道，也是胃对家乡美食的思念。

妈妈的蛋炒饭

即使学校食堂总有各式各样的早餐、馄饨、砂锅……可是很多时候，我最想念的还是妈妈做的那一碗喷香、金黄色的蛋炒饭。

从小我就爱吃蛋炒饭，尤其喜欢帮妈妈打鸡蛋，蛋液随着筷子的律动被搅得均匀，下到锅里听见"滋啦"的脆响，瞬间喷香，上一顿剩下的大米饭随着锅铲翻滚，嫩绿的小葱透着新鲜的清香，伴着外婆自制的萝卜干，一份色香味俱全的蛋炒饭就完成了，一向不爱吃饭的我，一下子可以吃掉两碗，还满嘴留香，那滋味，晚上回想起，那叫一个馋啊！

巷子里的铜锅饼

暑假的时候，我和在上海的好友一起逛街，偶然在一条小巷里发现了一个铜锅饼摊，朋友看到了激动得很，马上拉着我去买。她说，在外念书了好几年，还是很怀念以前老体育馆那儿的铜锅饼。也是在小巷子里，倒是很符合我"小巷出美味"的观点。那是一个衣着朴素整洁的婆婆，在她家楼下推一个三轮车，卖着铜锅饼、肉糍粑等小吃，虽然价廉，却物美。花状的模具里浇上一层面粉糊，中间加上细白细白的萝卜丝，最后再淋上一层面粉糊，连着模具放进油锅里，滋溜滋溜地沸腾起来，周围渐渐开始变黄变脆，临近焦的时候出锅，那时候的口感最佳。想起我上次去，还是一年前。婆婆知道我要来念警校，还鼓励我要好好念书。转眼都一年多了，甚是想念，不仅仅是因为美食本身，更是那一份源自婆婆的关怀。

就像我曾在网上看到的一段话"每一个天津人都觉得自己家楼下那家煎饼果子是全天津最好吃最正宗的；每个山西人都觉得楼下那家刀削面馆是最地道的。"食物的味道可能不一样，但是家乡的味道总是一样的。也是一种最真实、淳朴的情感。

时光流逝，很多人、事、物都在变化，小时候放学路上的小店，可能再也不会在了，儿时最常玩耍的伙伴，可能也渐渐疏远了，但是，只要有家乡美食的气息，就会感到温暖与思念。

那是乡愁之源啊！

（作者系江苏省司法警官高等职业学校 1551 班学生）

我 们

◎ 李 田

从地位上讲，从道理上看，从情感上论，我和你都不能称为"我们"，但我今天却非常任性地想倾诉一下那点上不了台面的小情感，想说说我们。

我和你

刘家边，我终于来了！虽然之前我们看似毫无交集，但在警校三十年校史中，在三十年风雨兼程中，在我的心里一次次与你同眸相遇。来之前设想过好多次你应该具有的模样，曾坚定地认为你至少是简陋中透着古朴，贫瘠里露出雅韵。但当我终于来到你的身边，我听到心底破碎的声响，碎在那破旧到连轮廓都难以想象的"恢宏"校门上；碎在那取代了以前最活力所在的大坑上；碎在了那琅琅书声幻化为狗吠羊鸣的教室中；更碎在了你那完全遮盖了草香花甜的浓郁体味里。原谅我这么肤浅地评价你给我留下的第一印象，谁让你之前在我心中保持着那么崇高的形象。

可是，曾经和你关系亲密的同事们却给我勾勒了完全不同的你。他们告诉我，你是个世外桃源，因为你距离外面的世界至少需要一个半小时的车程，而且能搭到车需要很大的运气，但他们把每次艰难的外出标记成了华丽的节日，把不可思议地步行走完这崎岖且漫长的山路视为锻炼自己意志的壮举；他们骄傲地向我介绍学习、工作、生活的地方，满含怜爱，如数家珍，每一椽拙朴的房屋里都写满美好的故事，每一根破损的窗棂上都盈满欢愉的笑声；他们轻描淡写地说出："那时候我们没觉得这里有多苦，反而觉得过得很开心"时，眼睛里的神色像极了一个幸福的人在述说他那"贻我彤管"的纯真爱情。

这些不是我肉眼中的你，但我深知这才是真正的你。你那看似贫薄的土壤，却能滋养万物，让警校三十年的辉煌，扎根于此；你那看似并不宽广的胸怀，却能容纳百川，将警校三十年的精华，积淀于此；你那看似并不美丽的容颜，却能重塑惊艳，使警校三十年的巨变，发端于此。

在我的眼中，你变得美好！

你和我

我，在你眼中，是否如同我眼中最初的你。你的这些残垣断壁，是否在故意影射我的孤陋与胆怯。

2011年，在那个桂树枝头郯郯秀的秋日，我排除万难，来到了梦寐以求的警校。那时的我，虽万不能"指点江山"，也不敢奢望"浪遏飞舟"，却着实带着一份"书生意气"。四年后，还是那个丹桂繁花香如旧的时节，我却在创建双学院的号角中战栗，在新的征程中，我看到自己单薄的身躯，听到自己单调的旋律，心里怎能不百感交集！

幸而，此时我遇见了你，遇到了那个满是创伤的你，见证了这个铸就辉煌的你。在你的艰辛面前，我的困境就是那浩海一滴；在你的坚韧面前，我的意志就成了飘摇的娇蕾。当我走进你的世界，当我看到你的情怀，当我感受到你依旧带来汹涌澎湃，我想勇敢地与你站在一起，仰视你的伟岸品格，欣赏你的铜躯铁臂，即便想做你的凌霄花，"借你的高枝炫耀自己"，我也必须具备攀缘的能力。

现在的我，或许还不能赢得你赞许的目光。

但希望有一天，在你的眼中，我看到美好的自己！

（作者单位：江苏省司法警官高等职业学校）

我和枫叶国有个约会
——加拿大游学漫记

◎ 严宇涵

2015 年 10 月下旬至 2015 年 11 月上旬，我有幸加了学校第二批赴加拿大哥伦比亚省司法学院考察培训班。为期两周的游学经历，让我饱览了异域的风景，也体验了"枫叶国"独有的文化韵味。

北京时间 2015 年 10 月 24 日 16:40，飞机准时起飞，沿北纬 49° 13′ 西经 123° 06′ 方向，飞往另一个国度。

我们乘坐的是加航，12 小时后抵达温哥华。飞机上的设施跟国内新客机差不多，椅背上有液晶屏幕，可以观看视频、打游戏、听音乐等。由于飞行的时间较长，每个座位都配有一个小枕头和小毛毯。机上用餐也充分考虑到客人饮食习惯，可自由选择中餐或西餐。餐后，每个人都用自己的方式打发漫长的时光。我也小睡了一会儿。可是没多久，我们就被喊起来吃早饭，此刻北京时间 10 月 25 日 1:00，温哥华时间 10 月 24 日 11:00 点。于是有人调侃道："我 12:30 刚睡觉，13:00 被叫起来吃早饭，说已经是昨天 11:00 了。"引得众人哈哈大笑，我们在笑声中平安到达了温哥华。

第一天

下飞机后，我们受到齐主任的盛情款待。他和司机颜师傅先送我们去酒店，然后带我们去一家越南菜餐厅吃越南米粉，米粉味道不错，加点番茄酱和辣酱，味道更棒。吃过午饭，为了让我们能够适应时差，齐主任带我们来到景色宜人的美加边境。据说温哥华房价比美国市中心还贵，物价也比美国高，所以很多温哥华居民周末都驾车去美国购物。每个同学都很激动，纷纷上前与分界地标合影留念，也算在美国边境走了一遭。然后我们乘车前往海滨城市——白石镇。路上齐主任告诉我们，加拿大注重生态保护，全境森林覆盖率达到59%，约占世界森林面积的10%。据说这个国家按照现行法律规定砍伐树木，一百年也砍不完。这里的房子一般都是木头做的，室内不能抽烟。

白石镇，位于白石海滩旁，地标是一块巨大白色石头。这块石头据说是冰河时期的沉积物，白石镇也因此而得名。镇上的房子傍海而建，和太平洋仅一街之隔，当地居民不必乘船，便可欣赏海上日出日落的美景。如果遇到什么烦心事，望一望浩瀚无垠的大海，感受它的辽阔与壮美，诸事均烟消云散。这里的居民周末可以在靠海一侧的人行道上散散步，呼吸清新空气，吹吹海风，沐浴阳光，尽情享受着惬意生活。

傍晚，我们去了一家中餐厅吃饭，坐在我旁边的是颜师傅。他说加拿大人很讲究卫生，因此每道菜的盘子里都会放置一个勺子，吃多少盛多少，有效地避免疾病传播。大多数国内餐厅没有此方面考虑。

第二天

今天，我们去新娘棉纱瀑布观光。还未走近，远远地就听见了瀑布"啪啪啪"的撞击声，犹如几十台织布机同时运行，轰轰作响，气势恢宏。一名同学拾起一枚枫叶对着瀑布拍照留念。受其启发，我也捡起一枚枫叶，以湛蓝的天空、洁白的云朵为背景，金黄的枫叶作点缀，拍摄了一组很有 feel 的照片，准备回国制作成明信片。

中午，我们在麦当劳就餐，套餐：一个牛肉汉堡、一份中薯和一杯饮料。作为饮料的草莓汁味道虽好，但由于太浓，在我的嘴唇画上了"咬唇妆"，牙齿也染上红色，活脱脱一个"吸血鬼"。

饭后，我们开始游览威士拿小镇。它 2010 年的时候举办过冬奥会，所以一进来就能看到左侧奥运五环的标志。与中国大都市的建筑风格很不同，这里每幢房子都不超过三层楼，但依旧繁华。街道两旁随处可见高大树木、草坪和娱乐设施。

第三天

我们来到世界排名前三十左右、加拿大排名前五的 UBC 大学观光。加拿大的大学像公园一样可以全天开放，周末会有一些小情侣、老夫老妻到大学里散步。途径看到某处墓地，齐主任介绍说，这是著名香港女星马思燕的墓碑。老外并不忌讳住在墓地附近，他们反而会觉得邻居很安静，房价也并不会因为靠近墓地而降低。

一个多小时后，我们到达 UBC 大学。这里三面环海，拥有自己的森林，学生可以制作标本，开展科学研究。在校内看到一只正在吃松果的小松鼠，毛发呈灰褐色，一条毛茸茸的大尾巴总是向上翘着，十分可爱。它捧着松果细细啃咬，睁着乌黑明亮的大眼睛，生怕别人抢了它的松果。

下午我们来到加拿大广场。我拾起一片火红的枫叶与碧海蓝天形成鲜明对比，"咔嚓"一声，我捕捉到了这样带有意境的镜头。

接着我们前往斯坦利公园。在去往公园的路上，老师告诉我们唐人街比较破旧，大部分中国老板营业结束之后都把赚的钱放在收银台里，不带回家，因而那边的治安不好。那里也有很多流浪人员和吸毒人员。路上我们看到一栋绿色建筑，楼下是医院，专门给吸毒人员注射毒品，防止吸毒人员自己注射毒品的时候发生意外。这种做法也有效地预防了疾病传染。楼上则是戒毒的地方。在当地人看来，吸毒人员是一名患者。

到了斯坦利公园，刚准备拍照，就偶遇了一只刚从灌木丛中钻出来的小浣熊，很是惊喜。它似乎很害羞，睁着无辜的眼睛打量着我们："咦，我以前怎么没见过你？"当它觉得我们没有恶意，便又四处活动起来，小短腿跑来跑去。

第四天

爬山锻炼。刚开始的山路不是特别陡峭，空闲之余还可以欣赏潺潺流水、葱郁森林和蔚蓝天空。待我们走到瀑布脚下，就没那么容易了。大家只好几个人一组，手拉手互帮互助一起攀登，克服前行中的所有困难。我们终于登上了山顶，在异国他乡体会"会当凌绝顶，一览众山小"的胸襟和情怀。

下山后，颜师傅等我们所有人都坐下来才发动车。他解释说，加拿大法律规定大巴开车时乘客必须坐着，大巴正常行驶过程中也不能站起来。顺带一提，公民离开住宅也不可以拦出租车，但可以通过打电话叫车，以防发生交通事故。还告诉我们，加拿大父母抚养孩子到十八周岁，义务就算完成了。一个人成年后即便遇到困难，也不会回家寻求帮助，哪怕睡马路。

少数人回家求助，父母也不会开门。心软的父母怕自己无法拒绝子女，就会雇保姆将子女拒之门外。法律也没有规定成年子女要赡养父母，老年人的生活由政府来保障。中国则不同，我们讲究人情味，秉持"尊老爱幼"、"百善孝为先"的精神，而且法律明文规定父母有扶养未成年子女的义务，成年子女有赡养父母的义务和"常回家看看"的义务。

我们很快到达了佛雷瑟河，一起观看三文鱼洄游产卵之地。有资料介绍，每条雌鱼能够产下大约四千个左右的鱼卵，并想方设法将其藏在卵石底下，但大量的鱼卵还是会被其他鱼类和鸟类当作美味吃掉。幸存下来的鱼卵在石头下度过冬天，发育长成幼鱼。春天来临时便顺流而下，进入淡水湖中，它们将在湖中度过大约一年的时光，然后再顺流而下进入大海。

在湖中它们尽管东躲西藏，但大多数幼鱼依然逃不过被捕食的命运。进入湖中的每四条鱼就有三条被吃掉，只有一条能够进入大海。危险并没有停止，进入广袤的大海，也就进入了更加危险的领域。在无边无际的北太平洋中，它们一边努力地长大，一边每天要面对鲸鱼、海豹和其他鱼类的进攻，大量更加危险的捕鱼船时刻威胁着它们的生命。整整四年，它们经历无数艰险，才能长成大鱼。成熟之后，一种内在的召唤使得它们开始了回家的旅程。最初雌鱼产下的每四千个鱼卵中，只有两个能够活下来长大并最终回到产卵地。

十月初，所有成熟的三文鱼在佛雷瑟河口集结，浩浩荡荡游向它们的出生地。自进入河口开始，它们就不再吃任何东西，全力赶路。逆流而上的行程，将消耗掉它们几乎所有的能量和体力。它们要不断从水面上跃起以闯过一个个急流和险滩，有些鱼跃到了岸上，变成了其他动物的美食；有些鱼在快要到达目的地之前力竭而亡，和它们一起死去的还有肚子里的几千个鱼卵。到达产卵地后，它们不顾休息开始成双成对挖坑产卵受精。在产卵受精完毕后，三文鱼精疲力竭双双死去，结束了只为繁殖下一代而进行的死亡之旅。冬天来临，白雪覆盖了大地，整个世界变得一片静谧，在寂静的河水下面，新的生命开始成长。纵其一生充满了危险和障碍，但三文鱼并没有退缩，而是勇往直前，凭借着坚持不懈的精神克服种种困难，呕心沥血，甚至不惜牺牲生命，也要回到出生地养育下一代，完成自己的使命。

何其勇敢！何其伟大！何其悲壮！他所表现出的无私奉献精神、伟大母爱精神和思乡情节并不亚于我们人类。人生也是如此，在我们追梦的路上陷入困境，就要像三文鱼一样坚强勇敢，自信有力地坚持梦想，努力攻克难关，一步一个脚印，走向成功。

第五天和第六天

我们在哥伦比亚省司法学院学习。加拿大尊重人权，嫌犯在法院判决之前一直都被认为是无罪的。考虑到罪犯的隐私权，法院并不会告知罪犯的工作单位或者家人，罪犯只需利用周末服刑即可，犯罪情节严重的、具有危险性的罪犯除外。感化官评估的具有危险性罪犯不会留在社区里矫正。一个人若想取得感化官资格证，首先要取得社会学、心理学、犯罪学三者之一的学士学位，然后掌握一定沟通技巧，最后通过考试。

40%的罪犯会再次犯罪，甚至不见感化官。过去政府拿他们没办法，新法出台后，若没有按时去社区见感化官的，就会立即被送往法庭审判，关进监狱。再次犯罪的原因无非有七个：一是抱有侥幸心理，自欺欺人；二是盲目从众；三是不跟外界交流；四是滥用药物；五是家庭背景；六是精神方面；七是金钱问题。

十一周岁至十七周岁犯罪是青少年犯罪，十八周岁是成年犯罪，囚服上有"810.1/810.2Recong"标志的是高危险罪犯。

狱警的待遇很高，放假也能领薪水，足够的薪水让他们不会去贪污。他们也很注重警官形象，要保持专业正面的形象，否则会被开除。如果有犯人不服从监规，较轻情节的口头沟通，一般情节的喷辣椒水，情节严重的可采用武力制服。狱警的离婚率很高，看来在工作和家庭之间找到平衡很重要。

在加拿大，不满十二周岁的人不用负刑事责任，而中国是不满14周岁。

有九个省内监狱，刑期两年以下是省内监狱，刑期两年以上则关押在联邦监狱。监狱会根据罪犯犯罪类型有针对性地授课，帮助他们矫正。联邦监狱服刑时间较长，罪犯可以在监狱里学习，考取律师资格证、心理咨询师等。老师会跟女生说，恋爱中如果男生打你了，即使是一次，你也要立马离开他，因为他肯定还有下一次。两个人相知相识，互生好感，这是第一个阶段；甜蜜期过后，两个人会互相猜忌，产生矛盾，引发暴力犯罪，这是第二个阶段；社区警察调解纠纷后，男方会对自己的行为感到后悔，并保证没有下次了。女方大多会选择相信，于是再次步入甜蜜期，这是一个恶性循环。

我们参观了审判前监狱，进监区必须通过三扇门，一扇是铁门，另外两扇是一对 AB 门，即其中一扇门关上，另一扇门才能打开。监区有健身房，每个犯人房间都有独立卫生间，也有精神状态不好的罪犯专门住的房间。囚犯的服装是鲜艳的红色，警官制服颜色比较深沉偏暗。犯人可以隔着玻璃和探监人聊天。如果犯人因为生病等因素不方便出庭，也可以与法庭同步视频，但是需要两名法警在外面巡视。

第六天傍晚，结束了两天的课程，我们便向码头赶去，准备搭乘游轮去维多利亚游玩两天。游轮设施齐全，有咖啡厅、游戏厅、餐厅、商店和厕所等。我们兴冲冲地跑上甲板嬉戏玩耍，即使是冰凉的海风也阻挡不了我们贪玩的心。阳光明媚，头顶白云，脚下碧海，远处不时传来几声海鸥的鸣叫。男孩女孩们，多么希望时光定格在这一刻！抵达维多利亚后，齐主任便带我们去维多利亚港湾欣赏夜景。旁边就是维多利亚政府，草坪前是"二战"时期牺牲的英雄雕塑。政府中央那扇门只有英国女皇和加拿大总督来的时候才会打开。

大门不远处有一个喷泉，紫色的灯光让它看起来神秘而美丽。昏暗的灯光，闪闪发光的城堡，缓缓驶过的马车，一切都那么静谧而梦幻。

第七天

我们来到维多利亚著名的景点——布查特花园。它是一座家族花园，是世界著名的第二大花园。从 1904 年开始修建，经过几代人的辛勤努力，布查特花园已经成为园艺艺术领域中的一朵奇葩。花园每年吸引来自世界各地的上百万游客。刚进去没多久，我便被一个巨大的野猪雕塑吸引了，传闻摸过它鼻子的人都会有好运。这不禁让我想起初二那年去北京，清华大学里面也有一个考神的标志，据说摸过他鼻子的人会比其他人容易考上清华大学，成绩也会有所提高。他们的鼻子都被摸得锃亮锃亮的，这也可以说是一种信仰吧。往更深处走去，一股清新淡雅的味道扑鼻而来，随即映入眼帘的便是一片五彩斑斓的花海和郁郁葱葱的参天大树。微风拂过，香味沁人心脾。我们完全想象不到，这里曾经是废弃的采石场。当初，布查特夫人珍妮·布查特对园艺一窍不通，只是从友人那里得到一些豌豆和玫瑰花种子，不经意地种在屋旁。随着鲜花盛开，一个建立一所大花园的计划在她心中萌生了。不久，布查特宅地的周围很快就出现了多座花圃。在丈夫的支持下，珍妮开始实现将废弃的采石场建成美丽花园的梦想。只要我们内心坚定，不畏困难，尽自己所能做好每一件事，努力而用心，必然会有所收获。

下午我们去了皇家路大学。加拿大很重视教育，校长的工资比省长还高。至于家庭观念，他们属于那种结婚之前使劲玩，结婚之后很顾家的类型，很少会应酬。当然，周末也会举办家庭聚餐，增进感情。这并不像我们中国，是人情社会，每天都有应酬。前几天，国内一则"女子为求职陪老板喝当场身亡"新闻被爆料，令人唏嘘不已，既为这个年轻的生命感到惋惜，也为这个人情社会感到悲哀。"你们快看！那边有加拿大鹅"。我的思绪被打断，一群健美的加拿大鹅正优哉游哉地在草坪上享受下午的日光浴。它们并没有网上说的那么凶，我缓缓走近它们，它们像含羞的少女别过头，扭怩地移了几步。我刚好捕捉到这个镜头，模样十分可爱。

第八天

我们故地重游，维多利亚政府（总督府）。旁边，就是议会大厦。我查阅了相关资料，在加拿大政治生活是极其透明的事，从联邦到省议会都有专门的电视频道，实况转播每天议会辩论的内容。你坐在家里也能知道大楼里面的事情，政府官员的一言一行必须接受老百姓的监督。经常有人公开批评政府，并指名道姓地攻击领导人，也常有请愿、示威等抗议活动，但从没有任何机构来控制老百姓的愤怒。民主有利于保障人权，防止独裁，但它最大的缺点就是效率低，每个人对同一件事都有不同的看法，13 亿人就有 13 亿种看法，当冲突被不断扩大，结果就是失序。权衡民主的利弊，看来应该把握好民主的度。

下午我们去看海豹。它们圆圆的脑袋，炯炯有神的大眼睛无辜地望着你。上下海豹跳跃，银白的胡须不断舞动着，呆萌而活泼，让你忍不住给它们喂食。有的游客喜欢逗逗它，把鱼片握在手心，却不喂。一开始它们会"上钩"，兴奋地游过来，却吃不到食物，便落寞地落水，楚楚可怜相。游客随即将手中的鱼片扔入水中，只见它们像离弦的箭一样飞奔而来，享受属于它们的美食。十足的小吃货！

第九天

冰酒酒庄。冰酒有着悠久的历史，200 年前在欧洲，人们无意间发现冰酒，流传至今。当时德国的葡萄园遭受突然来袭的霜害，为了挽救损失，酿酒师将冰冻的葡萄压榨后按传统的方法发酵酿酒。他们惊讶地发现，这种酒酸甜比例平衡，甘如蜂蜜般的美酒，遂被命名为冰酒。冰酒技术由德国移民带入加拿大，经当地人进一步改良，酿出的酒更独特、更醇香。酿造冰酒所需要的葡萄数量约为一般红白酒的 6 倍，采集时更加不易，这使加拿大冰酒变得炙手可热。由于酿造冰酒的葡萄必须留在葡萄树上待冰霜来临，温度骤降至零下8摄氏度以下，方能连夜以手工采摘，即零下温度将葡萄甜味急速冷冻，使得糖分全留在葡萄汁里，让冰酒的口感特别清甜芳香。据有关专家测定，冰酒的营养成分里几乎包含了人体所必需的数十种酶和氨基酸，有养颜、美容、保健等功能，是不可多得的上乘佳酿。观看完冰酒宣传片，每位同学都跃跃欲试，只可惜我们未满19周岁。当地法律规定未满19周岁的公民不得吸烟喝酒，如果有商家向未成年人兜售香烟酒水，将遭到举报，之后他的商铺就会倒闭。虽然不能一饱口福，但是一饱眼福也是不错的。

下午我们还去了奥特莱斯购物。温哥华同其他欧美城市一样，都有给小费的习惯。作为游客，如果你对服务满意，就要去支付账单15%—20%的小费，以表示感谢，这也是一种礼仪。加拿大确实有很多价格比国内便宜的品牌店，如果你打算来扫货的话，那绝对不虚此行，不过结账的时候要支付10%—20%的税。而我们中国售卖商品的价格都是含税的，相对方便一些。面对服务生的服务，无论他态度好坏，我们国家都没有支付小费的习惯。这并不是说不文明，而是我们认为在服务行业消费的金钱包含了商家支付给他们的工资。

第十天和第十一天

我们回到哥伦比亚司法学院学习课程。

温哥华警方是全加拿大唯一一个每天开新闻发布会的警察局，所以处理好公共关系很重要。任何小事都有可能引起国际关注，我们随时都要做好面对突发事件的准备。孙子说过"知彼知己，百战不殆"，永远不要低估记者的奸诈，他们总能潜移默化地把正能量转化为负能量，不好的新闻对他们来说是最好的新闻。他们也不可能没有偏见，因为偏见能赚更多的钱，人性会被负面的东西所吸引，这个事实客观存在着。所以我们在回答记者问题之前，一定要谨慎斟酌自己的发言。比如，某监狱新建了一座大楼，召开新闻发布会告诉公众，楼内设有二十四小时监控，监区很安全。记者便会犀利地提问你："听说你们监狱两年前死了四个人，你们怎么处置？还是已经过去了？"这个时候你就要回答："抱歉，我不了解情况，因此我不能针对这个事件作出评价，但是我可以告诉你新建的大楼很安全，可以避免类似的情况发生。"千万不要信誓旦旦地拍胸脯保证以后绝对不会再发生此类案件，人都会犯错，都会改变，谁也不知道未来会发生什么，万一又发生了呢？所以切记永远不要说永远。如果我们说话留有余地，当类似事件发生了，我们可以说："我们之前希望不会再发生此类事件，但很不幸它还是发生了。"在记者提问你之前，你可以设想几个他们会问到的问题，计算自己差不多要讲多长时间，面对记者先申明自己有几分钟可以回答问题，时间一到便可以走了。把握主动权很重要，如果你都不知道自己要讲什么，那你就处于劣势了。无论遇到什么棘手问题，都要沉着冷静，语速平缓，目光平视镜头，语言简短精练，一定要加上肢体语言。因为你讲了一大堆话，公众能感受到的信息 55% 来自你的肢体语言，30% 来自你的声音，只有 7% 是你说话的内容。总之，要巧妙地转移记者问题，而又不失礼貌。老师打了个比方，大众是羊羔，罪犯是狼，而我们就是唯一能保护羊群的牧羊犬（狗），羊可以容忍狗，但不会成为朋友，因为他们在意我们有权力，狼怕狗，所以绝大部分时候会离羊远远的。但大众不会喜欢我们，因为他们知道我们必须这样做。我觉得，未必要把公众想得太悲观，大部分公众遇到困难，还是会想到"有困难，找警察"这句经典名言，可见大部分人还是很信赖警察的。

第十一天的课堂上，老师告诉我们犯人因为离开家庭，抱怨食物不好，抱怨关太久等因素产生冲突，实施暴力行为，会由应急小组控制。然而应急小组并不是那么好加盟的，至少有过两年以上的矫正官工作经历的才可以报名，也必须参加体能测试，几分钟跑完三千米，仰卧起坐，俯卧撑，等等。应急小组一般有二十四至三十个成员。当然，这都是自愿的，都是矫正官自己提出的申请，但不加薪水，女生和男生的条件要求相同。因为在加拿大监狱也会发生女子暴动，应急小组男性成员不允许进去。监狱长有指挥权，可以出动应急小组，其中两人是队长，他们全权指挥应急小组如何协调、应变。如果犯人集体不回牢房，应急小组出动，就有武装震慑的作用，犯人因害怕便会乖乖回房间。通俗地说，就是小事靠矫正官，大事靠应急小组。有时应急小组会和警察合作，搜嫌犯身上有无枪支，因为矫正官不可以搜身。

第十二天

举行毕业典礼。

临近 11 月 11 日，站在街头你会发现当地居民胸口比以往多了一个小红花。因为在加拿大，"双十一"是纪念"第一次世界大战"和"第二次世界大战"中牺牲战士的特别日子。只要你向募捐箱捐一些钱，工作人员便会给你一朵小红花。但在国内"双十一"是单身贵族的节日——"光棍节"，也是"天猫"一年一度的大规模促销日。

在我国，我们会在清明节去陵园纪念革命烈士。在这悲伤的氛围中，我们也要离开了。还记得初来乍到的时候，我们去美加边境倒时差，观光海滨城市，观看三文鱼回流……其中，让我印象最深的还是加拿大的交通，每个街口都有一个自助按钮，行人可以通过按钮过马路，红绿灯也有贴心的倒计时语音设计。即使没有红绿灯，车也已经稳稳地停靠在路边等你通过，每次过马路都会让你感到暖暖的。

看到齐主任在微信群里跟我们道别，并送上祝福，老师和同学们也纷纷回复并送上美好的祝愿。再见了，齐主任！希望你们一家人平平安安的，每天都很开心！我也要和你说再见了，枫叶国！Vancouver！Good bye！

（作者单位：江苏省司法警官高等职业学校）

触动心灵的夜空

◎ 吴　婧

绯红的晚霞送走了炎热，迎来了翩翩起舞的夜姑娘，它穿上了端庄的裙子，张开柔软轻盈的羽翼，洒下黑缎般的夜幕，笼罩这喧嚣的城市。

今夜，月如钩，漫长的繁星如同一颗颗细碎的宝石，镶嵌在这幽深的夜幕中。它们微笑着眨着孤独、寂静的眼，给处在夜晚中的人们带来光明与希冀，把点点余晖洒向城市、田野、山峰、河流……寂静的夜空闪耀着丝丝生机。

在这样的夜晚，也许你很忧虑，有千百件的心事要想；也许你很繁忙，有千百件的事情要做，但是你出来吧，当你脚踩大地，仰望星空，一切的烦恼与繁忙都会由天空为你抹去。在这里，你可享受平日里不曾留心的夜幕带给你心灵上的触动，你可聆听仙女们在天幕中演奏天籁，细数满天星辰，任四周挽起你的双手。这时，那些虫鸣鸟唱都会从你的内心发出，一点星光是一个故事，点点星光给你永恒的魅力。

在这样的夜晚，我想看日落红霞如何在夜幕中消失；我想驻足在月桂下，品味花香四溢，任其拨动着我的心弦；我想徜徉在浩瀚的星河，听牛郎织女窃窃私语……我仿佛看到时间在这里流淌，四季变换，交替轮回，盛唐的和风，宋朝的秋雨，明清的晚霞，都从这里缓缓流淌，我看到了生命轮回中的你我。在这样的夜晚，一切浮躁与不安都烟消云散。

挽我上明月的秋千，把我荡过生命的荒季，让我忘记烦恼与繁忙，在这寂静的夜空，静静遐想。

（作者单位：江苏省司法警官高等职业学校）

怀念大学生活

◎ 吴　坤

　　接完一个大学同学的电话，点上一支烟，烟雾弥漫了整个房间，我的大学生活袅袅升起。

> 那年
> 每村只有几朵花儿开放
> 那天
> 我家门口盛开了一朵绚丽之花
> 它的名字叫大学

　　那天阳光灿烂，阳光下是蓝天、白云、清澈的河水、美丽的花儿，还有辛勤采蜜的小蜜蜂。

　　村里的老会计在河对过的大路上远远地就拉长嗓子喊着：小二子，大学通知书来了！

　　他粗哑浑厚的声音透过干净的空气传到我耳朵里时，我心底分明触摸到了一朵最美丽的花。

那时花开。

接下来就是请亲戚吃饭，请完了，各家亲戚再挨个儿请我去吃饭。不经意间，整个人被推向了圆心，抽也抽不出来。

想起了以前。

父母不在身边的日子从我十三岁时已经开始。一个人到县城读初中，生活上啥也不会，还要被城里的同学暗地里叫"乡巴佬"，好在成绩好，深得老师宠爱，有时靠借作业也笼络了一些同学。高中还是住校，一下子笨了起来，白天嘻嘻哈哈地一起玩，晚上打着手电躲在被窝里看书，却再也回不到以前的名次了。成绩上不去，家里亲戚间就有了闲言闲语和无端猜测，我欲语无言。就这样追着跑着，身心俱累，还好没有掉队，赶上了大学这班车。

现在我到底还是一个人离开家乡到了远方。

一个人行走，一个人哭泣，一个人快乐，一个人痛苦，一个人幸福。

这么多年就这样走过来了。

　　　　　　513 不只是一个宿舍

　　　　　　它是一个记事本

　　　　　　上面写着四年的情感

　　　　　　却要用一生来承载

是一位师兄而不是我所希望的美丽的师姐把我带到宿舍，也就是后来大学里我最有感情的一个地方：513 宿舍。

513 只是一个房间号码，但现在看来在我心里它已是一座丰碑式的东西，一份一生也难以割舍的情怀。

在 513，我们玩过，闹过，唱过，跳过，笑过，哭过，在集体空虚的时候我们打过纸牌，输一局脱一件衣服，脱到只剩下一条裤衩就在房间里走八圈；或者输一局喝一杯凉水，喝到第二天四个人都拉肚子。这些现在看来很是无聊的举动，谁又能说这不是我们在大学时期一些最美好的回忆呢？我想每个人都有属于自己最美丽的青春回忆，那是自己心底最难忘、最纯真的东西。我们在 513 看电影，看《哈里·波特》，看《无间道》，看《PTU》，最难忘是看《大话西游》，整个电影的通篇台词至今依然清晰可道，紫霞那句"我猜中了前头，却没有猜到结局"的台词更是下铺兄弟举子第一次恋爱的经典注脚，成为我们调侃其"不幸命运"的必杀技。

　　每个周六晚上是我们宿舍的狂欢夜，谁也不准无故缺席，买上猪头肉、花生米之类廉价而又实在的美食，啤酒是必备的；遇到哪个生日或是追美眉成功之类的喜事，不搞点白酒是说不过去的；英语四六级或是计算机通过的，可就惨了，整个宿舍倾巢而出，不醉不归，请客的那个事先要把票票付了，因为他是必定要烂醉如泥的。

　　　　如果大学是蓝天

　　　　你会拒绝白云吗

　　　　而足球

　　　　就是蓝天上最美丽的一朵白云

　　513 有三个人的大学生活是为足球而过的，他们自诩为"三剑客"，足球场上的时光是他们整个大学最值得珍藏和回味的。一个是空虚，一个是小西，一个是我。

　　大学时我不叫这个名字，我叫胖子。我喜欢吃，喜欢电玩，喜欢上网灌水，还有电影、音乐、看书，当然还有足球。但除了这些东西，我还是努力地学习一点东西，经常去图书馆学习。小西也喜欢捣乎点文字的东西，这一点我们是相同的，但他拒绝学习，尤其是学习英语。以至于最后毕业时四级证书都没拿到。空虚除了和我们踢球以外，什么都不管，你完全可以想象他每到开学都要参加补考的那种惨相。

我们三个人在足球场上是不需要言语的，一个眼神，一个手势，人就跑到了应该在的位置。我们每天下午从操场没人时开始踢，一直到操场没人时才抱着球回到513，然后从口袋里抠出几个钢镚买矿泉水。

其实整个大学前半段我们都是在足球场上度过的。那时我们还单纯的像傻瓜，那种放个屁还要脱裤子的傻瓜。看到球场边上有漂亮女生，球都不传，拼了命地带球、过人、射门，还打着赤臂对着鬼叫；真正在学校的林荫道上碰上了却是脸红心跳，隔壁班的漂亮女生我们不敢近看却沦为睡前的谈资。

> 单纯只是过渡
> 之后便是一种蜕变
> 当我开始站在阳台看女生的时候
> 楼下的枫叶已被秋日悄悄染红

大二的一个秋天，不知道哪个家伙在足球场上把我放倒了，结果我两个月告别了足球，这对于我来说是一种痛苦，一种使小西坐在书桌前默默背诵英语单词的痛苦。

于是我经常站在五楼阳台四处张望。原来站在高处远望一切，心情可以舒畅无比。更重要的是，我看到了下面来来往往、花花绿绿的女生，我开始情绪波动，心想：不知道和女孩子牵手会是一种什么样的感觉？

当我低头沉思的时候，我发现楼下的两棵枫树已挂满红叶，如火一般刺目。

我知道时间已经悄无声息地走过去了，而有些东西也在慢慢改变着。比如我不再把生活全部留在足球场上了，我试着去尝试更多的生活，参加周末舞会，校内社团，去听教授讲座，和班上没说过话的女生说说话。有一天我突然发现生活原来不是那么单调，就如一朵玫瑰，可以看到花，也可以看到刺。

接着我们也迷上了上网。所不同的是，空虚迷上了QQ，整天泡在网上和美眉吹自己的球技多厉害，而小西在网上疯狂地跟人玩起了战斗，他迷上的是CS游戏，他还加入了CS战队。在那里他变态地狙击敌人，不可否认，他是一个强者，至少比我和空虚强上一百倍。我们三个曾一起战斗过，结果他两分钟内把我和空虚杀死23次。小西说在CS当中，你不杀别人就等着被杀。当时没有细心去体味这句话，不然我想我学习会更用功些，如今做起事情来也会更得心应手些。

当然上网也不是一无是处，空虚那小子就得福了：他谈恋爱了。猛男说的有道理：连中国国家队都打进了世界杯，空虚这个看女孩子眼睛不敢超过30秒的人当然也可以谈恋爱。

猛男名如其人，健壮魁梧，经典的事情很多，其中最经典的一次是落在我手上。我以师妹的身份在网上把猛男骗到图书馆门口等了半天，尤其是猛男弯腰从柜子里翻出一件皱巴巴的自以为很时尚的衬衣时，我们偷偷笑了几个月。

猛男的那件衬衣也许早就不穿了，但我们都知道了，人会改变，单纯也会改变，所有的东西都会改变。校园的枫叶不再红火，终有一天掉地之时，那如玻璃落地般清脆的声音告诉了我们：已是即将离校的日子了。

> 513，举子，空虚，小西，猛男
>
> 足球，电影，上网，红叶……
>
> 很多很多的词汇
>
> 都在温暖并感动着我
>
> 而当我离开它们时
>
> 它们还将一如既往伴随着我

一个昏黄的下午，校园里忽然传出了《祝你一路顺风》的歌曲。从那天开始，每天下午都有了这沉郁凝重的声音，一时间伤感仿佛撒哈拉沙漠里的沙子，铺天盖地地扑向这里的人。

师弟问：师兄，找到工作了吗？

师弟是理性的。

师妹说：师兄，好舍不得你们。

师妹是感性的。

理性也好，感性也好，我想我都应该感谢他们。他们言语不多，但记得我们，这已经足够了。

来到一个地方有人欢迎，离开一个地方有人欢送。在来和去之间，四年也好，一天也罢，里面的点点滴滴带走了，也留下了。四年了吗？要离开了吗？那一段时间我反复问自己。当逐渐意识到这是一个事实时，我开始从下午4点就抱着球来到操场，比以前提前了半个钟头；经常约上空虚、猛男、举子在CS世界中勇敢和小西战斗，壮烈地死。

日子终究如水一样，默默地流逝。

一个阳光灿烂的下午，我站在繁华的街头，头发没有梳整齐，推着三轮车，上面是一些花花绿绿的衣服，今天如果再不能卖出一件，我打算回家耕田。

"多少钱一件？"

"二十五块，小姐！"

哈哈……笑声铺天盖地。

我发现我趴在课桌上。

政治经济学老师站在我面前微笑着说："我是老头子，不是小姐。"

不能怪我，我真的太困了。跑了两个月的人才市场，简历一份一份地砸出去却没一个回声。老师没有批评我，但我还是担心：几个月后我真的会在街头卖二十五块钱一件的衣服吗？我不想这些问题了，也不敢想了。

一切慢慢来吧。花开花落，该来的都会来。

只要努力，我想总有一天我会躺在美丽的海滩上，仰望蓝天倾听海的声音，在那里捡贝壳，捡了扔，扔了捡，在风中听《一无所有》、听《盛夏的果实》，在沙滩上堆垒自己喜欢的塑像……

　　然后，抵达一个叫永远的终点……

　　　　每一个地方
　　　　总有人要进去
　　　　进去是为了精彩生活
　　　　也总有人要出来
　　　　出来是为了怀念
　　　　仅此而已

　　烟灭了，我的大学生活也在烟雾中渐渐落下，在心底凝成一团。

（作者单位：江苏省司法警官高等职业学校）

寻根刘家边

◎ 吴　坤

　　前不久，学校组织全体教师开展了"重走刘家边"活动。依我理解，这既不是衣锦还乡去看看那片故土，也不是前呼后拥地走走过场，而是一种寻根溯源：从学校发展的历史中借助力量，确定我们今天的身份和未来的方向。

　　蹀步之中见真义。正值而立之年的警校，从无到有，从小到大，从弱变强，甚至也经历了停止招生的坎坷经历，而今又迈上了再次创业的新征程。或许，全校教职工徒步重走刘家边的要义，莫过于大家都在用自己的双脚认真地打扫内心：年长的回味当年艰苦创业的历程，年轻的希望从前人走过的路上找到前进的方向。

　　驻足刘家边，站在建校三十周年的时间节点上，面对曾经生机盎然，而今斑驳不堪的校舍，长吁短叹既罢，我觉得我们更要思考这样一些问题：在审视上一个三十年的积淀中如何去延续和创造下一个三十年的传奇与精彩？如何既继承传统又开拓创新去共圆"警院梦"？如何培养出具有鲜明精神品质和文化特质的监狱、强制戒毒预备警官？

如果寻根不能确定我们价值的取向，不能确定自己未来的走向，那么寻根的意义何在？其实，我们每个人都生活在学校发展的历史之中，我们每个人都将对学校发展的历史负责。无论是刘家边还是桃花坞，这里的一草一木都在无声地提醒我们：尊重历史，敬畏时光，善待传统。因为，创建现代化的司法警官高职学院必须要有灵魂和源泉，而这个灵魂和源泉恰恰是来自学校的教育传统和广大师生的精神风貌。所以，走在刘家边，我更愿意紧跟着曾经在此学习工作过的前辈们，聆听他们讲述过去的人和事，为他们驻足旧址拍照留念时的兴高采烈或无限遐思而动容。

久远是长途里酝酿的酒，越陈越香。是的，真正的传统并不是一去不复返的遗迹，而是一种生机勃然、薪火相传的文化精神。学校30年发展历程已经证明：凡是凝聚了传统精粹的人和事必然具有顽强的生命力，并且常盛常新。譬如建校之初的老师们都已经成为警校今日的中流砥柱，新进校的老师们也成为警校发展的生力军。

下山时，我发现一个奇观：刘家边的树都有着十分强烈的钻劲，树根向下而且极少暴露地表，使之能立足于峭壁或石缝等"绝境"。意念循根追究下去，我仿佛看到一根根粗细不等的根尖正不知疲倦地向地心钻去。树不大而根深，实属它的特点。观之而后思，惭愧于心。以前，我只眼馋绿叶红花硕果，忽视其根。而今我想，若无根的钻劲，哪有叶绿花红果硕？

刘家边，我算寻到了根！

（作者单位：江苏省司法警官高等职业学校）

且行且珍惜

◎ 杨　刚

花开花落，云卷云舒，总是感慨年华易老，韶华易逝。不经意间，多少憧憬，多少感动，多少希冀，就这样眼睁睁地看着从指缝中溜走了，蓦然回首，却不知又多了几许遗憾，几许惘然？

其实，生命中有很多的精彩，只是真正属于自己的并不多，能永恒留驻的更是屈指可数。所以说有花堪摘直须摘，所以说人生得意须尽欢，不要等到人生垂暮，才想起俯拾朝花，更不要在失去的痛楚中感悟拥有的可贵。昨天唤不回，明天不确实，能珍惜的其实只有今天。

且行且珍惜，人生，就像一场旅行，风景连缀。可是有许多的风景，因为来去匆匆而不经意的转瞬而逝了。错过之后每每想再回到原点的时候却发现，原来怎样也回不到当初了。其实，多一丝珍惜，便会多一分体会，多一分收获；若是珍惜蓓蕾的含苞待放，便不会有昙花一现的惋惜；若是珍惜新绿的青翠欲滴，便不会有落木萧萧的伤情；只要用心地去珍惜、呵护，哪怕不能天长地久，也不会徒然留下遗憾。

且行且珍惜，父母在，不远行。可是，我们总有这样的借口，那样的理由。于是，我们待在父母身边的时间日渐少了，陪父母说话的时间日渐少了。子曰："往而不可还者，亲也；至而不可加者，年也。是故孝子欲养而亲不待也，木欲直而时不待也。"其实我们都一直回避想象，那最疼爱自己的那两个人化作尘烟，再也触摸不到的情景。但是，父母的确正在毋庸置疑地一天天老去，与父母在一起的日子是过一天少一天了，终有一日将天人永别。所以，请珍惜与父母共处的日子，千万别留下子欲养而亲不在的遗憾。

且行且珍惜，前世的五百次回眸方能换得今生的一次擦肩而过，一千次回眸方能换得今生在你面前的驻足停留。可是，蓦然回首，却发现，春如旧，人空瘦，只剩一怀愁绪，几年离索了。也许我们的一转身，遇到了某个人，再一转身，也许就一辈子不会再相见。所以，请珍惜爱情，珍惜眼前人，即使不能最终在一起。因为，有些人，一旦错过就不再。

且行且珍惜，即便你一无所有，至少你还有人身。佛陀说："得人身如爪上土，失人身如大地尘。"修得人身的如此不易，一旦拥有，岂能不珍惜？人身恐怕是你这一生唯一的永恒。一生之中会有对酒当歌的豪放，也会有冯唐易老的悲叹，会有春风得意马蹄疾，一日看尽长安花的畅快，也会有欲渡黄河冰塞川，将登太行雪满山的无奈。但无论如何，都要无怨、无嗔地善待人身。因为，唯有珍惜人身，善待生命，一切才会存在，才会有意义。其实，待到年界花甲，再回首，便会发现，富贵如烟云，王侯归尘土，是非成败转头空，除了修得之人身，一切皆浮云。

所以，请放缓步履，且行且珍惜。珍惜那双满溢关怀的眼，珍惜那双递送温暖的手，珍惜修来不易的人身。

（作者单位：江苏省司法警官高等职业学校）

缘　分

◎ 严绍国

词典对"缘分"一词是这样解释的：命也，喻为命运纠缠在一起的丝线，是一种似有形实无形的连接，亦作缘分。对于缘分，很多人会十分在乎，我不刻意追求，顺其自然为我本性。云起云落，随风东西，缘是不可求的，缘如风，风不定，云聚是缘，云散亦为缘。

2015年的国庆节，我回到故乡盐城，参加三十年高中同学聚会。觥筹交错间，三五好友将我当年填报志愿的场景隐约拼凑了起来。《1985年高考志愿填报指南》上有一所不太引人注目的学校，它就是江苏省劳改工作专业学校，中专，学制两年，学校地址在指南上没有出现。按我当年的学习成绩，最多也只能在中专校里选择，所以警校成了首选。几个要好的同学为了我这个未来的人民警察，还私下里在龙冈中学前的李子猪头肉馆进行了庆贺，并相约在我真的做了警察后一定要十倍地答谢他们。那一刻，我好开心。

嘴里猪头肉的五香味还没全净，我便匆匆地骑着一辆永久牌自行车回到家，准备将自己的想法第一时间告诉父亲。父亲是一个老兵，他听了我的想法后，说要出去一下，让我明天早上就不要去学校了，等他回来再作决定。父亲当晚没有回来，第二天快中午回到家，水还没来得及喝就给我浇了一盆冷水，这学校不能填，还是换一所学校吧。纳闷间，父亲道出了个中原委。父亲的一位战友在当时的江苏省第一劳改支队工作，从战友的口述中得知江苏省劳改工作专业学校是一所刚刚建起的新学校，更关键的是坐落在南京龙潭镇的一座深山中，交通条件极差，生活环境相当艰苦。在我们家，父亲是权威，按照父亲的意愿，我第二天下午一回到学校就找班主任，悄悄地改了志愿。其实也不是我真的改变想法，因为我对自己最了解，随便哪一所学校都跟我无缘，自己排排名，掂量掂量，与其为了那两块猪头肉填报警校，还不如随了父亲的心愿上个粮校更好。那一年，我没有考上。

考上学校那是毕业后两年的事了，作为高五学生，我已经没有资格再去选择什么理想的学校，无意中我进入了盐城师范专科学校。父亲还为我高四、高五的努力赞叹不已，说毕竟比中专高了一个等次，这样就不需要到边远的地方工作了。两年的高校（两年制大专）生活很短暂，又临毕业季，又到选择时。那一阵，我想了很多。

有时命运就是这样捉弄人。当我将去大中农场工作的消息告诉父亲时，父亲沉默了许久。父亲的战友有不少在劳改单位工作，对当年劳改单位的情况还是了解的。当初不让考警校，就是不想让我到那艰苦的劳改单位去工作。现在倒好，转来转去，还是回到了原点，大中农场将成为我工作的第一站。那一天，我有些茫然。

1989年8月5日，和我同到农场工作的一帮年轻人满怀着对美好未来的憧憬来到政治处报到。父亲专门请他的一位战友帮忙，弄了辆黄皮吉普，陪我来到大中农场。父亲在临近农场的通商小镇，被七拐八拐的农村公路转昏了头。进入农场，又被村不像村、镇不像镇的场部环境凉透了心。能适应吗？父亲也是吃过苦的人，看到这样的场景只是小声地问了我。应该行吧！

你们先走吧，我能照顾好自己的。送走了父亲，我开始了一人闯生活的历程。因为培训的需要，分在不同单位的人都住进了农场招待所，统一食宿，统一管理，警校毕业生开始走进了我的视野。两个星期的岗前培训，我对劳改农场、劳改单位的工作性质有了一些初步了解。培训之余，在和几个警校毕业的新同事闲聊之中，我对警校也有了一些模糊印象。那时刻，我有了一点感觉。

人有时会先入为主。因为一起参加培训的缘故，工作没多长时间，我就和在大队工作的民警交上了朋友，特别是毕业于警校的几个，我们常有往来。在农场中学工作，作息是有规律的，星期天我喜欢骑着自行车到大队去玩。每当看到基层民警满脸的灰尘，甚至警裤上还带着些许泥巴巴，敬意就油然而生。警校毕竟是专业学校，那几年到农场工作的警校毕业生很快成了监管、生产一线的主力军，他们不怕吃苦、勤于思考、善于攻坚的警校精神在工作实践中得到了彰显，受到了农场干工的认同与好评。在和几个关系要好的警校毕业生的交往中，我对警校有了更深的了解。这种深层次的了解，成了我前进的动力。工作中，每当有畏难情绪时，我总喜欢将自己的工作环境和他们进行一番比较。比较中，我受到了启发，取得了进步。

我欣然，我交上了几个警校毕业的朋友。从那时，我开始有所悟。

缘分总是在不经意间显现。2004年，警校几经沉浮，开始走上五年制高等职业学校的办学之路，我有幸成了警校人。慢慢地，我知道了谁谁谁在刘家边工作过，谁谁谁在刘家边发生过故事。刘家边是我在警校工作后听到最多的词，我在警校工作的起始阶段亦已懂得了一个道理：工作再苦苦不过刘家边，工作再累累不过刘家边，传承、光大刘家边精神理应是我努力的方向。从2004年9月开始，我一直坚守学管、教学一线，和原先就在警校工作的前辈们有了更多的接触。他们有着学校停招、分流二监、再回警校的经历，在和他们的交流中，我知道了警校的沉浮；在和他们一起工作的实践中，我感受到警校人的执着。到现在，我仍以刘家边精神激励自己。

十年磨一剑，霜刃未曾试。到警校工作已有十个年头，我总不自觉地拷问自己，我的锋芒在哪里？我为警校奉献了多少？这次学校组织教工重走刘家边，我去了。在刘家边，看到警校创办之初的场景，听到警校创办见证人的讲解，特别是当我将眼前见到的一切和我填报高考志愿时父亲的话语联系在一起时，我沉默了。鲁迅先生在《纪念刘和珍君》有一句名言：不在沉默中爆发，就在沉默中灭亡。是的，我们真的该做些什么了。

　　当年未成行，今日终如愿。不刻意缘分的我，到如今还未搞明白我与警校有缘，还是警校与我有缘。但重走刘家边让我再一次坚信：既然选择，我必无悔；已然决定，我必前行！

　　　　　　　　　　　　　　　　　（作者单位：江苏省司法警官高等职业学校）

远嫁的女儿

◎ 单志芳

　　离开警校也有几个月了，来到新的单位正在逐步适应，端坐于电脑前打开熟悉的网页"江苏省司法警官高等职业学校"，新的栏目跃然于眼前——校友风采，读完张晶校长的开篇词，五年的警校生活占据了整个思维。

　　来警校读书是一个偶然。不知道是不是它独具魅力的名字感染了我，还是所谓的一见钟情，翻开报考指南的时候，就那么毅然决然地选择了你——江苏省司法警官高等职业学校。尽管那时还不了解你，尽管也知道将暂离陪我十六个春夏的母亲，但我似乎已经感受到你的温暖，已经隐约看到你的伟岸。2007年那个中秋时节，我来了，一待就是五年。人生不会有太多的五年，我无悔地将其中一份选择了你。不，是你热情地接纳了我，温情地看着我长大，默默远送我，是这份情谊驱动我，告诉你，我有多么想念你。

　　想念你那不大的校园，拥挤的浴室，每逢周五激动的心情；想念那些曾被我们咒骂的老家伙们，原谅我们吧，我可亲的老师们。这就是警校，一个只能我们警校学子那么评论却容不得他人质疑的地方。五年里我也和普通的孩子一样，曾迷惘，曾吵闹，亦曾叛逆。我深深地记得那个晚上，宿舍门已关上，校园的路灯守卫这宁静的气氛，而老班的办公室坐满了人。我肆无忌惮地抒发着情绪，你是那么耐心地倾听着，让我明白了我只是个摔了跤的孩子，没什么大不了。那些朴实不带修饰的话语，让我耳清目明，人生努力的方向不断清晰，奋斗的目标开始定位，在0722这个集体里不断成长。母亲每次在老师那里听到的都是我的好消息，她告诉我："孩子你长大了，用心感恩吧。"是的，我如愿地考上了公务员，正是因为有你毫无保留的付出和不断地鞭策。7月，你告诉我，孩子你得离开这个温暖港湾了，去吧，去拼搏，去远航吧。我多想告诉你，我的不舍，我的留恋，我不想长大的小心思。

你像送出嫁的闺女一样，把我挽上花轿。我在这个新婆家过得很好，领导的热情关怀，同事间的互相帮助，虽然离开家乡，仍有淡淡幸福，我感谢您为我准备了这份丰厚的嫁妆。那个叫桃花坞一区14号的地方，请您接纳我这位永不想毕业的孩子吧，一起看沿途的风景。

我亲爱的学弟学妹们，你们在干吗呢？让我猜猜，08级的在抓紧复习，09级的在默默围观，10级、11级的孩子们还躲课桌下偷偷玩手机，避着巡查上课睡觉吗？我多想叫醒你们啊，可这就是青春，反倒觉着不忍心了。孩子们在该醒的时候醒来吧，它已为你架好过河的桥梁，醒来吧！还有一个月，我又要回来您身边，虽然是短暂的相聚，却已知足，我想您已为我们准备好一盅香茗，还有那一份答卷……

（作者单位：江苏省司法警官高等职业学校）

月亮邮局

◎ 金　晨

看着朦胧的月亮，
突然想办一家月亮邮局，
紧紧地把所有人的思念联系。

我想，
透过月光，
如果谁将家乡忆起，
那就在梦里悄悄把它传递吧。

让远在清野的亲人，
也知道你的思绪，
也感到你的温暖。

轻抚柔和的月影，
思想穿越神话，

每天是否都有月兔捣药，吴刚伐桂，

嫦娥是否也在广寒静思，

夜夜透过青空遥望着她的后羿？

低下头，

路灯洁白如月光，

我也想起家中院里，

想起紫藤下微摇蒲扇的奶奶，

可是谁又能将我的思念传递？

（作者系江苏省司法警官高等职业学校 1871 班学生）

月色，冷清清

◎ 朱莹童

今晚的月

冷冷清清

夜风

吹过季节堆砌的青冢

推开半掩的心门

我窥见了

曼珠沙华迷魂般的笑靥

跨过

古老的拱桥

于是此岸成了彼岸

今晚的月

冷冷清清

心情

继续它的旅行

跫音

隐向青石板的深巷

粉墙远了

黛瓦还在

朱门远了

铜绿还在

镂空的花窗藏不住

泛着幽光的铜镜

手指抚过锈色的镜面

低垂的秀发遮住脸的表情

屋檐下

缠绵的雨水欲滴未滴

和着吴侬软语的神韵

彰显它淡淡轻轻的空灵

今晚的月

冷冷清清

微光

像丝绸般的流水样安静

风与脸庞相亲

滚落的晶莹

散作天空的星星

顶虹披霓

等候着

水色的黎明

（作者系江苏省司法警官高等职业学校 1623 班学生）

再进警校

◎ 王传敏

1990年9月16日的傍晚，一个穿着破旧的T恤衫，肩上扛着被子、手里拎着装着脸盆和暖水瓶的丝网兜（如今的年轻人已经不知道啥是丝网兜了吧？）的新生，随着报到的人流，走进了桃花坞路略显陈旧的警校大门。那年他十九岁，脸上还带着农村孩子特有的腼腆和憨厚，以及一脚踏入城市的迷茫和惊慌。

1992年7月，一个夏日的拂晓，校园沉浸在睡梦中，夏蝉还没有开始鸣叫，93届的同学也还没有出早操。还是他，浅黄色的夏季短袖警服上衣，橄榄绿警裤，背着一个简单的草绿色挎包，那个包里有一本红色的毕业证，还有一本三毛的《万水千山走遍》。昨夜毕业典礼上的伤感与惆怅已经随着一个梦远去。走出校门，他踏上了12路公交车，这路车开往镇江火车站。从这一天起，他将回到远方的家，在那里耐心等待尚未知晓却早晚会到的某一个工作单位的报到通知书。

你猜得不错，那个人就是我。

我和我的警校，匆匆的两年。然后，它就成了我只能用来回忆的母校。

离开警校的日子里，也曾多次来过警校，或者是开会，或者是聚会，或者是出差绕道。但其实并不想在校园里遇见旧日的老师。因此，总喜欢刻意地选择在夜晚时分，走进灯火通明的校园，在操场或教学楼下走一圈。不为别的，只为内心里更愿意一个人沉浸在往日的记忆里。

如今，已经是又一个世纪，其实，也就是那么短短的二十三四年，再去努力回忆，警校学习生涯已经化成了几张泛黄的照片，其余的，已经被时间的潮水冲刷殆尽。

蒋捷曾有《虞美人》小令，词曰："少年听雨歌楼上，红烛昏罗帐。壮年听雨客舟中。江阔云低、断雁叫西风。而今听雨僧庐下。鬓已星星也。悲欢离合总无情。一任阶前、点滴到天明。"流年似水，不同阶段，心情大不同，少年追欢逐笑，声色犬马；壮年奔走天涯，客舟听雨；老年枯坐僧庐。你能从逝去的似水年华里所舀取的，也就那么几瓢。

虽然警校只有一个，但是，每个警校毕业生的记忆里都有一个单单属于自己的警校。唯有汗水、泪水洒过的地方，才可以说是经历。

虽然，在那以后，也曾进入南京大学、南京师范大学、北京大学去学习，但是，我内心里，警校却永远是不可替代的。因为，在这里，我完成了人生的铸模；从那以后，再有更多的学习，也只是抛光和打磨。世事茫茫，难以预料。

2015 年的 6 月 16 日，警校成为我工作生涯中又一个新的单位。组织上做如此安排，其中的精心与用心，我自能体会到。唯其如此，更应实心任事、用心尽职。

短短两个月里，借助参与校庆三十周年的筹备活动，我对警校的了解，又有更多的认识和亲近。

长江、黄河的源头在青海高原，警校的源头在宝华山刘家边。或者，刘家边就是警校的"祖庭"所在地。

1983 年，"严打"后押犯激增，导致监狱管教干部十分紧张，警校于此应运而生。到哪里寻找一个可以办校的地方？这着实让当时局党委一班人思量了一番，最终，选择了位于龙潭镇宝华山脚下刘家边的一个押犯监区——宝华采石公司的南监区。就地取材，改头换面，监区大院就成了一个简陋的学校。教员呢，有从基层监狱抽调的具有大学学历的干警，有从公安专科学校、龙潭人民警校"两劳"的毕业生。由此又生产新的趣话，尽管年龄相仿，好多龙潭警校毕业生都戏称镇江警校毕业生为"师侄"。

在那个年代，若有人从宝华山脚下曲曲弯弯的山路走过，他可会猜到：就在那山高林密处，还有一所监狱人民警察学校！

半天学习，半天劳动，自力更生，丰衣足食，刘家边成了警校的南泥湾。在老校址那里，每一处都洒满了前几届学生的汗水。筚路蓝缕，以启山林。艰难困苦，玉汝于成。后来的警校校友当不忘他们的开辟之功。当年我在桃花坞校区参加校园劳动时，还感觉我们是艰苦的，对比刘家边的师兄师姐，从此再不敢谈"艰苦"二字。

80 年代末，为解决招生难以及办学难的问题，镇江监狱作出贡献，在紧靠桃花坞路一边，划出一块地方，作为警校的新校址。警校开始一脚踏进了城市中心。警校录取通知书上的"桃花坞"三个字，当年可没少赚取我的遐想：这里可曾有过道士种桃卖瓜？

于我而言，上学时只有桃花坞，未曾关注过刘家边。这次为纪念警校建校三十周年拍摄宣传片，才得一睹真颜：

当年的学校大门只剩下两个砖垛子，传达室里荒草和灌木长得生机盎然。教室还在，但也只剩下突兀的窗洞，窗棂和窗户玻璃早已被人撬走，空荡荡的教室成了养猪、养羊的圈舍。高大的枫杨树下就是原来的女生宿舍楼。锈迹斑斑的挂锁落满了灰尘。从窗户里一眼望过去，一间旧办公室里还有一樘书柜，只是柜子门掉了半扇。屋顶脱落的水泥浆面处，还露出一张预制水泥板时留下的旧报纸，依稀可以看出是 1987 年的新闻报道……

同去的几位当年在刘家边工作过的教师，旧地重游，不胜唏嘘。当年指点江山处，今日已是断壁残垣。

似乎旧校址的每一处都有故事。聊取一例：这么多年来，刘家边的师兄师姐们聚会时常常历数哪个班出人才？数来数去，终于找到一个惊天的秘密：凡是在"那个教室"的班级都十分出人！哪个教室？就是那间屋脊高出一砖的教室！风水好！难怪出了那么多的监狱长、政委！姑妄言之姑听之，信不信由你。

他们是对着旧物说故事，而我呢，站在一边，是听着故事看旧物。

眼前，不忍探看，这些青苔斑驳的老建筑，这些已经淹没在恣意生长的灌木丛中的校园道路，这些已经被用来养羊养狗的宿舍、教室……这就是我不曾认识的警校！由于是隔着一个时光隧道，因为不曾参与它的过去，因为还将奉陪它的未来，内心里更是悲欣交集！

年轻时，跟随脚步在走；中年时，跟随心灵在走；老年时，跟随回忆在走。如今步入警校，我已中年，警校也已而立之年。

做学生时，我可以只关心教室和操场，可以把学校当成人生的驿站，我只做匆匆的过客，可以不留心身边的人和事。但是，一旦成为学校的管理者、建设者，位列其中，我突然发现，心情又有许多不同。

在这短短的两三个月里，我不仅喜欢在校园里散步，也喜欢一个人徜徉在学校周边的古街小巷，小城的青石板路，浸润于石缝间的青苔，宛如白玉中的翠。耐心地看街角巷陌的幽花静开，听一两句已经很稀罕的叫卖声在巷子里传着，看人家门口搭起的竹竿上晾着的小孩的尿布，这些场景，总令我满心欢喜。

镇江有句非常出名的广告语——"因为西津渡，爱上了镇江。"于我而言，应该这样说：因为警校，爱上镇江；因为镇江，必须警校。

青山不老，绿水长流。一个城市越老才越有味道，警校也是这样，随着岁月流转，它也会老的，它也会越来越有味道。

"一滴水如何才能不干涸？"佛拈花微笑："放进大海里。"那就这样吧，安放我这颗心灵，放在镇江，放在警校。

　　曾经多次在脑海里为警校策划这样一句宣传语——"我们不是名校，我们是警校！我们是著名警校！虽然现在还不是，但将来会的！"

　　警校，如今，我已经再次背着行囊来到你身边。

　　如果说可以安顿心灵的地方就是家园，那么，在未来的日子里，我将与许多昔日的老师、今日的同事一道，共同耕灌家园。

　　此情此景，却又令我转念起小时候，在春日的傍晚，挽起裤脚，脱下鞋子，光着脚丫，踩着温润湿滑的泥土，与我的哥哥姐姐一起抬水浇园，菜花正黄，豌豆渐满，蒹葭青青，蛙鸣阵阵，迎面吹来凉爽的风，风从田塍来，风从苇荡来，风从麦浪那边来……

（作者单位：江苏省司法警官高等职业学校）

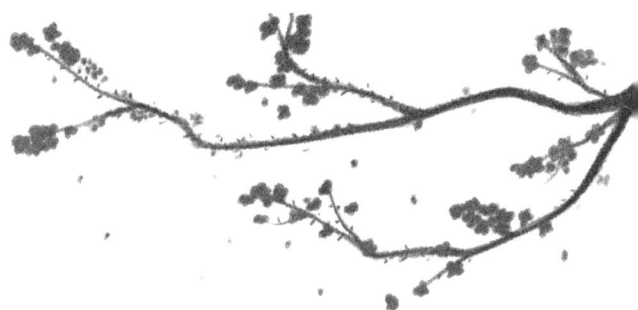

拥衾听雪

不要目送，只愿相望

◎ 王雨馨

　　远远地，我看见一个牵着孩子的母亲，他们手拉着手，慢慢走进一所小学。突然，男孩松开与妈妈紧紧相握的手，背着个五颜六色的书包往前走去，瘦小的背影消失在门里，母亲望着那已消失的背影，良久……

　　时光荏苒，男孩长大了。

　　男孩要去国外做交换生了。在机场，母亲久久拥着男孩，不忍就这么与孩子分离，男孩却不以为然。在长长的行列里，男孩等待着安检。母亲站在外面，目光随着男孩的移步一寸一寸地挪动。到他的时候，他只留给母亲一个淡然的背影就迅速离开。母亲望着男孩已消失的背影，眼里溢满泪水……

　　后来，男孩恰好与母亲在同一所大学。他上课，母亲讲课。他从来不愿意与母亲搭一辆车，即使同路。有时他戴着耳机在等公交，沉浸在一个人的世界里，母亲就在楼上往下看。公交来了，挡住了他的身影。车子开走，只留下一条街和一只邮筒。

　　我目送着他们的背影，思绪万千。

回想这些年，我留给了父母数不清的背影。

从小学五六年级开始，我一直都是步行去学校，而且父母比我更早出去上班。恰逢雨天，父母都会提前打电话给我，执意回来接送我，我每次都固执地拒绝，其实我自己也不知道是什么原因，就是不希望他们来接送我。周末出去玩，我基本从不跟他们提前说好第二天外出。直到他们看我换鞋时才问我要干什么，我也就漫不经心地回说出去玩，之后就出门了。想想这些，觉得自己和那个男孩又有什么区别呢？

为什么我会变成这样？到底从什么时候开始父母的关心被我认为是啰唆？从什么时候开始父母的期待被我认为是刁难？从什么时候开始我一直背对着他们却不自知？

《目送》中有一句话我印象深刻——"我慢慢地、慢慢地了解到，所谓父女母子一场，只不过意味着，你和他的缘分就是今生今世不断地在目送他的背影渐行渐远。你站立在小路的这一端，看着他逐渐消失在小路转弯的地方，而且，他用背影默默告诉你：不必追。"我的父母就和那个我看见的母亲一样，他们不舍得我，太爱我，以至于一直目送着我的背影却笑脸依旧。他们放手，让我自己走。因为啊，"有些事，只能一个人做；有些关，只能一个人过；有些路啊，只能一个人走。"

其实，大多数时候不是我们望向别人，而是不断接受爱我们的人的目光追随。我们的"独立"将他们拒之门外，他们也不愿意用力敲门，就这样，他们只能静静地看着。

每个人都有一条自己的路。这条路上，孤独寂寞。如果有那样一些人在不断鼓励着你，陪伴着你，在你受伤时他们对你不离不弃；在你难过时他们安慰着你；在你找不到方向时指引你。我想，即使这条路的尽头是那么遥不可及，但是不害怕，对吧？从今以后，不是目送，而是相望……

（作者单位：江苏省司法警官高等职业学校）

懂　你

◎ 陈继康

1999 年，我出生了。在母亲怀里的我，睡的是那么香甜。

小时候的我很闹。只为吃一块饼干，或只因看到别人手中好玩的玩具让母亲去买，我经常可以哭一整天。母亲没什么怨言，她总是依着我。每次父亲对我怒目相向或沉重的巴掌要落下来时，我都不怕。因为我知道母亲一定会拦下来，保护我。这是我童年时期自以为是的骄傲。

2009 年，我读书了。穿着白衬衫，跑进了校园。小学阶段的我桀骜不驯，每天总有一大堆心事，瘦了一圈又一圈。母亲看在眼里，疼在心里。似乎我就是母亲，我开心母亲就开心，我不开心母亲就不开心。

慢慢地，我长大了，来到了警校读书。母亲却渐渐地老了。我不在她身边，她不能像以前一样怕我冻着晚上帮我掖一掖被角，怕我饿着想吃什么就帮我做什么，怕我受委屈帮我出面解决一切烦恼……

更多的是母亲的三行情书：

"吃饭了吗？"

"钱还够用吗？"

"自己要照顾好自己！"

更多的时候我都讨厌她的唠叨，她的叮咛嘱咐我也权当耳旁风。我总觉得，自己长大了，不再需要母亲的照护。

母亲不常饮酒，她说酒后乱性，她不想以那样一个状态展现在众人面前。

那天，她喝酒了。醉得很厉害，似乎变了个人。苦杯满盛，酌酒下胃，然后翻涌而出的是热腾腾的眼泪。

是的，她哭了。

印象中我不曾见过母亲哭泣。是什么让这个坚强的女人哭的像个孩子？后来，我才知道，家乡的老屋难禁风吹雨打，坍塌了。我却不大理解：不就是一个房子吗？

父亲却告诉我："那里有着她最美好的回忆，和家人在一起的甜蜜的回忆，她最亲的人、最美好的时光都在那里度过。"不久之后，我看到了龙应台的一段话"父母亲，对于一个二十岁的人而言，恐怕像一栋旧房子，你住在它里面，它为你遮风挡雨，给你温暖和安全。但是房子就是房子，你不会和房子去说话，去沟通，去体贴它，讨好它。搬家具时碰破了一个墙角，你也不会去说对不起。数十年后，你才会回过头来，注视这没有声音的老屋"。我若有所思，似乎懂了点什么。也许老屋对于母亲即母亲对于我，老屋里外祖母的谆谆教诲让母亲懂得了人生中最难能可贵的道理，而我小时候，母亲也是这样教育我的。

于是，我懂了，懂了母亲的叮咛嘱托，懂了母亲的娇惯关爱，懂了母亲的要强心酸。好在我懂得不晚，不晚。

（作者系江苏省司法警官高等职业学校 1552 班学生）

承载梦想的翅膀

◎ 缪文海

三十年来，创业刘家边的这群年轻的警校人，勇挑培育监狱人民警察之重任，甘于寂寞和生活之苦，如春蚕，似蜡烛，坚守教学阵地，谱写着警校特色的育人诗篇：课堂上，指点江山，激扬文字，讲为人之道，授改造罪犯之技；课后，挑灯撰写教案，批改作业，研读经典书籍，提升业务水平，练就育人本领；周末，与学生登山寻野趣，打球话人生，师生关系融洽似兄弟；假期，带领学生深入全省各监狱单位实习实训，理论与实践结合，释疑解惑与严格要求并行，力争使学生掌握改造罪犯的真本领。年轻的警校人就这样在大山环绕、远离城市、人烟稀少的刘家边播下创业的种子，默默用汗水浇灌，用爱心滋养，用青春守护，使"警校之树"破土茁壮成长。

1987年，警校迁址镇江桃花坞，在这片镇江监狱原菜地上，警校人重新进行校舍规划、建设、搬迁，进行着二次创业，进驻镇江后的警校人干劲更足，埋头钻研，加强专业建设，提升科研水平，做精培训业务，"警校之树"逐渐枝繁叶茂，警校毕业生获得监狱单位青睐，警校的办学质量引全国同行院校注目，最终在全国同行院校评比中，荣获前三名。

由于种种原因，2000 年警校停办，正旺盛生长的"警校之树"突遭寒风凄雨，但警校人并没有一味慨叹命运坎坷，而是继续用责任心和默默的坚守来支撑"警校之树"。功夫不负有心人，2004 年，警校在上级领导的关心下，重新恢复办学，警校人开始了第三次创业征程。由于停办的四年正是全国大力发展高职院校之时，原先同行的司法类中职校都升格办起了高职院校，办学层次大幅提升。在全国同行院校发展的竞技场上，本来遥遥领先的江苏警校，一下子被甩到了后面。掉队不掉泪，擦一擦汗水，老一代警校人继续高举刘家边精神大旗，勇挑繁荣警校之重担，坚守教育教学一线岗位，勤勤恳恳，不卖老，不邀功，不计利，默默耕耘，尽职尽责，为警校的健步追赶不断注入能量。十年的日夜兼程，十年的内功修炼，在全国同行院校的竞技场上，江苏警校的光芒再次闪亮。

2013 年 9 月 10 日教师节，省厅局领导提出了创建"双学院"规划，警校人迎来了第四次创业大潮。如今，三十年前那群年轻的警校人已年过半百，两鬓大都斑白，年岁虽大，但创业的激情没有变，仍一如既往地在各自岗位上奉献才智。时代在变，警校在变，老一代警校人强大警校的信念没有变，尽心尽责、争先创优的工作本色没有变，老一代警校人可歌可颂。

警校兴亡，匹夫有责，新一代年轻警校人，应传承延续老一代警校人锻造的担当、奉献、奋进的刘家边精神，树立居安思危、不进则退、时不我待的争先意识，将刘家边精神内化于心，外化于行，主动从老一代警校人手中接过振兴警校的接力棒，一代接着一代干，让"警校之树"更为葱郁，再次实现全国领先发展的警校梦。

（作者单位：江苏省司法警官高等职业学校）

向传统致敬

◎ 顾　煜

看完《百鸟朝凤》，我的眼泪簌簌地流了下来。

这部电影，讲述了在社会变革，民心浮躁的年代里，两代唢呐艺人坚守信念，传承唢呐文化的故事，其中没有多少华丽的镜头，精彩的台词，我看到更多的是，民间艺人的朴实善良，坚守信念，用生命传承中国民俗文化。

焦家班班主三爷，貌似刻板严肃，其实内心却充满了热情，在他那个年代，唢呐人受到了老百姓的尊重与崇敬。他将《百鸟朝凤》传给徒弟游天鸣，当唢呐文化受到了国外乐器的冲击与挑战时，焦三爷与天鸣不顾一切，用生命和信念传承中国民俗文化。看到这些，内心深有感触，不禁回忆起儿时，爷爷做豆腐的场景。

爷爷做的豆腐是纯手工的，爷爷每天凌晨三点就起床，磨豆，煮豆汁，这时候，他总要舀出一碗，挖勺糖，摆在灶台上等我起床，然后把豆汁铺在木板上，等待成形，纱布包裹好成形的豆腐，装上破旧的三轮车。

在我刚刚有些记忆时，清晨天蒙蒙亮，喝下桌上的一碗热豆浆，打开窗户，看见爷爷蹬上一车豆腐，叫卖的声音传遍了整个村子。爷爷的豆腐卖遍整个镇子，十里八乡都很有名气。我稍大一点的时候，爷爷带着我去卖豆腐，我坐在三轮车的前排，听到爷爷的吆喝声，我也跟着喊："卖豆腐咯，卖豆腐咯!"妇人们拿着篓子纷至沓来，看到我，笑得直不起腰。

爷爷的豆腐卖得好，不只因为豆腐做得好吃，更是爷爷令人敬重的人品。他当过兵，做过村干部，卖豆腐时从没有做缺斤少两的事，总要多给你一两块。遇上那些年迈的老人，爷爷不肯收他们的钱。爷爷说他做豆腐，不是为了赚钱，就涂日子过得充实，他在做豆腐时能感受到人生的价值。

这样的日子一直到我上了小学，机器与工厂代替了原本烦琐的豆腐程序，开始出现在人们的菜篮子里，爷爷的豆腐生意日渐消沉，他被淘汰了。傍晚，我见他一个人守着豆腐摊子，嘴里的烟一根接着一根。日暮下，留下一条斜长的、沧桑的影子显得特别孤独。考虑爷爷年纪大了，在家人一再苦口婆心地劝说下，他终于决定放弃做豆腐，但脸上的笑容也越来越少了。

后来，每当我吃到豆腐，总觉得不如爷爷做得好吃；喝到打的豆浆，总觉得味道不如爷爷的醇厚。就像缺少了灵魂的豆子，虽然他们形态未变，但在我心里，就像是缺了精髓的东西，即使再好的烹饪手法，再也尝不出小时候的味道了。

有竞争就注定会有优胜劣汰，国外的洋乐器会冲击中国的唢呐文化，那机器与工业化也注定会淹没手工匠人的制作，我不知这是文明的进步，还是文化的退步。但至少今天，我欣喜地看到越来越多的中国人民族意识的提高，开始尊重传统文化，喜爱纯手工制作，保护非物质文化遗产。

电影中有句台词："只有把唢呐吹到骨头缝里的人，才能拼命把唢呐传承下去。"《百鸟朝凤》讲的不仅是唢呐文化，也是中国上下五千年以来，不可磨灭的中华传统文化，民俗文化。为人正气，纯净朴实，手艺高于生活，品格高于一切，这是民间手艺人骨子里的东西。

（作者系江苏省司法警官高等职业学校 1411 班学生）

回望那段不可替代的历史

◎ 李婵娟

　　一直有一个心愿，愿能近距离地感受一下警校的老文化。总算如愿以偿。一行人一路风尘仆仆，来到三十年前的老校区，感受那三十年的时光给我们新一代年轻人带来的"青春故事"。当看到历经沧桑的学校大门时，内心着实感到了深深的震撼。我静静地伫立在学校的旧大门前，感受着老一代警校人用心血凝结的历史，倾听着老教师们曾经用智慧和青春谱写的颂歌，不觉眼眶有点湿润，脚步也不由自主地向里迈进。

　　沿着绿荫，我继续前进，踏进了三十年前的校园。也许在这样一个培养司法警察的学校里，只有你静下心来去感受，去寻觅，才能听到它轻盈的脚步，才不会感到压抑与厚重。老校区的树很多，这些树大都有些年岁了，所以显得苍劲，挺拔，郁郁葱葱。在这初秋的季节里，踏在林荫小道上，微风徐徐，树枝摇曳，深深地吸一口这大山里的新鲜空气，心情也顿时欢畅起来。一步一个张望，一步一个回首，我要在这里寻觅前辈的脚步，也要在这里感受拼搏的气息。

看着那些陈旧的建筑和破败的小道，我知道，是它们见证了警校的风雨兼程。直到走近当年的教学楼、办公楼、宿舍、食堂等，才真正感受到了警校的文化中虽沉重但也欢快的一面。当年虽然在城市的最边缘，但毕竟是学校，不管地处多么偏僻，青春总是遮蔽不住。虽然早已人去楼空，稍显衰败之感，但看着教室内那早已斑驳的墙面和陈旧不堪的黑板，依然勾起了我深深的怀想之情，脑海里浮现出一幅幅清晰的画面：清晨学生琅琅的读书声以及夜间老师伏案急笔的坚韧。或许当年设施、环境没有如今的优越，但也就是在这样艰苦的条件中，培养出了一批又一批吃苦耐劳的警校生，输送了一个又一个优秀杰出的栋梁之材。思虑至此，历史在这里也恍惚动态化了三十年警校在这里的凝眸一瞬。

思　量

尽管任何一段历史都有它不可替代的独特性，可是，1985 年的警校，却是最不可能重复的。

在参观刘家边老校区的过程中，听前辈们讲述了许多关于警校创校伊始的困难与早期发展的艰辛，也耳闻了很多感人至深的故事和并不如烟的过往，让我由衷地对警校的拓荒者们肃然起敬，惊叹而感动于老警校人的敬业和奋斗精神。此次重走刘家边，加深了大家对校史校情的理解，更使大家感受到作为一名警校人肩上责任的重大。

三十年，学校发生了难以想象的沧桑巨变。流动的学生，变化的老师，警校不也如同这变化的岁月一样，以海纳百川的胸怀，纳四方之才，和融共生吗？来警校已经七年了，虽然没有什么宏图伟志，也不会什么豪言壮语，但却无时无刻不在提醒着自己，守住一颗朴素的教育心，做一名朴实的人民教师，努力成长，为学校的发展，为双学院的建设，尽自己的一份绵薄之力。

叶圣陶先生说过："教育是农业。"农业者，春风化雨顺其自然也。农民要种出好的庄稼有好的收成，不就是松土，播种，施肥，除草，把每一亩田种好吗？农民对土地，唯有朴素实干，最来不得半点浮躁，因为如果浮躁，他将颗粒无收，来年是要饿肚子的。教育也一样，其实就是很朴素的事情，我要做的就是尽职尽责认认真真把每一个班带好，把每一次课备好，把每一堂课上好，把每一个孩子教好！一切围着这些去做，想不成长都难。

（作者单位：江苏省司法警官高等职业学校）

精神的传承

◎ 张化龙

　　刘家边，一个对于我来说既熟悉又陌生的名字。熟悉，是因为经常会听到老教师在闲聊时提到：想当年，我在刘家边是怎么样，怎么样；想当初，我在刘家边是如何，如何的。陌生，是因为我在此之前从没有踏足过刘家边，只是知道，它坐落于一个山坡上。

　　刘家边，警校的摇篮。1985 年 4 月 17 日，江苏省人民政府同意在南京龙潭镇刘家边建立江苏省劳改工作专业学校，同年 9 月 20 日，隆重召开学校成立大会暨开学典礼，诞生了一个为当时江苏劳改工作培养干警的摇篮。

　　在一个风和日丽的下午，学校组织广大教职工"重走刘家边"。经过四十分钟车程的颠簸，我已昏昏欲睡。一下车，阵阵夹有泥土味的山风迎面拂来，一路积攒的睡意瞬间退去。经过一段山路的行进，来到了当时学校的大门口，确切地说，已经没有门了，只剩下门的框架。警校资深教师刘老师在校门口给我们充当了一回客串导游，她给我们介绍了很多当年在刘家边生活、学习的逸事。这些讲解中，给我印象最深的是一组数字，"进校，一个半小时的山路，出去还是一个半小时的山路，步行"。

进入校园，一座座破旧的校舍，里面已经养上了山羊、小狗。很难想象，这是当年老师和学生们上课、吃饭、洗澡、睡觉的地方。半日的行程很快就结束了。刘家边给我的体会，那就是"苦"。

20世纪80年代，中国进入了改革开放和社会主义现代化建设的新时期。那是一个经济腾飞，充满希望，激情飞扬的年代。那个年代的人们对生活充满了热爱，对工作充满了热情，那个年代的人们踌躇满志，不畏艰辛，勇于奉献。这些在80年代刘家边警校人的身上得到了很好的彰显。

而我们，正出生于那个年代。我们是中国实行计划生育的第一代产物，一出生就被冠以"小皇帝""小公主"的称号。而如今，"80后"的我们已逾而立之年，"沈飞""成飞"的总工中不乏"80后"的身影，企业的技术骨干中大部分是"80后"，警校的班主任队伍中，"80后"占了很大一部分。"80后"已然是各行各业乃至整个社会的中坚力量，而作为"80后"的我们，理应要有更大的担当。

我更愿意将"刘家边"理解为一种精神，一种不怕苦、不怕累、勇于奉献的精神，一种警校人特有的精神。而这种精神，在警校"80后"的身上已打下了烙印，这种精神必将在警校一代又一代地传承下去，永不磨灭！

（作者单位：江苏省司法警官高等职业学校）

警校给了我什么

◎ 刘方冰

警校给了我一个职业

让我二十多年来衣食无忧

还在省城有个三室一厅的房

警校给了我监狱学的启蒙

让我有了延伸阅读的基础

还写出几篇能公开发表的理论文章

警校给了我文学滋养

老师给我推荐过世界名著篇目

老师送过我梁实秋的雅舍小品

助我一步一步走进文学的殿堂

警校给了我强健的体魄

让我老本雄厚地应对生活与工作压力

还让我津津乐道当年的鲤鱼打挺

和前扑后倒于水泥训练场

警校给了我数不清的校友

让我时不时地遇上那份金不换的情谊

总让热茶香喷喷

总让笑脸在琼浆中荡漾

警校给了我一份牵挂

让我时不时地回首张望张望

（作者单位：江苏省监狱管理局）

我在人间，我很想你

◎ 卢琦琪

下了几天的雨，今天终于停了，甚至在薄薄的一层乌云后，依稀透出几缕阳光。

雨后的空气湿润清新，我觉得这是一个不错的天气，起码很适合整理一下房间。就这么不经意间，我翻到一本相册，一打开，猝不及防间你就映入我的眼帘。

说真的，我已经很久没有见过你了，我忍不住拿着相册坐在窗边，在明亮的地方仔细端详你。定格在相册里的，是你稍微有些僵硬的微笑，但是眉眼却是最令我安心的熟悉。

抬头看一眼灰蒙蒙的天，可是天上似乎也浮现出了你的脸，我的记忆仿佛开了闸一般往外涌现，一幕幕全都是你。

记得你当年，嗓门很大，不管做什么都像是在和人吵架一般，还很较真，哪怕一点点小事，你都要用你的大嗓门和别人议论半天。可是，每每我们这些孩子与你说话时，你总是轻声细语，望着我们的双眸里，是满得快溢出来的温柔。

以前你最喜欢带我去放风筝，带我去外面玩，逛公园。你总是紧紧拉着我的手，我那时还小，总是想这里摸摸、那里碰碰。于是，我经常趁你不注意偷偷溜到别处，但是不知为何，总是不出一会儿就被你找到。我疑惑地问你为什么，你笑了，你告诉我，你其实一直都在看着我。

那么现在也是吗？你依旧像曾经那样，在我不知道的地方注视着我吗？

我一直以为，你会永远精神奕奕，会永远陪着我，在我回头就能看见的地方。但是你倒下了——因为脑血栓。

你突然之间就变了很多。该怎么说你呢？你仿佛一夜之间苍老了许多。你躺在床上动弹不得，每天被爸爸搬在轮椅上，在阳台上晒太阳。但是我感觉你一点也不开心，因为你不再微笑了，你眼中是怎么也掩不住的落寞。你开始变得唠叨，整天和我们这些孩子絮叨以前的事情。我小时候总想去玩，不愿意听你唠叨，但是如果时光能够倒流，我愿意回去再仔细地听你说一次，如果可以的话，我绝不会将你一个人孤零零地留在阳台上，我一定会好好地陪着你，不会让你一个人承受孤独。

那段时光给我最深的印象大概就是你走的那天吧。

一个晴朗的冬日，可是天上却下着鹅毛大雪。真的是很大的雪花，从天上落下来时，就像是一朵朵白莲花从天而降一般。我那时还很兴奋，你告诉过我，这个是太阳雪，我跑到屋子里，想找你一起看看太阳雪。我看见你躺在客厅中央的一个长长的大黑盒子里，穿着你最喜欢的衣服，闭着眼，神色安详的仿佛熟睡了一般。妈妈和其他亲戚们跪了一地，大声地哭号着。我不明白她们哭什么。我只是想过去把你唤醒，但是我拉了你的手，喊了你，你大概是睡得太沉了，没有睁开眼。爸爸红着眼睛将我从你身边抱开。

我又跑出了屋子，没关系，既然你睡着了，那我就自己玩吧。屋子里那么吵，我也惊奇于你居然不嫌他们吵。

你大概不知道吧，我那天堆了两个很好看的雪人，一个大的、一个小的，他们手拉着手，就像我和你一样。我想等你睡醒了喊你来看，但是，等到春天来了，雪都融化了，你也没有醒过来。

你再也没有醒过来……

缓缓闭上眼，回忆到这里，关于你的记忆戛然而止。心口熟悉的刺痛已经令我感到麻木了。你知道吗，这些年，他们都以为我年纪小，肯定早已忘记了你，家里你的衣服，照片全部都不知被藏到了哪里。但是他们错了。随着岁月的流逝，你的眉眼反而越发清晰了，就像是刻在我心里一般。事实上也确实如此，关于你的回忆，点点滴滴我都记得，就像是印在脑海中一般挥之不去。

我亲爱的外公啊，这么多年了，想到你，我就觉得心痛，我很抱歉当年年幼不懂事让你独自承受了那么一段痛苦而孤独的时光。记得当年你说，你一直看着我，所以从来不会弄丢我，那么现在呢？现在也是吗？那我在这里想你，你能看见吗？是否你一直在天上注视着我，那么，其实你一直陪着我，对吗？我是不是从未和你分开呢？

抬头看向阳台外面的天，通过云层的阳光是那么地稀薄，可是那光看起来居然那么温柔，就像你注视我的目光一般，就像你一直陪着我一般。

我在人间，我很想你，你也是吗？

（作者系江苏省司法警官高等职业学校 1652 班学生）

母校，我心灵的归宿

◎ 张忠亚

　　来不及道别，竟然一别五年。当我再次走下火车，到达镇江，震惊：没有一丝一毫的熟悉感，甚至怀疑是不是下错了车站。

　　10路公交车业已换成豪华的空调车，再也不是过去摇摇晃晃的老爷车。行驶在中山路上，经过大市口，哦，这个是紫金广场，那边是镇江国际饭店，一种旧友重逢的感觉涌上心头。

　　自己特意提前两站下车，想仔细将第二故乡如今的风貌观摩。过了梦溪路，终于到了桃花坞路，发现昔日热闹非凡的网吧倒闭了一家，路南茶叶店的师傅还一如既往地翻炒着新鲜的叶芽，鸡腿店和汉堡店的门面更显得大了，说明曾大受警校人欢迎的美食依旧受着师弟师妹们的青睐。继续走，呀，陆仔面馆！东北饺子馆！这是几乎每一个警校人都品尝过的经典：前者以豪爽的大食量著称，而后者则是以口感加高昂的价格闻名。

　　终于来到了母校的大门，站在门前，仿佛又回到了2004年父亲带我来报到的时刻。那时候，看着警校的大门，充满了憧憬与向往。父亲是第一个带我来报到的，又是最后一个直到军训几日后才离开的。现在拥有的一切，全是父母和老师们的悉心教诲下才获得的啊！

走进教学楼一楼，又回到曾经0412所在的班级，整齐整洁如故。时光似乎倒流到了十年前，五十四名稚气未脱的学生，从全省各地带着同一个梦想聚在这里。无论是齐声朗诵的时刻，还是举手回答问题的画面；班主任早早起床叫我们不要赖床，考试前总不厌其烦地给我们分析难点重点；大家恶作剧般和老师讨价还价：作业的多少以及交期。

忽然被眼前几个笑嘻嘻的师妹们带回现实，问我是不是找人啊，大叔。呵呵，时光荏苒，自己原来也是即将"奔三"的大叔级了。

来到宿舍居然没能一下子想起房间号，打电话给班长（也是舍友）乃至在衣柜里发现了自己的贴纸才确定了就是409，看着曾经熟悉的一切，思绪万千：那时踢过球或打过球的兄弟们可以共饮同一瓶可乐；争着去掠夺一个刚从小卖部买回来的零食大户搞笑场面；夜宵分享泡面时若谁还有红珠鸡和夫妻肺片，堪称惊艳；还有我们集体锻炼身体汗流浃背的励志时刻。宿舍也总有这样或那样的奇葩们，一个喜欢霸占座机的家伙，经常聊到半夜；一个囤积衣服裤子直到没有穿的时候才洗的家伙，一个喜欢打呼噜说梦话外加磨牙的家伙，一个酒量不行却又喜欢吹牛说能喝一盆的家伙……

那些因为母校而相聚的人们，是否还记得整齐的路队，曾经嬉笑打闹的自由活动，省局大练兵时的黢黑，为了上网而让飞毛腿帮忙刷卡占电脑的嘱咐，一起窃窃私语新来的漂亮女老师到底有多大，图书馆前每个夏天都会香气四溢的紫藤萝，与班主任一起研究公考自考的题目直到吹熄灯号，因为失恋偷偷摸摸抽的第一支红南京，以及毕业晚宴上因为分离而和老师、同学们抱头痛哭伤心欲绝。

"十年之前，我不认识你，你不属于我。"十年之后，早已熟悉你，亦是我心灵的归宿。母校，请原谅我们年少无知时或多或少惹您生气伤心的言行举止，就像母亲原谅自己的孩子一样。是您教会了我们做人的道理，让我们懂得了什么叫作责任与担当。希望有朝一日，能为您做些什么，让彼此的青春和梦想永远与您交织。

（作者单位：江苏省司法警官高等职业学校）

母校礼赞

◎ 杨 洋

记忆就像一条条小溪，在岁月的河床上慢慢汇聚，然后静静地在心灵的某个角落里流成一条记忆的河流。这条河流，穿越绚丽，流过寂寞，在我年少的岁月里轻轻流淌。蓦然回首，我原来还站在河岸边，一直不曾离去。

桃花坞路昏黄的路灯，街道上的锅盖面招牌，学校的旧式黑沙操场，那个城市些许陌生而冷漠的目光，在那个酷热渐渐退去的夜晚，就这样轻轻地闯进了我的生活。那一年我刚满17岁，第一次来到镇江这个城市读书，确切地说，来上警校。这是这个城市留给我的最初印象。怀着期待的心情，怀着多年对警校生活的向往，许多感慨就在此时一起涌上心头，那天我跟舍友一起去买生活用品，一起去打水。那天我第一次住进了母校的宿舍里，晚上我们一直聊了好久。想起那呆呆的场景，我顿时又笑了。

第二天，天还蒙蒙亮的时候，我就迫不及待地从床上爬了起来，因为要军训，所以谁也不敢迟到。我还清晰地记得带我们的教官叫吕细友。他对训练的高要求与高标准深深地感染着我们。他高高的个子，严肃的表情，还有喊哑了的嗓子，训出了我们0716这支优秀的团队。

就是在这样一所学校里，凝聚了我太多关于成长的欢笑和泪水；就是在这样一所学校里，承载着我们那一群年轻人永不褪色的青春记忆。我们在这个团队中一起拼搏、相互帮助、相互关照、相互鼓励。每每忆及，我的心里就仿佛有春风拂过一样，特别温暖。生命中那些美丽青葱的日子，谢谢你们曾陪伴在我的身旁。

日子就这样在平淡中一天天过去，走过乍寒还暖的春天，走过烈日炎炎的夏天，走过云淡气爽的秋天，走过万物萧瑟的冬天。许多课程让我们无从下手，云里雾里，甚至可怜得挂科。现在想起来，当时的我们真是自欺欺人，白白浪费了那么珍贵的学习机会。所有的悔恨，所有的痛心都无法弥补那些逝去的时光。生活只记录事实，永远没有如果。自学考试也为我们创造了许多记忆。还记得考前的一两周，我和室友们全部窝在寝室里面"临阵磨枪"的情景。记得自考网发榜的那天晚上，我们寝室集体去KTV唱歌庆祝，那些鬼哭狼嚎般的歌声虽然很折磨人，但是却让我至今难忘。还记得因为一件小事，室友们之间争论得满脸通红的样子……

就这样，一晃就到了第五年。就业的压力冲淡了曾经的一切，包括那些再也捡不起来的纯真。每个人都在忙忙碌碌地寻找着自己的归属。每个人都瞪大了眼睛，紧绷着神经盯着前方，生怕自己被同伴落下。我们宿舍的人也开始忙碌起来，于是大家都开始加入"公考一族"。校门口那家我们常去的刘师傅面馆，兴隆依然，美味依然，只是我们都失去了兴趣。焦急、无奈、绝望、恐惧，充斥着我们最后一年的生活，也许这就是成长的代价吧！破茧成蝶的过程是黎明前的阵痛，是青春绽放过程中一道无法逾越的伤口！而我们，没有选择！

吃散伙饭的那天晚上，班主任、于队长、彭处长与全班的同学依依惜别，共处五年的同学们一起抱头痛哭。然而无论怎样，我们终于要和母校说告别了。领到毕业证的那一刻，我忽然很难受，有一种感觉，觉得我和这所学校的最后一丝联系就这样硬硬地被割断了……当天下午，我和室友们穿着警服，牵着手、搭着肩、搂着背，拍了很多照片。意识到这是最后一次了，心里徒生感伤。

母校，我肯定还会来的，但也许心境会不一样。五年了，我还是说不上有多么了解母校，地下的靶场还没有来得及去过，小红楼的模拟法庭还没得及体验，很多久负盛名的老师的课还没有听过……一切都太匆匆。

去年我和夏广在镇江小聚，结果我们都喝醉了。酒醉后的小广子说了一句话："虽说警校不好，但是谁说警校不好都不行！"原来有些东西就是这样深入骨髓，经历一次就刻骨铭心。也听到过许多人对母校的牢骚。是的，她确实有许多不足，但是我知道自己是会一直深爱着她的。也许你问我到底爱她什么，其实我也说不上来，也许有些情到了深处……

时过境迁，韶华易逝，如今的我们有了自己的工作。这位母亲笑着、痛着把我们送走了，笑的是我们在她的精心孕育下长大了，痛的是这份难舍难分的深刻情谊。

常回母校看看！

（作者单位：江苏省司法警官高等职业学校）

拥抱影子的男孩

◎ 冬雨叶落

> 每个人的生活中都存在着像影子一样可有可无的人，他们不会主动接近光，因为光太刺眼，光下的影子也是黑的，在人的脚下活着，麻木生长。
>
> ——题记

一

他曾无数次地想知道，影子真的会痛吗？

脚步声传入了宁逸生的耳朵，"起床了，早饭自己买吧。"门口传来的是母亲冰冷的声音，冰冷的没有流露出一丝感情。他的母亲连门都没有进，在宁逸生的印象中，母亲可以说是毫无生活乐趣可言的，从公司到家，再从家到公司。从十三岁开始，他再没尝过母亲做过的一顿饭，她总有理由不在家，到最后甚至都不需要理由了，成天出入于各种高档的酒店。至于他？给点钱，不饿死就行了，父亲是一家私人企业的老板，和母亲一样忙于应酬，几乎在家看不到他什么人，他们对彼此的了解所知甚少。

"今天是我的生日啊。"宁逸生换了校服，把袖口的小刀放入背包，手里握着昨晚放的零花散钞，疲倦地推开门，硕大的家只留下宁逸生一人。他出了门，去地铁站附近的便利店买了个鱼子酱的三明治，随后进入了人挤人的地铁，地铁里的人大多都是学生或者上班族，他们盯着手机，面无表情。在宁逸生眼里，他们其实和自己一样，都是影子。地铁在黑暗无光的隧道行驶着，在经过一段时间的行驶后，宁逸生看见了光，来自站台对面发光的广告牌，宁逸生知道，到站了，广播里的机械女声重复着，宁逸生随着人流出了地铁。一个少年捧着书专注地看着，自然没有注意到宁逸生，很自然，宁逸生被撞到了地上，少年的书也被撞到了地上。

"东野圭吾的《祈祷落幕时》?"宁逸生望着眼前把头发染成黄色的少年。少年的侧脸十分精致，棱角分明，肌肤白皙，留着一头细碎的刘海遮在额前，他低头用充满骨感的纤细手指拾起地上的书拍了拍，满脸不屑地看着地上的宁逸生。

"兰生的白痴。"这是少年留给宁逸生的话，他随意把校服扬起搭在肩上，扬长而去。

扬起的校服宁逸生再熟悉不过了，他觉得自己胸口的校徽有些刺眼，刺眼得让他想把校徽用力扯下，丢得远远的。

黄头发的身影，宁逸生似乎是见过的。不过是很久以前的事情了。那时他的头发是黑的，还很小，爱跑，爱闹，也爱笑。

二

宁逸生又一次迟到了，又一次被班主任罚站在了门口。对于班主任来说早已见怪不怪了，像宁逸生这种学生本来就没有存在感，即使受到什么不公平待遇大多选择的方式都是忍气吞声，从不会进行正面的反抗。"这种后进生在特色班根本没有存在的必要嘛。"班主任打心底是这么想的。

"我可以进来？"说话的是地铁站的黄发少年，他连看班主任的眼神都带着轻蔑。

"杨奕文啊，快进来！快进来！"班主任的态度产生了极大的反差，向黄发少年招着手，脸上写满了热情。

黄发少年散漫地走上讲台，把嘴凑到班主任耳边，压低声音："门口站的是我爸最疼的小侄子。"说完对着讲台下做起了自我介绍。

"杨奕文，挺帅的。"女生在台下开始了议论。

"不就是校长的儿子嘛，跩什么跩。"不知道是哪个男生在底下说了这么一句，讲台底下闹腾了起来，班主任给宁逸生一个眼神，示意他回到自己的座位。

"是，我是那个男人的儿子，但你记住我是凭自己实力进来的，他规划的人生，呵，还真不算。"杨奕文拿起粉笔，用英文在黑板上写下了这样一句话："I am the master of my own（能主宰我的只有我自己）。"

写完，他坐到了班主任给他安排的座位上——宁逸生的同桌。女生们的尖叫声此起彼伏，将刚刚的挖苦完全取代。

班主任拍了拍讲台，班级很快安静了下来，她继续书写了板书，很难得的，他没有擦去黑板上的那句话。

"你刚刚说什么了？班主任让我进来？"宁逸生用一张很干净的纸书写着，他并没有看杨奕文的脸，真正的原因是想起了杨奕文不屑轻蔑的神情，这多多少少让他感觉有点厌恶。

"我说，门口站的那个一看就是个差生，成绩差也就算了，还影响班级形象，多不好。"

"你……"宁逸生气得脸红。

"你叫什么？"杨奕文倒是笑了，课桌下放的还是东野圭吾的《祈祷落幕时》。

"宁逸生。"宁逸生报出名字的时候双眉紧皱，显得很不情愿。

下课铃响了，教室里留的人不多，宁逸生和杨奕文都坐在座位上，宁逸生手不停笔，杨奕文靠在椅子上终于翻了翻英语书，嘴里念念有词的，脸上一副欠揍模样。

"你上课不听，不行的吧。"

"英语这种东西随便都能一百二十多，管好你自己吧，月考不要甩你几条街。"

宁逸生不明白世界上为什么会有这么狠毒的人，还长着这么人畜无害的脸，正当他想时，他笔下的纸已经被杨奕文夺去。

"还给我！"宁逸生咆哮道。

"歌词？你写的？真的不错啊。"杨奕文看完后由衷地感叹了一句，他笑了，这笑中隐隐有着一丝得意。这也是宁逸生最初看到那种灿烂兴奋的笑容在杨奕文脸上绽放。

"放学，天台等我。"杨奕文飞速离开了班级，直到午休宁逸生都没看到他的人影。在下午第一节政治课才看到杨奕文。

"你去哪儿了，还有你怎么知道学校有天台的？"

"你管我，至于天台我每天早上都去玩，不然我怎么会这么倒霉碰上你这个白痴。"杨奕文递了个小球给宁逸生，做了个托腮的手势，手伸入口袋戳了几下。

"蓝牙耳机？"宁逸生刚说完，耳机里便传来悠扬的钢琴声。宁逸生被这首曲子震撼了，他从未想过会有这么搭自己歌词的曲子出现，最后的收尾段还加上了口琴。他已经无心听课了，一遍又一遍地循环着耳机里的伴奏。

"怎么样，我作的曲不赖吧。"杨奕文得意地扬起了嘴角。

"天才。"宁逸生回了一句，出于真心，并非敷衍。

"歌曲叫什么名字？"

"《残梦》。"

"好名字，会是首好歌的。"杨奕文没告诉他，他为了那首词旷课去了音乐室，弹了三节课的钢琴，才做出自己满意的曲子。是宁逸生的词激起了他的斗志，让他重拾了放下许久的梦，因父亲被迫放下的梦。

三

杨奕文站在天台观望着操场远处打篮球的男孩们，丝毫没有注意宁逸生就站在他的身后。

"杨奕文，我来了。"宁逸生把背包轻轻靠在杨奕文的背包旁，拉开书包拉链，拿出两听可口可乐，递了一听给他。

"谢了，如果下次要带的话，给我带啤酒。"杨奕文拉开易拉罐的瓶盖，一饮而尽。

"为什么要把头发染黄？我觉得你黑发的话会比较好看。"

"一种反抗罢了，带着刺别人就不会碰你了，不碰你也就没法伤害你了。"杨奕文打开手机伴奏，两人合唱起了那首《残梦》。他们闭上眼睛，感受着夏风，完全沉溺在自己的世界。一曲唱罢，宛如隔世。

"大人是不是都这个样子？"宁逸生问道。

"是这个世界就这样吧。"杨奕文从口袋里掏出一张宣传单。上面写的是音乐社的招新和六月底的歌会。第一可以获得选秀节目的初选资格。

"是个机会。"

"嗯，我也是这么觉得的。"

"但，大多时候好好活着就是一种奢侈了。"

"什么意思？"

"以后告诉你。"宁逸生没说什么，喝了一口罐中没了气泡的可乐。

"能做朋友吗？"

"能，反正影子不会怕痛的。"宁逸生把手伸向逐渐变暗的天空。

宁逸生是杨奕文唯一的朋友，杨奕文也是宁逸生唯一的朋友。影子永远不会被刺所伤，刺也能被影子染上同样的颜色。

四

月考的分数出来了，成绩单就贴在墙后，杨奕文的名字写在成绩单的最高处。和第二名的分差十七分。宁逸生呢？成绩稳居第二，不过是倒数第二，班主任临时决定把杨奕文调离，调入全班最优秀的学习小组。

"不愧是杨校的儿子，虎父无犬子嘛，杨奕文收拾一下吧，搬座位。"班主任看着杨奕文，那种目光是老师看优等生特有的。

"我说了，我的成绩和那个男人没有半点关系，这位置我不搬。"杨奕文瞪着班主任，班级里的气氛死寂到了极点，随之他夺门而出，不再看班主任一眼。

"老师，我去把他找回来吧，座位的事情我会劝他的。"

"闭嘴！上课！随他去，人家考第一，你考第几？"周围响起的嘲笑声让他竟感到有些恍惚，宁逸生低头，望着自己影子，然后发出了一种尖锐的声音，跑出教室，像疯子一样跑着。

"杨奕文，跟我回去吧。"宁逸生喘着气，看见的是独立站在天台上的杨奕文。

"做人要有尊严啊！优等生又怎样，后进生又怎么样，是不是离开了我爸，我就活不下去。"杨奕文一拳捶在天台的铁栏杆上，栏杆晃得厉害。

"你干什么？"

"我们是一类人！"杨奕文身体前倾，轻拥了拥宁逸生。风吹过，将他的衣袂挽起，天台的夜，抬头就能看到三四颗星星。学校的灯光亮起，两个少年拥抱后仰躺在天台的地面上，离天是那么近，仿佛随时都可以融入这黑色里。

"你说如果全世界的人都变成影子那该多好。"

"看不见脸，听不见声音，也不用想对方想什么，自身就是一个个体，不是挺好吗？"

"可影子不能拥抱，没有光的地方，影子会消失的。"

"那，你答应和我一起登上六月歌会，赢得那个属于我们的奖杯。"

"行，那你答应我去班主任组成的学习小组。"宁逸生害怕杨奕文和自己一样受到同学的孤立和排挤，他应该去追逐属于他的梦和理想生活……

五

"社长，这是早上收到的 Demo。"此时的顾昊正搅拌着咖啡机新鲜煮出的咖啡，却被副社的一句话打断了兴致，他把 Demo 放入机器，机器里播放的是一首名为《残梦》的歌。

"这是谁的作品？"顾昊停止了手上的动作，副社从顾昊脸上看到了顾昊好久未出现的投入与享受。

"没有署名，只写'一五'两字。"

"去一五要人，这首歌如果是原创的话，绝对是首惊艳之作。这样的人才，音乐社必须拿下。"

一五班正在上历史课，音乐社的正、副社长进了一五班班主任的办公室。

"殷老师，音乐社招新，你们一五班有个学生可能可以直接登上六月歌会，这对于你们班也是一种荣誉，但是他并没有署名，所以我想请您听一听。"

顾昊播放了 Demo，不到一会儿殷梅脸上便露出了惊讶之色，但很快他掩盖了过去。

"好的，我知道是谁了，稍等一下。"殷梅出了办公室，回到教室把杨奕文叫了出来。

"这就是这首歌的原创，杨奕文。"

"幸会，杨同学是否有意加入音乐社？"顾昊打量着眼前这个黄发少年。

"嗯，但这首歌的词不是我写的。"

"宁逸生？哦，他请了半个月的假，音乐社肯定是去不了了。再说他成绩垫底，六月歌会的表演向来都是好学生参加的。"

"六月歌会的上场名单，签个名吧，每天晚自习训练，只有十天了，要加强。"

杨奕文签名的手顿了顿，把纸对折，递给了顾昊，离开了办公室。

"词曲都署名杨奕文吧。"

"可……这样不太好。"

"没什么不好的，宁逸生，他不会来了，这做法也是他的意思。"殷梅把手中的手机的短信给顾昊看，短信是宁逸生写的。

顾昊的脸上早已看不出任何的感情了，他甚至忘了自己后面跟殷梅说了什么，是怎么离开办公室的，他只知道写词的人恐怕真的回不来了。现在的杨奕文就是自己唯一的希望。

六

"给，辛苦了。"顾昊给杨奕文一瓶矿泉水，今天是最后的彩排，杨奕文这九天持续着高强度的训练量，嗓子已经吃不消了，他不觉得累，相反，他觉得很值得，可总感觉失去了什么。宁逸生究竟去哪里？这是一直困扰他的一个问题。顾昊看出杨奕文的脸上有着少许失落，拍了拍他的肩膀。

"我相信，他一定会来的。"

杨奕文点了点头，心里却没有底："今天就到这吧，我还有事，先回去了。"杨奕文背上背包，走出校门，走进了一家离校最近的染发店。

"小哥要理什么样的头发？"理发师是个女子，看上去才二十出头，长相颇佳。左眼下有颗略有性感的泪痣。

"黑色的，发型随意。"

"小哥，黄发挺好看的，干吗染回去。"女子帮杨奕文修了修鬓角，用梳子把他额前刘海卷上并用染发机把头发染了回去。

"我一个朋友，他喜欢黑发。"杨奕文用手机付了钱，在店口拨通了一个人的电话。

"喂，能帮我一个忙吗？"

"哟，今天怎么了，这倒是你第一次求我。"电话另一头传来的是一个稳重的男声。

"少废话，帮不帮，我保证也是最后一次。"

"帮，谁叫你是我儿子。"

"兰生的六月歌会帮我争取一个名额。"

"你不都入选了吗？歌听了，不错。现在的你真没小时候可爱了。名额的事情，我知道了。"

杨奕文挂了电话，在街上漫无目的地行走着，他不着急回家。他在想宁逸生。

"宁逸生，你到底会不会来呢。你来的话，名额有你的。你不来的话，名额也有你的。不管你来不来，我都会站在台上等你。"杨奕文喃喃自语，幻想着两人手捧奖杯的场景，消失在了夜色里。

七

兰生高中的礼堂坐满了人，同样顾昊也坐在评选席上，演唱的选手个个声嘶力竭地唱着，可几乎没有让他满意的，杨奕文在后台看着表，脸上呈现出明显的焦虑。

"下面有请杨奕文为我们演唱原创歌曲《残梦》。"杨奕文左手拿起麦克风，右手护着。在灯光下，他身旁的屏幕上显现出《残梦》的歌词。他的余光无意扫到了屏幕，他一下子就明白怎么回事了。上面清楚地写着词杨奕文，曲杨奕文。伴奏响起，杨奕文没有开口，台下随之而来的是铺天盖地的嘘声。

杨逸文浑然不觉，他环顾左右，他在等。

"抱歉，又来晚了。"宁逸生从幕后走了出来，他的左手腕上上了绷带，脸色苍白，却精神抖擞。他声音中夹杂着歉意，灯光扫在两个少年的身上，显得格外耀眼，全场无声，音乐响起，宁逸生和着节拍，低声吟唱："残缺的梦 / 握在手中 / 即使渺小的无人能懂 / 也不平庸 /……"

杨奕文的高音配上宁逸生的低音，完美地将这首《残梦》演绎。一曲唱完，掌声雷动。

站在杨奕文身后的宁逸生开了口："本来今天差点就来不了了，但，答应过他的事情就要做到，我在住院期间写了一首歌，歌名叫作《拥抱影子的男孩》。"音乐飘荡，宁逸生的声音响起。

"黑暗里寻找曙光的人 / 漫无目的的旅行 / 跌跌撞撞闯入 / 人性的空境 / hey……（吟唱）/ 冰冷的房间 / 一家三口的合影 / 到底是谁在哭泣 / 谁在哭泣 / 孤独的影子 / 寻找什么原因 / 热闹的人群 / 纷扰抗拒着远离 /……带刺的你紧紧拥抱我 / 影子真的会痛吗 / 带刺的你 / 请紧紧拥抱我 / 影子怎么会哭泣 / 怎么会哭泣。"

台下的人听完这首歌都泪目了。杨奕文在台上拥抱了宁逸生，"别做影子了，影子会痛的。"顾昊首先站了起来，鼓起了掌。他身边的评委也站了起来，站起来的人越来越多。

一个，两个，三个……

（作者单位：江苏省司法警官高等职业学校）

生命的绝唱

◎ 吴　婧

　　一个年仅二十一岁就离开人世的美丽女孩田维，留下了五十余万字的博客文集《花田半亩》。

　　一个柔弱女子，面对死亡的那份宁静，让人感叹生命就是这个宇宙最美丽的东西，同时生命也是如此地让人敬畏。

　　在买这本书时，是被书名与封面吸引的。封面淡蓝，给人一种缥缈的感觉。上面写着"一个美丽女孩的生命绝唱"。

　　在命运的严冬里，田维以她的淡定和从容面对死亡的威胁，激发了我对生命的感知。在世界的浮躁和喧嚣中，我感受到那份关于生命、生活清澈的美。田维的文字有一种力量，她使人心变得纯净，沉静。

　　想必临终的你，总有许多不舍，那么多未曾实现的梦想，那么多你想去爱的人，想要经历的事。你曾在书中写道：想在山脚筑屋，红砖的花坛，种上蔷薇、雏菊与硕大的菊花。还有亲手添上的天青色的木门。你亦希望有一位安静的爱人，在寒冬与你共饮一炉，或者，一同去往山坳，寻一树红梅灿烂。这些人间如此卑微的愿望，却是你毕生难及的梦想。

她的文字不会张扬，没有浮躁，简单而平静。书中内容真实得如同荆棘的文章，没有什么修饰，没有什么新词，没什么无病呻吟。但这些文字如此贴近我们的生活，仿佛触手可及。田维十五岁时身患绝症，却没有自暴自弃，而是在追求生命与青春的意义，文字充满了爱、感恩、坚忍与真诚。联系自身的情况来看，我们比田维幸福太多，拥有大好的青春，拥有健康的身体，可以去感受到世界上美好的事物。田维对于生命与死亡是这样说的："倘若，这世上从未有我，那么，有什么遗憾，什么悲伤。生命是跌撞的曲折，死亡是宁静的星，归于尘土，归于雨露。这世上不再有我，却又无处不是我。"

心存感激地生活吧。我们来自偶然，生命是最宝贵的礼物。爱你所爱的人，温柔地对待一切，不要因不幸而怨恨和悲戚。无论前途怎样凶险，都要微笑着站定，因为有爱，我们不该有恨。

（作者单位：江苏省司法警官高等职业学校）

自觉觉人　自立立人
——蒋经国"新赣南建设"中的治狱实践

◎　王传敏

　　蒋经国先生是一位传奇人物，邓小平等中共领导人都曾对其坚定维护祖国统一，坚持"一个中国"的主张给予高度的赞赏。终其一生，蒋经国先生身上有浓厚的民生、民本思想，以及亲力亲为、朴实勤政的工作作风，溯源求本，这应该归结于早年在苏联留学时受到的共产主义思想教育，还有他自己曾遭遇的曲折经历。正所谓"天将降大任于斯人也，必先苦其心志，劳其筋骨，饿其体肤，空乏其身，行拂乱其所为，所以动心忍性，增益其所不能"。早年的这段历练对其成长具有极其珍贵的淬火意义。

　　从苏联回国后，赣南是青年蒋经国施政理念和政治抱负小试牛刀的试验田。

　　蒋经国主政地方工作的经历可以分为两个时期，一个是青年时期在赣南任行政专员；另一个是国民党政权败走海岛后担任台湾地区领导人。赣南六年任职，蒋经国展示了其施政能力的"小荷尖角"，这其中，对犯罪及监狱工作的认识及治理都有许多可圈可点之处。

1939 年 3 月，受前任刘已达的推荐，经江西省政府主席熊式辉的任命[①]，蒋经国出任江西第四区（当时称"赣南"地区）行政专员兼保安司令，当时该区下辖十一个县，人口约两百万，仅赣县县城人口约十万人[②]。

作为地方长官兼保安司令，责任重大。当时该地区流弊甚多，积重难返：地主乡绅尾大不掉；奸商经营赌场、鸦片馆和妓院，社会风气恶俗不堪；大姓宗族之间争名夺利，械斗流血事件不断；赣州为粤赣接壤地带，粤军势力入赣，把持了矿业收入，且经常干预地方行政；更为重要的，受日军侵华影响，战争难民大量涌入，给地方带来极大的冲击。种种乱象，都对年轻的蒋经国构成严峻的考验。

上任伊始，蒋经国就深入民间走访，与农民、商人、公务员、难民等进行交流，很快走遍赣南的各个县。他认为恢复地方治安是第一要务，定下了为期一年的"扫荡行动"，大力肃清烟、赌、娼。据记载，当年年底，"共有五百四十一名土匪自首""逮捕两千两百四十六名盗匪，处死若干重犯"[③]。

蒋经国先生有很多同道之人，其中的一位叫王继春，曾任赣南上犹县县长，因病殉职在县长任上，病逝时身无一物，是蒋经国在赣南工作生涯期间最坚定的追随者、拥趸。蒋经国写过一篇《让我们来接受你的革命利剑——追念我的知友王继春兄》，文章中提到，有一天王继春陪蒋经国去崇义视察，经过上犹西门外的一处荒地，王继春向蒋经国汇报，此地是一个刑场，经常在此地枪毙人，王认为"杀人是一种不得已的方法，而绝对不是我们的目的"，设想"将来在此地建筑一个县立中学"，"坏的人依法是应该枪毙的，

① 经学者方世藻、谢敏华的研究考证，当时蒋经国并非是因熊式辉政治上献媚于蒋介石而举荐蒋经国任职赣南，而是前任刘已达在与地方保安团等势力相处受挫，临时提出辞职，各种因缘际会，才出现蒋经国履职赣南的情况。该研究材料见于《蒋经国先生主政赣南新探》，《赣南师范学院学报》2003 年第 2 期。笔者认为这种考证可信度很高。
② 陶涵著，林添贵译：《蒋经国传——台湾民主与现代化的推手》，华文出版社 2010 年版，第 78 页。
③ 同上，第 79 页。

但是已经枪毙了的人，我想还是要好好地把他们埋葬起来。同时，他们的家属还应当救济他们"[1]，王继春的汇报得到蒋经国的充分赞许，并认为王"有坚决的意志，同时又有很慈悲的心肠"。

为适应革故鼎新的人才需要，他组织训练政府官员，举办了赣州班干部讲习会，就讲习会每天的活动都做了日记，题名《训练日记》，在1940年9月11日的日记中，记述了赣南一个监狱的情况，可以说是民国监狱的一个缩影：

"起床以后，由营部跑出门，沿着公路跑到东门。在那里有一个强民工厂，在里面做工的都是犯人。有的是土匪，有的是杀人犯，有的是吸鸦片的，有的是小偷。"

日记中提到的"强民工厂"，其前身是江西第四行政区赣县囚犯教养所，关押刑事罪犯。赣南还办有"妇女工厂"，收容从良就业的妇女，专门制造毛巾、鞋袜和麻袋。1939年，蒋经国将其更名为"强民工厂"，后来，1942年，强民工厂改名为"新人工厂"，并在此基础上组建了新人学校，校址在东门外白云台，学校实行军事化、工厂化、劳动化管理，对犯人进行改造。蒋经国还将"江西省第四区救济委员会"更名为"新赣南广慈博爱院"，新人学校隶属于该院。

这所强民工厂里的建筑及教育手段，也迥然有别于旧式监狱："我就带着学员进去参观，四面围墙是用竹子编起来的，里面的房子是如普通的民房一样，进门就是操场，操场边是会客室，这是犯人接见亲友的地方。会客室旁是犯人的课堂。他们有两个很大的寝室，每个犯人有自己的床，自己的铺盖，他们的洗脸用具都是一样的。里面有织袜子、织布、织毛巾、织麻袋的。在工厂旁还有俱乐部，有象棋，有书报，有乐器。一切环境的布置都是犯人自己做的。一进大门，谁都想不到这是一个监狱，一定以为是一个学校

---

① 蒋经国：《蒋经国回忆录》，东方出版社2011年版，第286页。

或机关。我们进去的时候，他们刚起床预备上早操升旗。参观后，我们和他们共同参加升旗典礼，公务员和犯人站在一个队伍里升旗，这确是一个很难得的机会。升旗后，大家共同高呼'三民主义万岁'。后来我劝告犯人要他们回头做好人，并且答应他们如能切实改进，在今年总裁的生日，放他们回家去。今年在端午节曾经放过几天假，大家都按时回来。有一次，让他们出去修马路，结果没有一个逃走的。我们把这条路取名为'自觉路'。"①

走进新人学校的大门，迎面就是一个大花坛，花坛中央有一个方锥形石碑，碑正面镌刻着蒋经国手书的"自觉碑"，右面书"自觉觉人"，左面书"自立立人"，背面刻有"化监狱为学校，化坏人为好人，化黑暗为光明，化消费为生产，化无用为有用"，此即"无化方针"。礼堂两边的对联分别是"欲求再生，自觉争取""真诚悔过，重新做人"，此外，礼堂还有一立屏，写有："人死了，能再生吗？肉体的生命死了，当然不能再生，精神的生命死了，是可以再生的！但是，全靠自觉，努力争取！"②

蒋经国提出新人学校的办学方针是"自觉觉人、自立立人"，既对犯人实行人道主义管理教育，在劳动中革除好逸恶劳的恶习，学到一技之长，同时还减轻了政府的负担。扫盲教育成绩斐然，犯人改造释放时基本可以达到"人人识字，能写便条，能写信、记账"③。

在蒋经国这段日记的叙述中，关于当时监狱工作的信息量很大：对犯人进行劳动改造；监狱组织犯人进行织布等劳动；监狱里既组织劳动，还组织上课、文体等活动；行政长官可以决定对犯人进行特赦，每年的10月31日，是蒋介石的生日，都会特赦或对一批罪犯进行减刑或提前释放（该活动到1944年随蒋经国离职即宣告结束）；犯人可以回家探亲或参加农忙，春耕假是五天，夏收夏种假是七天，无田地的城市籍犯人则组织到农村帮助农

---

① 蒋经国：《蒋经国回忆录》，东方出版社2011年版，第82页。
② 参见蒋术：《蒋经国在赣南推行的文教建设》，《民国春秋》1995年第5期。
③ 参见许静、罗慧兰：《评蒋经国主持的赣南新政》，《江西财经大学学报》2005年第6期。

民劳动；可以出去到社会上修路。不过蒋经国也并不是对犯人的放假外出一味地放任自流，如某年春节大年夜前放假时，专员公署军法室都要求各县区乡的保甲注意监督犯人归家表现，并通知犯人亲属督促犯人按时返回监狱销假。

当时，赣南有个大庾钨矿，装卸矿土需用大量麻袋，原先麻袋是从印度进口，蒋经国闻讯后，安排新人学校进行生产，获得丰厚利润，上缴政府都超过了政府拨给的经费。学校给女工发放了工资和奖金，为犯人配备了图书报刊和体育设施，表现好的犯人还领到了一些奖金。

关于强民工厂的意义，当时的蒋经国有过这样的深入阐述："一个人犯罪是社会的罪恶，我们要改造人的心理，我们改造人的行为，这是办政治的人的首要任务。"①"唐太宗说过'万方有罪，罪在朕躬'这样两句话，意思是讲无论老百姓或者官员犯了法，政府都有责任，绝不能不教而诛，唐太宗能够这样反躬自省，才有'贞观之治'，我们要想实现孙中山先生倡导的'天下为公'的大同之治，必须明白事在人为，为民办事，把坏人变成好人，要以教育为先，惩罚为辅。""我们不能用那种体罚的手段去折磨犯人，一定要用合乎人道的办法去改造犯人，使他们自觉悔过，创造自己第二次生命，获得新生，而且在劳动中改造自新，既减轻了国家负担，又学到一技之长，一举两得，何乐不为？"②

不仅改造罪犯创出一条新路，广慈博爱院还在加强社会保障方面有许多积极作为，相继开办了百寿堂（侍养孤老）、平民食堂、难童教养院、贫儿生活学校、保育院、儿童新村、"中华儿童新村"，连同新人学校，共同构成一个社会福利系统。③

在蒋经国的施政思想中，既有对苏共建设社会主义国家政权经验的借

---

① 蒋经国：《蒋经国回忆录》，东方出版社2011年版，第82页。
② 参见蒋术：《蒋经国在新赣南推行的文教建设》，《民国春秋》1995年第5期。
③ 同上。

鉴，同时，还有传统儒家修齐治平思想的因子。蒋经国在其回忆录里曾经提到他学习王阳明先生治理贵州和赣南的经验，在赣州任职时间，他多次向学院和干部们详细讲解阳明先生治理贵州和赣南的事迹及文选。蒋经国将阳明先生的精神归纳为："第一在于'诚'；第二在于'知行合一'。"①

蒋经国治理赣南的政绩不仅受到国人的瞩目，还得到美国盟国友人的肯定。曾经有美国记者伯尔曼和美国驻桂林领事馆副领事 Richard Service（中文译名谢伟思）去赣县赣州采访，蒋经国邀请其到家中吃饭。这位领事一路行来，对蒋经国的印象是"真心关怀民众福祉"②。蒋经国治理赣南的政绩被美国人认为是在当时的中国"打造出乌托邦"，娼妓、赌博消灭，犯人做工，被训练出一技之长，出狱后也可以很顺利地找到工作。在史迪威将军的日记中，他也认为蒋经国"表现很好"。

在蒋经国先生的赣南理政生涯中，可以看出，虽然他非常重视犯罪及监狱改造罪犯工作，多次到监狱视察工作，与罪犯进行面对面的交流，但是，囿于其自身的学识及成长经历，缺少现代法学思想的浸淫，他的做法始终没有跳脱出传统中国社会由来已久的"圣贤治狱""刑乱世用重典，刑治世用轻典"的思想，无论是对罪犯实行节日探亲回家、农忙假，还是在其父诞辰之日进行减刑特赦，种种做法，都可以在历朝历代圣明君主治狱的文字记载中找到原型，还投射出比较明显的"人治"色彩，在现代法治思想以及改进现代监狱文明还有所欠缺。

（作者单位：江苏省司法警官高等职业学校）

---

① 蒋经国：《蒋经国回忆录》，东方出版社 2011 年版，第 272 页。
② 陶涵著，林添贵译：《蒋经国传——台湾民主与现代化的推手》，华文出版社 2010 年版，第 93 页。

涨价的快乐

◎ 吴　坤

小时候，最喜欢为大人跑腿了，打瓶酱油或者是买打火柴的。跑得多了，有时就会多得五分钱；"大宗采购"时甚至能得到一毛钱的奖励。全部买上一分钱一块的三角糖，一天吃上一块，吃几天心里面就甜几天。

上了小学，整天指望着学校里组织到镇上看电影，妈妈就会很大方地给上一块钱。五分钱一袋的五香瓜子，两毛钱一块的奶油面包，五毛钱一盒的蜡笔，开心得电影里放的什么都不知道，却盘算着剩下的钱和下次看电影的日期。

初中住校了，手头一下子宽裕起来。"四大天干"的贴画贴满了床头，晚上宿舍熄灯时就蒙着被子沉醉在《故事会》里，甚至有时还约上几个要好的同学下馆子。可恼的是到了月底，我还要向大人汇报花钱的去处，而我许多花钱的账目是不能与大人说的，于是绞尽脑汁地凑账：用坏两支钢笔，买了一本作文选，交了两块钱班费……幸运的是，父母竟然信了。月复一月地"巧设名目"来实现"收支平衡"，恐怕是我整个初中生活最绕头的数学题了。

到了高中，虽然生活费由每月三十激增至一百，父母也不再盘问去向，绕头的数学题不需再编却要独自运算了。每天五毛钱的报纸，每个星期宿舍聚餐的"份子钱"，隔三岔五还要去打一块钱一个小时的乒乓球，二十块钱的仿皮足球踢不到两个月，一边享受着随意消费的自由，一边承受着生活的窘迫：袜子通常都要穿到脚趾、脚跟与鞋子亲密接触为止，牙刷刷毛了也舍不得换，洗脸毛巾一用就是一年。

刚上了大学，六百块钱一个月的生活费绰绰有余，有钱的感觉真是好啊！可是不多久，学会了时髦，耍起了行头，加到八百还是不够花，"月头吃肉，月末喝汤"的大学生活里，快乐变得越来越贵，越来越短暂。要求越来越高，欲望越来越多，快乐也就越来越少，幸福感被不断涨价的快乐所取代，也就很难被填充了。

工作后，我发现大多数人也是如此。有人一个月要还几千块的房贷，供养着一套处于城市高楼里属于自己的一角，过着以车代步、步伐匆匆的城市生活。有人阔得可以去买成百上千的化妆品，甚至是成千上万的名牌服饰，却依然是眉头紧皱，思忖着更奢华的物质生活。为什么我们越来越不快乐呢？我们千方百计地探寻刺激，追求时尚，填充贫瘠的心灵深处，妄图开拓幸福田地。结果，我们失望了，我们依然不快乐，依然不幸福。追其原因，是我们的快乐涨价了，而我们的幸福感也随之涨价了。

快乐涨价了，成了一种物欲，所以我们很难快乐起来。其实，快乐是无价的：你越给它涨价，你就越买不到它。

（作者单位：江苏省司法警官高等职业学校）

新人旧景

◎ 刘　毅

　　我，警校工作八年，算不上新人，但比起曾经在刘家边奋战的前辈们，我是个不折不扣的新人。顶着"新人"的身份去看刘家边的"旧景"，说是忆苦思甜，感受刘家边精神，倒不如说是学习历史，牢记历史。一如抗战对后世子孙来说，不曾有过亲身经历的惨痛回忆，便无法感同身受，然每年的纪念日，乃至今年的七十周年纪念活动，都是为了不忘历史，重走刘家边亦是。

　　学校组织大家前往学校旧址刘家边参观的时间，定在周五的午后。那天的阳光格外明媚，照耀得人们的心情也跟着愉悦起来，特别是曾经在刘家边待过的老同志们，有着无比激动的心情，也感染了我们这些"新人"，一路欢欣。许国忠副校长更是满腔激情地做起了地导，跟我们聊起了当年大学毕业刚进警校在刘家边教书的日子，那是一段怎样的历史呢？

　　那是一段前辈们说起都无比骄傲的日子，尽管有着繁重的教学任务；那是一条颠簸泥泞的山路，即使三十年，都未曾有较大改观；那是一片被荒芜包围的土地，从水泵打出来的水得沉淀后漂白才可饮用；那是一座与农场相差无异的校园，师生在艰苦的环境中生活，成长。

当大巴车缓缓停下，姜玉莲老师组织大家下车步行前往旧址，沿途没有人家，只有一台挖土机在修路，脚下的泥土撩起的灰尘，沾满了每个人的裤脚、鞋面，大伙儿都没在意，兴致勃勃地边聊边走。大约走了十分钟路程，到达警校旧址大门前，学校的门牌虽然已经摘除，但依稀能见着当时挂牌的痕迹。

"你猜猜这是什么？这可是警校重要的生活来源。"许校长边讲解边向我们介绍离校门口不远的一处水泵，当年师生的用水均源于此，因为水质差，打出来的水要经过一夜的沉淀加漂白才可使用。许校长说得轻松，我却感觉阵阵心酸，这是怎样一种生活环境，在这里生活过的每个人，我都由衷地敬佩。

一路上行，来到一块平地。许校长指着一排高起的平房告诉我们，这是教室，一共六间，旁边两间是教师办公室，平房向下低洼的地方便是操场了。虽然对农村的概念很陌生，但见到教室的第一眼，就让我想起电影里八九十年代的农村，大体也是如此吧，不知道当时久居城市的老前辈们，是如何从不适应到慢慢适应，最后安扎在这里的。

继续上行右拐，是师生们的生活区，也是此次的终点站。食堂、宿舍都是一排排二层的小楼，现在这里已成为南京一家动植物实验所，原来的宿舍都圈养着各类实验用的小狗，参观的人多，狗吠声此起彼伏，空气中夹杂着浓厚的异味，却无法影响前辈们的心情。同行的方处长向我介绍他住过的房间，宿舍楼一共有两栋，一栋是男生宿舍，上下两层的最西边是单身男老师的房间，当年的纱窗还在，惹得居住过的王立新老师和聂霞林老师驻足于此，回忆当年的故事，谈笑间三十载已过。另外一栋是女生和单身女老师宿舍，在其后，是家属区。师生生活区融合在一起，不分彼此，铸就了当时深厚的师生情，难怪三十年校庆有学生在纪录片里回忆这段往事时，饱含着深深的感激之情。宿舍区的东侧，是一排低矮的二层小楼，姜玉莲老师介绍道：这是学校会议室，最初只是平房，后期才进行了加盖。

参观完旧址，我徘徊在宿舍区门口，听着所有在刘家边待过的前辈们云淡风轻地谈论着过去，眼睛突然湿润了，这些警校的英雄，有着宽广的胸怀，忍受着艰苦的环境；有着坚韧的勇气，扛下了繁重的授课任务；有着钢铁般的意志，没有逃脱和抱怨。在桃花坞生活的我们，有什么理由不感恩？

感恩历史的车轮，让我们不再承受艰苦的教学环境；感恩上级的安排，让我们恢复了办学；感恩校领导的关心，改善了我们的教学办公条件；更要感恩学校的蓬勃发展，让我们有了"双学院"的梦想。

路，只有走过的人才知道。然，即使是新人，走走旧路，看看旧景，也能感同身受，留下深刻的记忆，于我亦如此。

（作者单位：江苏省司法警官高等职业学校）

品味宋钱

◎ 杨　刚

很多事情，都源于偶然，我与宋钱亦是如此。

七岁那年，去卖旧书，不经意间发现收购站屋角一个锈迹斑斑的破脸盆中满满的全是古币（现在想来，估计是当时某个农民从自家地里挖出的窖藏）。只是一眼，我就被深深地吸引住了，于是倾我所有换得。自此之后，我就成了收购站的常客，专门在废铜中搜寻散落的古币，时间长了，憨厚的老板还专门将各类当废铜收来的古币整理单放，倒也省了我不少事。

只是在收购站多看了你一眼，不能忘掉你的容颜。从此，我便爱上了宋钱。说来奇怪，自小家中不乏古币，主要是清钱，但始终提不起兴趣。相对于宋钱，我觉得清钱少了些历史的厚重，少了些文字的飘逸，少了点文化的底蕴，少了些大汉的风骨。

宋代钱币，在中国钱币史上占有重要地位，创新迭出，品种繁多，铸造精美，几乎就是灿烂的宋王朝文化的缩影，是宋王朝的一张鎏金名片。

年号为文、书体多样，是宋钱的鲜明特点。无论是钱名数量、钱币艺术，还是钱币种类，都达到了中国封建社会的顶峰。从北宋太祖到南宋度宗的三百余年时间里，北宋历九帝，一百六十七年，铸行了二十七种年号钱；南宋亦历九帝，一百五十二年，铸行了十九种年号钱，一共铸行了四十六种年号钱。

宋钱的艺术成就主要体现在钱文书法上。宋钱上常见的书体有真、草、隶、篆、行，同时，还有瘦金体、宋体、九叠篆等。宋朝前期，钱币主要效法前朝，并没有形成自己的特色，宋太宗淳化五年，御书三体"淳化元宝"宣告了独特的宋钱时代的来临。据《宋史·食货志》载："初，太宗改元太平兴国，更铸太平通宝。淳化改铸，又亲书淳化元宝，作真、行、草三体。后改元更铸，皆曰元宝，而冠以年号。"①。之后的钱文亦不乏大家手笔，苏轼"元丰"、司马光"元祐"皆为收藏爱好者们津津乐道，宋徽宗的瘦金体更是把中国古币的钱文艺术推向了顶峰。

对钱是宋钱的另一大特色。对钱是指同一种古钱币的面文采用两种书体，钱文的内容、结构和笔画，钱体的方穿、厚薄、重量和材质，均相一致或相近，可以成双配对的钱币。以宋徽宗铸行的钱币为例，除崇宁、大观钱没有出现对钱品种外，圣宋、政和、重和、宣和等钱币皆是成双成对的，其质量之精、书法之美，堪称前无古人，后无来者。

由于宋钱铸造量巨大，故存世颇丰。有传世之品，也有地下窖藏。相对于传世之品，窖藏之锈色更为多变。宋钱长期埋藏于地下，受各地的土壤颜色、成分差异之影响，历经千年，形成了不同的锈色，主要有绿锈、红绿锈、蓝绿锈、朱砂锈、斑斓锈等。有些土壤中出土的钱币，其锈色赏心悦目，令人爱不释手。

宋钱之美在于他的书法，在于他的铸造，在于他的锈色，在于，那小小

---

① 《历代食货志今译（宋史·食货志）》，虞祖尧著，1996 年 6 月第一版，第 306 页

的穿口中千年的兴衰。只有懂文化，喜历史的人方能爱她、惜她、怜她。因为，收藏，最重要的是品位文化，品味历史，而不在于钱币的价值。如果，为珍而藏，收藏也就失去了它本来的意义。

（作者单位：江苏省司法警官高等职业学校）

有感那人那世界

——读《悲惨世界》

◎ 景睿暄

北风呼啸拍打着窗户，桌上的茶杯早已不再冒出热气，夕阳惨淡的余晖透过窗户，洒在书中那人的脸上，显得格外悲惨……

合上书本，主人公冉·阿让的一生如放电影一般在我脑海中浮现：饥寒交迫，迫使一个原本勤劳善良的人因为偷了一个面包而被送进监狱。从狱中释放后又在主教家偷银器，又被警员抓去，可是仁慈的主教却说银器是冉·阿让的，并让他离开这儿，到别处去谋生。他靠这些银器兴办工厂，在法国的某个角落里造福人民，并救助了一个外地妇人。后来因救一个人又被送进了监狱，而后为了养女的幸福付出一切，自己在蜡烛的微光中度过最后时光，墙角依然是片黑暗。

那段时间的巴黎与现在的浪漫之都相差甚远，我为那个只为穷人敞开而面对富人却永远关闭的监狱之门感到不公。我为之感到可悲。当时巴黎政府政治腐败，富人永远在欺压穷人，正义得不到伸张，霸道却格外流行，这就是那个悲惨世界中的不公！

冉·阿让无疑是既幸福又悲惨的，幸福的是他有一个孝顺的养女，不是亲生却胜似亲生；悲惨的是他承担了太多的不幸，那些本不该他在青春年华里承担的他都一一承担了。在这部小说中主教这一角色很好地展现出了人性的光辉。主教用几句简单的话语感动了冉·阿让麻木的内心，激起了他心中的那份正义，唤醒了他的思想，触动了他的灵魂，最终冉·阿让用自己的诚意获得了大多数市民的尊敬。

在当时，穷人们的善良总是一文不值，富人们仗势欺人，"朱门酒肉臭，路有冻死骨"的事情时有发生。雨果作为善良的作者，在当时敢怒不敢言的情况下，他借冉·阿让这一悲惨的人物形象控诉了当时黑暗腐败的巴黎政府，揭露了穷人被富人欺压却不得平反的悲哀现实。冉·阿让的命运就如同昙花，转瞬即逝。

命运之轮总是在不断地转动，我曾见过一个小小的动作，却分外感人。家乡的街头总是有卖艺的穷人，施舍的人也不在少数，可是总会有城管把他们赶走甚至一脚踢开他们的东西。

有一回，一个城管正在严厉呵斥一个身穿破烂的小女孩，还时不时抬起脚踢走她的东西，当他走了之后，身后只留下颤抖着哭泣着的女孩，旁边一位拉二胡的卖艺人默默地走过去，把他的东西收拾好，又给她的篮子里拨了点钱，轻轻地说了句："没事吧，别哭了。"

只是一个小小的动作，让我看见了人性的温暖，在他们的世界里没有等级之分，他们是平等的，这才应该是真正的世界，而不是悲惨世界。

风儿抚摩着那张哀伤的面孔，黑暗中，迷失了方向。我为冉·阿让的一生而震撼，为人性的光辉而感动。

这本书带给我的不仅是悲伤，更多的是对光明和正义的向往。

（作者单位：江苏省司法警官高等职业学校）

我与父亲的两件小事

◎ 张　晶

父亲唯一的一次开口

父亲个性并不刚强，是个典型的有过一点见识的农民。父亲告诉过我，在解放前，他去过大上海。我几乎有些不相信。我问父亲去上海干什么？父亲说是做生意。做生意?! 我更是一愣! 父亲说他是到上海卖"打瓜子"的。好像还赚了一点钱。那时，我有些崇拜我的父亲。

父亲很少发火，没有和邻居吵过架，也没有动过手。当然，更没有和我母亲红过脸。然而，父亲的内心却是很强大的。大到不向别人开口，甚至没有眼泪的程度。不开口，包括不向他的子女们开口。也许，父亲不想在儿女面前表现出来软弱吧。除了爷爷奶奶过世之外，我只见过父亲两次流泪。并且，这两次，几乎都与我有关。与我有关，倒不是我惹恼了父亲。恰恰相反，我从来没有惹父亲生过气。

父亲的那一次落泪，该是 20 世纪的 90 年代初期。起因是我二叔家的二儿子——二浚。二浚是父亲的侄子，是我的叔伯哥哥。

话说二叔家的二儿子，家境很差。那时，我二叔、二婶还在世。按理，他的事也轮不到我父亲操心。可是，我父亲却是动了恻隐之心。

那一次父亲落泪的地点，是在徐州的我大哥家里，我们刚参加过我大哥儿子的婚礼之后。晚饭后，客人散尽，父亲便把我拉到一个小房间里。我以为是什么神秘的事情。因为，父亲这样的举动，我从来没有经历过。我等待着父亲的神秘信息。

父亲轻轻地告诉我，那声音即使我和父亲紧挨着，我也有些听不清楚。我想，那是父亲有些生怕别人听到。"二浚（在老家的土话里，其读音应该为'囧'）家的生活太困难了，你帮他一下吧。算是我替他开口了。"下面的话，还没有来得及说，父亲的眼泪就出来了。父亲用他那沧桑的手去擦眼泪，我似乎已经听到了他低声的哽咽。父亲没有再说下去。其实，父亲一开口，我心里就明白了几分。

二浚大约比我大十岁吧。家里贫穷的那个状况，几乎可以说是到了一贫如洗的地步。应该是 1982 年的寒假，我从南京回去，带了一点南京的特产送给二叔。一早，可能是我去得早些，在等二叔开门的当儿，我顺便往他家低矮的只有三四平方米的锅屋（厨房）里一看。吓了我一跳：居然有一个人在盖着麻袋片睡觉。我问是谁。微弱的声音传来：是我！话音刚落，我就看见，麻袋片晃动了一下，居然钻出了一个人来。我定眼一看，出来的居然是我二叔。刹那间，我愣在了那里。但很快，二叔家主卧室的家当，让我更加的心酸：在双人床上，二婶和他们的两个女儿合盖一床被子。可是，这是冬天啊。尽管，我下意识地用厚厚的棉袄裹紧了自己，身上依然感到了阵阵寒风。

二叔老实得不行。这也罢了。问题是，二浚三十多岁时，还没有讨到老婆。那是名副其实的光棍啊！

二浚年轻时，二叔家也是贫穷艰难的生活。可是，那时是"大锅饭"，几乎大家都穷。所以，还没有显示出二叔家的特别穷。可是，打光棍的人并不太多。这里的问题是什么呢？当然是怪二浚了。人家媒人也给他介绍过多个对象。可是，他嫌人家女方成分不好、嫌人家长相太丑。尤其是，找个地主当岳父，在那个突出政治的年代，二浚是不干的。错过这个村，就没有这个店了。二浚的年龄越来越大，媳妇就越来越不好找，最后，连地主家的女儿也没有了。

当然，最后，也是没有办法的办法，八十年代初，二叔就帮二浚买了个女人。大概几千块钱吧。我说是女人，含义是指，这个女人本是有家有口的，并且在老家还生过一个男孩。当然，这是后来才知道的。按照后来的情况看，这个女人可能是想"放鸽子"的。她到了我二叔家后，二叔家倾其所有，好吃好喝地招待，又不让她下地干活。后来，她居然放弃了原来的家庭，和原配离婚，就在二叔家常住了下来。这当然也是二叔一家想要的结果了。可是，依二叔家的条件，哪里贡得起这样一个好吃懒做的主啊。问题更加严重的是，这个女人想溜之大吉。后来果真溜了。害得这个本来就穷得叮当响的家，又不得不东凑西借好不容易地凑足了路费到四川寻人。人寻来了，这个家就更无法支撑了。俗话说：女人不过日子，可以馋得把裤子脱掉。这个女人就是这样一个女人。她又居然爱上了赌博。尽管每次都是"小来来"，可是，每天坚持的小来来，对于一个靠种地维持生活的家庭来说，也不是个小数目啊！

就这样，二浚被逼上了人生的死角。

所以，父亲这个时候哽咽着给我说，我能理解。

我二话没说，掏出了当时身上所有的四百块钱。父亲接过钱，他那一向有力而饱经沧桑的大手，竟然有些发抖。我知道，父亲有了慰藉。其实，这在当时并不寒酸的这些钱，派不了多大的用场。

这是父亲一生唯一的一次向我开口！

与父亲的一次赌气

在父母面前，我一向是个听话的孩子。几乎没有惹过他们二老生气。不与人打架、不调皮，学习努力。这样说，以现在的眼光看，几乎有些弱智。可是，我儿时，几乎就是这么一个弱智的人。

所以，至今想起来与父亲的那次赌气，还是让我感到自己的少不更事。

该是我上小学四年级时的那个夏天。一次星期日，我跟着父亲去杨屯镇赶集。过去也常常跟着父亲赶集，就是图个好玩，或者在集上溜达的时候，父亲会给我买点好吃的。比如在夏天买一片西瓜（那时冷饮还没有流行，一片西瓜五分钱）、在冬天买五毛钱的狗肉或者买个肉包子什么的。总之，吃点、喝点，这就是我跟着父亲的目的。然而，这次跟着父亲是有具体而明确的目的的：买个水草编的草帽。

好像在事先，我就把这个目的告诉过我父亲了，当然，也许没有告诉过。反正，到了杨屯的集市上时，我就要求我父亲给我买一顶水草编制的草帽。

那时，比较常见的是麦草做成的草帽。麦草草帽，是把麦秸编成小辫子的形状后，用缝纫机缝合而成的。在我那时小小的审美观里，认为麦秸做成的草帽太普通、太大众化。而水草草帽，是用晒干的水草做成的，水草的中间是空心的；水草本身又是细长的圆，其形状，就相当于铅笔的笔芯一样，只是稍比铅笔芯粗些；另外，水草草帽的帽檐也比较大。这样的一种"造型"，当然就很大气、时尚。所以，水草草帽就比麦草草帽要贵几乎一倍的价格。

我想，父亲一定会成全我的。一来，父母一直比较宠爱我，谁让我是老幺呢；二来，我的学习成绩一直很好，甚至还从一年级跳过了二年级，直接进入三年级学习。我从来没有让父母操过心，至少我可以得到这样的奖励；还有一点也很重要，那就是别人家的孩子一直都是很时髦的装束，什么解放鞋啦、塑料凉鞋啦、什么锁边的裤子啦，而我只是暗自羡慕，从来也没有向父母提起过。所以，我提出买一顶水草草帽的愿望，在我的心目里，该是顺理成章的事。父亲当然会满足我。

可是，在父亲那里，我的愿望，显得有些高大而遥远。

父亲一开始，没有听清楚我关于水草草帽的描述，或者根本就没有认真地听，或者根本就装没有听到。他以为，我要的只是和其他人一样的那种麦草草帽。所以，当我们走过了菜市、棉花市、木料市之后，来到了杂货市，又寻找了半天，终于找到了我说的那种水草草帽的时候，父亲婉言拒绝了。父亲说，你又不像大人那样劳动，买这个草帽有啥用。还是买个麦草草帽吧，那不是一样的凉快吗？

我本以为很有把握的事，这下泡汤了。大大出乎我的意料之外。正是这种意外，也让我和父亲认真地赌了一回气。

我说服不了父亲，而钱又在父亲那里。顿时，我泪流满面。并且毫无顾忌地号啕大哭起来。这一哭，当然惊动了周围赶集的人，他们纷纷驻足，有的更是嘻嘻哈哈地看笑话。我满肚子的委屈，只知道自己是在有理的哭泣，至于大人的指指点点，我才顾不了那么多呢。当然，我在内心却向往有哪个大人，会替我说情，说服我父亲，就买了那顶草帽吧。因为，我的哭泣里，也有小孩子要挟大人的含义。可是，在这样关键的时刻，没有哪个大人站出来。我当时真是恨透了，大人怎么这样不顾孩子的苦痛，让我在那里认真而倔强地哭泣呢。你们的心，怎么会这么硬呢？！我心里这样在想。我只是试图通过哭泣，来赢得父亲的同情。可是，父亲依然很坚决地拒绝了。

我一边哭着，一边打起了自己的小算盘：以回家来逼迫父亲。于是，我按照自己的记忆往回走：我要回家！我不回头地往回走。

我一边走，还心里想着父亲应该过来追我，劝我回头。其实，我对回家的路并不熟悉，因为来过几次杨屯，而每一次都是跟着父亲或者爷爷来的。我伤心地哭，引来了无数的赶集人驻足观看，他们以为我也许受了别的大人的欺负，才这样牛一般地哭泣。草帽草帽，我越哭，就越是伤心；越是伤心，我的哭声就越大。

当我快走出杨屯集市的时候。突然一只粗壮的大手拉住了我。我有些愕然，可是我不管，我也不看是谁。我只管继续往前走，继续哭。不过，当这个有些任性、有些温柔的大大背膀搂住我的头时，我知道这一定是我的父亲了。

这时的我哭得就更厉害了。我更加使劲地挣脱。可是，那种挣脱更多的是象征性的赌气。

我终于回头了。

我回头跟着父亲回到了集市上，父亲带我买了两个肉包子、两根油条。这算是父亲给我的"封口费"。不过，后来我再也没有对父母任性过。

可是，我的那个要买的水草草帽的愿望一直搁置到现在。

（作者单位：江苏省司法警官高等职业学校）

一起走过五年

——2017 年毕业典礼致辞

◎ 张 晶

五年里

我们在低头间

匆匆行走

五年里

我们在抬头时

互刷表情

五年里

因为相守

懵懂少年

恍然间

已是玉树临风　英姿飒爽

五年里

因为相随

我的心

也更加年轻　灵动

五年里
我们一起听着军号作息
五年里
我们在一个食堂
同吃　算不上美味的饭羹

五年里
我们一路走过分分秒秒
五年里
我们肩并肩迎来春夏秋冬
为了我们共同的目标
让所有的同学
成人成才
成为
有德有识
能文能武的警校生

警校生　是个历练
警校生　是个荣誉
警校生　是个金牌
我们一起啊
要珍重复珍重
珍惜复珍惜

五年前

在大家的开学典礼上

我说

"创造未来辉煌的人生，我能！"

从明天开始

实践就要检验你们的实力与水平

拜托大家

在未来的日子里

无论在哪里创业

无论做什么职业

都要谨记

做事规规矩矩

为人端端正正

不负桃花坞

不负师生情

再过二十年

我们再相会

那时的你们

不论在河东，还是在河西

期待我们

以警校的名义

相聚相会相逢

（作者单位：江苏省司法警官高等职业学校）

一夜吟魂万里愁

◎ 赵安玲

我的家乡是响水。响水的历史虽然不长，但人杰地灵，《西游记》中"东海龙官""二郎神庙"均以响水开山岛上的景观为原型；古淮河入海口"云梯关"曾让龚自珍感叹："云梯关外茫茫路，一夜吟魂万里愁"。

我爱我的家乡，四季静美。

春风十里灌江畔。我嗅着春天的气息，深深地呼吸着甜润的空气，沿着灌江河畔悠闲地漫步。从我脚尖方向一路延伸的古朴的小方砖里总是冒出嫩绿的草儿，等到仲春时有种"苔痕上阶绿，草色入帘青"之感。河岸两旁随处见柳，从谷雨的吐翠蓬茸再到小满的万条垂下绿丝绦，一切不过是瞬息之间，往往来不及反应便被这霎时的春色恍惚迷离。往深处行走，见到歇脚处的亭台，它在这一片水木清华的风景里经由了多少岁月的风风雨雨呢？青色的藤蔓调皮地爬上亭柱，留下淡紫色的星星点点的喇叭花儿来点缀。我凝望着江面，薄雾弥漫，微带寒意，缥缈缭绕。有时我会将面包揉成屑撒在江面上，鲈鱼儿感受到动静，纷纷探出水面翻腾着挟走食物。雾逐渐散去，一道微弱的金光落下，映照着江河表里，灿烂辉煌。

绿树阴浓夏日长。每到暑假我会住在外婆家，小桥流水人家总是深深地吸引我，让我麻木了的心绪如行云流水般复苏。蓝天之下，绿树成荫，蝉鸣不断，蜻蜓飞舞，有种范成大"一晴方觉夏深"的感受。外婆常去地里摘新鲜的甜瓜，几刀子下去，咔嚓有声，香气四溢，配上一杯冷茶坐在树下纳凉，很是满足了。外婆家门前还栽种着两株桃树，没有熟透的桃子是青色的，削开皮看见那白白的果肉，轻轻地咬上一口，会感到又苦又酸；快熟了的桃子是青里透红，甜丝丝的、脆脆的；熟透了的桃子咬一口，清甜的汁水一涌而出。盛夏时节，吃一口蜜桃，倦意便会扫光。

落叶满阶红不扫。秋的气息，在雨后的某一个瞬间，伴着一些淡淡的愁思，袅袅地升起来了。满城种着枫树。我走在黄河路上，昨夜的凉风无情地把枫叶吹落一地，零落成泥碾作尘。收拾起孤寂落寞的心情，静静地欣赏起这一抹火红的秋色。想起某剧中，关于枫叶的场景：活了将近千年的神和一位高中生恩倬在枫叶路上散步，恩倬想抓住落下的枫叶，却被神一手抓住。旁白说："如果抓住落下的枫叶，便会和当时走在一起的人实现爱情。"我轻轻地拾起地上的一片落叶，把它夹在书本里，想起诗人说的：多情自古伤离别，更那堪冷落清秋节。

晚来天欲雪。响水的冬天没有"山舞银蛇，原驰蜡象"，"千里冰封，万里雪飘"之感，很多时候在不经意之间就结束了。它没有春天的娇媚与繁华，没有夏天的热情与烦躁，没有秋天的落寞与清冷，与这些季节相比，多的是从容与纯净。上初中时，总喜欢约两三个同学，于晚自习后去滨江路玩，那儿有各式各样的美食摊子。随意地坐在摊位里面，边吃边谈笑。断断续续、零零落落的雪恣意渲染着周身热闹的一切。

我爱我的家乡，有些关于它的记忆被定格在那些不显得缭乱纷扰的风景里，有些记忆随着滔滔流逝的时光冲刷掉了。不会刻意记起，只有在独自一人的私密时刻，忽然望见，袭入那柔软而又敏感的心。纵然四季流转，我陪你一起走过良辰美景好时节。

（作者单位：江苏省司法警官高等职业学校）

当你面对选择时（外一篇）

◎ 朱莉莎

如果提前了解了你所要面对的人生，你是否还会有勇气前来？这是张果果在电影《无问西东》开头的一句内心独白，吴岭澜、沈光耀、陈鹏、王敏佳、李想、张果果等，在面临学业、国家危难、爱情、事业以及人生岔路口时，面对时代给出的"最佳选择"时，他们都做出了似乎与时代对立而行的决定。四个杂乱无章、看似毫无牵连、时代不同的独立故事都被一个词紧紧地串联在一起，那就是传承。

如果不适合的专业是优秀的象征，你是否会坚持心中热爱？吴岭澜在物理"无列"之下，因最好的学生都在实科，便将自己置于麻木的忙碌、踏实之中，梅老师劝他对自己真实，要有从心灵深处满溢出来的不懊悔也不羞耻的平和与喜悦。泰戈尔演讲中说"不要放弃对生命的思索，对自己的真实"更彻底改变了他一生的方向，这是第一次"无问西东"内在精神的传承。

如果安稳平庸可以富足度过一生，你是否会坚定走一条充满风险的路？沈光耀面对家训的限制、母亲的泪水无奈放弃当飞行员的念头，可吴岭澜在炮火中的一番话、卖面小男孩的死亡、空军教官的话："这个时代缺的不是完美的人，缺的是从心里给出的真心、正义、无畏和同情。"使他冲破一切弃笔从戎。山河破碎，战火烧到西南联大，偌大的中华已经容不下一张课桌。本可以安稳读书继承家业的"富家子弟"，最终与炮火同归于尽。可知沈家并不是贪生怕死之家，三代五将出身，所有的阻挠只是出于一个母亲对儿子的爱，害怕他还没想好怎么过这一生就死在战场上。但面对儿子的死讯和他的战友，沈母依然端上一碗红糖莲子水表示支持与无悔。这是第二次"无问东西"内在精神的传承。

如果你爱的人被千夫所指，你是否会给予她真实的力量？孤儿陈鹏被村子的好心人收留，在战争时期因为有沈光耀投递的食物才得以存活，从此心中种下了爱的种子。面对大好前途，陈鹏选择照顾王敏佳；面对李想的一言不发，王敏佳选择自己承担所有；面对王敏佳被批斗、毁容，陈鹏选择做托住她的那个人；面对李想的忏悔，陈鹏只说"逝者已矣，生者如斯"；面对生死关头，李想选择把所有的食物留给张果果的父母，自己牺牲。生命是一条湍急的河流，左岸是善，右岸是恶，全在一念之间，在每一个分流路口，他们甚至来不及思考就做出了本能的选择，无论正确与否，当初作出的选择也早已埋没在历史长河中，在生命的最后他们仍然将这一份"无问东西"内在精神传承给了更多的人。

如果你是尔虞我诈的牺牲品，你是否会同样出卖他人？张果果在上司的指示下提出了让客户不满意的提案，反遭上司诬陷被辞退，而公司本要赞助的四胞胎家庭也因此失去了帮助。前同事 Robert 拉拢他搞垮前上司，并告诉他一旦帮助四胞胎，就会麻烦一生。迷茫、逃避之下，李想留给张果果父母的内在精神使得他没有出卖前上司，也跟随内心妥善安置了四胞胎一家。电影到这里就结束了，无问东西的精神仍然在继续传递……

如果早知你的善良会被落井下石，你是否还会选择善良？

张果果说"世俗是这样强大，强大到生不出改变它们的念头。"

我们做不到改变世俗，但可以成为"出淤泥而不染，濯清涟而不妖"的一株莲花；我们改变不了人性的暗，但可以守住本心，自在从容。

坚信自己的珍贵，坚持对自己真实，爱己所爱，行己所行，听从己心，无问西东。

善良，是一种本能的高贵

《三字经》中记忆最深的一句话就是：人之初，性本善。这句话也引起无数争议，"人之初，性本恶"甚至成为一个论题，世界似乎更倾向于告诉涉世未深之人，人心险恶防不胜防，不能太善良。当善良成为一种选择，这个时代又该何去何从？

严歌苓说，《芳华》是一本很诚实的书。饱满的人物性格，充实的人物经历，这一切真实到令人觉得残忍，"雷又锋"刘峰是一个十足的好人，承揽一切苦活累活以及大家不愿做的事，却因为表达爱意引发"触摸"事件被下放。在战场上丢失一只胳膊，晚年癌症缠身，生活潦倒，在情感生活上也是失败的，就连葬礼都匆匆了事。这不是我们希望看到的好人的结局，甚至让我们在读完整本书后产生"做好人值得吗"的疑问，作者没有解释，也没有直接回答疑问，她用文字写下流光溢彩的青春，写下造化弄人的命运，唯独把答案留给了我们。

我们对好人的要求往往很严苛，内心却暗自希望他出丑。萧穗子在独白中曾说，刘峰的好就是缺乏人性，从而让人难以产生认同感，他的好让人心理阴暗，总希望他有些臭德行，做些错事。因为对好人要求严苛，所以连七情六欲一并剥夺，好人要对所有人都爱，而不可以单独爱一个人，单独的爱像是污浊，玷污了好人的定义。一旦发现英雄落井，投石的人便格外勇敢，人群会格外拥挤。所有人潜意识里对触摸事件的爆发是期待的，是幸灾乐祸的，因此在刘峰被批判后，曾经接受过帮助的人一致反目，纷纷加入痛打刘峰的集体。这样的性格塑造是真实的，不可否认的人性阴暗面暴露在读者眼前时，我们不得不承认好人的存在就像一面镜子，映照出我们的自私自利，甚至卑劣。若镜子碎了，就不再产生对比，大家是平等的，我们的心就是安全的。

我们往往喜欢好人、需要好人，但是不亲近、不爱好人。哪里有需要，哪里就有刘峰，刘峰在文工团的地位是重要的，当他成为标兵，大家都喜欢他、崇拜他。可当刘峰对林丁丁表白时，林丁丁说"他怎么敢爱我"，林丁丁问郝淑雯"你怎么不嫁给他"时，郝淑雯是吃了苍蝇般的表情。严歌苓写道，我们这些女人作为情人的那部分，对"好人"是瞎着眼的。郝淑雯把同情，善意，甚至崇拜都给好人，但爱情婚嫁，还是把好人关在门外。郝淑雯让老公给刘峰一份工作时，说刘峰是个好人，她老公鄙夷地笑着说，好人是什么人？公司可没有闲饭给好人吃。在利益面前，我们都认为好人不值钱，因为好人是不需要成本的，人之初性本善，想变成好人只要选择善良即可，紧接着我们又会安慰自己是这个世道不让自己成为好人，生意场上无善良，善良就不会富有，最终又回到好人不值钱的话题上。

这是一个伪命题，我觉得善良是高贵的，好人是这个世界的财富。

刘峰经历过三次背叛，第一次是触摸事件爆发，受过他恩惠的人集体批判他，他扔掉了荣誉奖状，仍然善良；第二次是他曾想用善良让站街的小惠从良，小惠却背叛了他，他向郝淑雯借了一万块留给小惠；第三次是命运背叛了他，绝症夺走了他的最后时光，可他连葬礼都要求一切从简，善良使他不愿给他人添麻烦，遇到老朋友只想躲起来。善良对刘峰而言，早已不是一种选择，而是一种本能。他把人之初的善良仔细保管，悉心珍藏，我看到他一生失去了太多东西，爱情、金钱直到生命；我也看到他将荣誉丢在身后的平和从容，面对死亡处之泰然，对平凡的接纳，他执着地保留着对林丁丁的爱，坚守着老实到底的善良。他是善良过剩的人，这种高贵的品质也许并没有给他更好的生活，却让他在几十年的生命里问心无愧，坦荡一生。郝淑雯生活富有，内心空虚；林丁丁一生追求物质的爱情，最后孤苦一人。她们对生活是有怨言的，但刘峰从来没有，他用心底的善良融化了不公、落魄和病痛。刘峰给予过许多人温暖，他的存在就是这个世界的财富，并非好人没好报，只是善良还不够多。

刘峰的一生毕竟是极为平淡与普通的，唯有何小曼能识得善良，珍视这份善良。这个时代需要善良的人，也需要珍视善良的人，我们需要直面平凡的勇气，原谅背叛的宽容，和独自战斗、忍耐孤独、绝不屈服的执着。当善良成为本能，当善良引领时代，我们终会收获"仰不愧于天，俯不怍于人"的底气与福气。

我相信幸福的花朵绝不会绽放在恶俗的泥沼里，只会盛开在善良的热土中。

（作者系江苏省司法警官高等职业学校 1411 班学生）

最好的时光

◎ 汪碧伶

　　"人生就是一次次幸福的相聚，夹杂着一次次伤感的别离，我不是在最好的时光里遇见了你们，而是遇见了你们才给了我这段最好的时光！"这是电影《老师好》中的一段台词，当我的朋友圈被这段话和于谦大叔那充满喜感又幽怨的脸刷屏时，电影里这一段段师生间的爱恨情仇也正在我的身边一幕幕上演。我不禁会想，是什么让大家对这段话产生了共鸣，又是什么成就了警校老师最好的时光？

　　"丁零零"，课间十分钟，路过教室外的走廊，无意间听到这样一句话——"今天早集合为什么会迟到？"看着那名学生尴尬挠头的样子，我不禁陷入沉思，风雨无阻的早集合是警校学生一天学习生活的开启，而那寒冬腊月里的被窝对于这些十六七岁的少年无疑是巨大的诱惑，在凛冽的寒风中伸出手、迈开腿，着实需要坚韧的恒心与毅力。而这世界上从来就没有能轻轻松松、敲锣打鼓就获得的成功，没有能朝三暮四、一蹴而就就完成的伟业，身为警校老师的我们，深深地明白这一点。

在这个为纪律部队培养接班人的地方，料峭严冬的晨练、烈日酷暑的队列、清爽干练的警容、整齐划一的内务……这看似细碎的小事，却能积沙成塔，只有一步一个脚印，才能坚实日后的从警之路。严寒、酷暑、晚霞、晨露，老师伴着你们。这便是警校老师最好的时光，在这时光里，我们用"传道"的信仰支撑起育警铸剑的力量！

"丁零零"，同样的下课铃声，"老师，这个我还是不明白？您能再给我讲讲吗？"每每这时，我们便是辛勤授业的园丁，面对一双双求知若渴的眼睛，我们的工作就是将书本上看似枯燥、琐碎的知识整理提炼，以一种易于被孩子们接受的方式传达给他们。为了让他们了解得更直观、理解得更深入，我们常常备课至深夜，一遍遍地修改教案，一句句地推敲语言。"台上一分钟，台下十年功"。每每看到孩子们专注思索、兴趣盎然的模样，老师的内心总会涌动着无尽的喜悦与满足，这也是为人师者最好的时光，在这时光里有"授业"的信念指引我们前进的方向。

"师者，所以传道，授业，解惑也。"十六七岁的少年，困惑往往是层层叠叠——家庭、学业、亲情、友情……小姑娘哭诉父母离婚，自己再也没有家了；小伙子愤怒地指责父亲只因期中成绩下滑，就要没收手机；还有人不能适应集体生活，受不了舍友的生活习惯而抱怨不断……每每这时，我们便成了孩子们的知心姐姐、暖心哥哥，耐心地倾听、悉心地劝解，用一颗包容的心为成长护航。这还是为人师者最好的时光，在这时光里，为人"解惑"的信心在守望着成长。

岁岁年年，忙忙碌碌。一天下来，属于自己的时间少之又少。一分一秒，消耗的都是对家人的陪伴，我们会因为孩子的一句"妈妈，你还不回来"而心酸歉疚，会因为爱人的不解埋怨而伤心失落。但，回望课堂里那一张张朝气蓬勃的笑脸、操场上那一个个英气勃发的身姿，我们的付出，我们的陪伴，我们的传道、授业、解惑，换来的是，每一个进入警校的孩子都能得到公平而有质量的教育。换来的是，每一个走出警校的孩子都能撑起保一方平安的脊梁！这就是警校老师最好的时光！

我们不是在最好的时光里遇见了警校，而是遇见了警校才给了我们这段最好的时光！

（作者单位：江苏省司法警官高等职业学校）